쇼코의 미소

쇼코의 미소

최은영 소설

문학동네

차례

쇼코의 미소

나는 차가운 모래 속에 두 손을 넣고 검게 빛나는 바다를 바라본다.

우주의 가장자리 같다.

쇼코는 해변에 서 있으면 이 세상의 변두리에 선 느낌이 든다고 말했었다. 중심에서 밀려나고 사람들에게서도 밀려나서, 역시나 대양에서 밀려난 바다의 가장자리를 만나는 기분이라고. 외톨이들끼리 만나서 발가락이나 적시는 그 기분이 그렇게 좋지는 않다고 했다.

"언젠가는 바다를 떠나서, 사방을 둘러봐도 빌딩밖에 없는 도시에 가서 살 거야."

쇼코는 '언젠가는'이라고 말했다. 열일곱 살에도, 스물세 살에도.

언젠가는 도시로 나갈 거고, 언젠가는 한국을 일주일 동안 여행

할 거고, 언젠가는 남자와도 함께 살아볼 거고, 언젠가는 병원을 관둘 거고, 언젠가는 고양이를 키울 거고, 무엇이든 해보리라고 내게 이야기했다.

쇼코의 영어는 알아듣기 쉬웠다. 누가 들어도 일본인의 억양을 알아차릴 수 있었지만 발음이 정확했고 세련된 연음을 구사했다. 한국인 학생들과 일본인 학생들이 모여 앉은 등나무 아래에서 쇼코는 유창한 영어로 말했다.

"언젠가는 유두 근처에 애벌레 모양 타투를 할 거야."

그애의 말에 얼굴이 새빨개지던 여자애들 사이에서 나는 혼자 웃었다.

쇼코는 세 명의 여학생들과 함께 우리 학교로 견학을 왔다. '한국 학생들과 일본 학생들의 문화 교류'라는 주제로 열린 행사였다. 일본 문화가 한국에 전격 개방되던 해였다. 쇼코가 다니던 학교는 일본 A시의 작은 여학교로, 우리 고등학교와 자매학교라고 했다. 쇼코는 그 학교 일학년 중에서 가장 영어를 잘하는 네 명 안에 들어서 우리 학교를 방문했다.

이 작은 행사에 들뜬 교장은 그 네 명의 학생들을 일학년부터 삼학년까지 전 교실로 데리고 다녔다. 그애들은 지치지도 않는지 마지막 목적지인 우리 교실에까지 와서도 명랑하게 인사했다. 쇼코는 부끄러워하는 듯 보였지만, 사실은 부끄럽지 않은데, 그냥 습관적으로 부끄러운 듯이 말하는 것처럼 보였다.

쇼코가 한국에 오기 전에 엄마와 나와 할아버지는 시간이 날 때마다 집을 청소했다. 쇼코와 나는 같은 학년이었고, 나는 일학년 중에서 더듬거리면서라도 영어로 말할 수 있던 몇 안 되는 학생 중의 하나였다. 담임은 그런 이유를 들며 엄마에게 쇼코가 한국에서 머무는 일주일 동안 우리집에서 머물 수 있기를 청했다. 그애와 나는 한 뼘쯤 떨어져서 어색하게 우리집으로 향했다.

현관문을 열고 집에 들어갔을 때 우리를 바라보며 웃던 엄마와 할아버지의 얼굴이 아직도 떠오른다. 쇼코가 누군지도 모르면서 그저 멀리서 온 손님이라는 이유로 활짝 웃으며 반겨주던 그 모습이. 애정 표현에 서툴고 서로에게 웃어주는 일조차 어색해하던 가족이었기에 쇼코를 반갑게 맞이하던 할아버지와 엄마의 얼굴은 낯설고 우스꽝스럽게만 보였다.

"네가 쇼코니? 반갑다. 집이 좁아서 불편하지나 않을지 모르겠네."

엄마는 쇼코가 알아들을 줄 안다는 듯이 한국어로 이런저런 이야기를 했고, 할아버지는 그 말을 일본어로 전하면서 연신 미소지었다.

할아버지는 소파에 앉아 텔레비전을 보면서 재떨이 가져와라, 물 떠와라, 발을 데울 더운물을 가져와라, 명령만 할 줄 알았다. 내가 학교에서 돌아오면 늘 앉아 있는 그 자리에서 나를 힐끗 보고는 다시 텔레비전을 보는 식이었다. 그러던 할아버지가 텔레비전을 끄고 쇼코에게 이런저런 것들을 물어보고 있었다. 일본어로 말하는 할아버지의 목소리에는 자신감이 붙어 있었다. 괴팍한 일본인 교사들에게 배운 말이었지만 일본어는 할아버지가 유일하게 할 줄 아는 외국어였다.

우리 가족은 밥을 먹을 때도 별다른 말을 하지 않았다. 그저 텔레비전을 켜놓고 뉴스나 드라마를 보면서 최대한 빨리 먹어보자는 식이었다. 그런데 쇼코가 나타나자 할아버지는 내가 끼어들 틈도 없이 일본어로 말하면서 시시때때로 껄껄댔다. 할아버지가 그렇게 웃으며 이야기를 많이 하는 모습을 본 건 그때가 처음이었다.

쇼코는 무릎을 꿇고 앉아서 아주 상냥하게 할아버지의 말을 듣고 미소를 지었다. 처음 교실에서 쇼코가 수줍어하는 표정을 봤을 때처럼 나는 쇼코의 웃음에서 알 수 없는 이질감을 느꼈다. 쇼코는 정말 우스워서 웃는 게 아니라, 공감을 해서 고개를 끄덕이는 게 아니라, 그냥 상대를 편하게 하기 위해서 그런 포즈를 취하는 것 같았다.

할아버지는 때때로 쇼코 앞에서 나를 가리키며 웃었다. 내가 쇼코에게 할아버지가 무슨 말을 하는 거냐고 물어보면 쇼코는 할아버지가 나와 관련된 웃긴 일화들을 이야기하는 중이라고 말했다. 가령 내가 가방을 까먹고 학교에 갔다가 집에 돌아왔던 일이라든지 귀신 이야기를 듣다가 오줌을 쌌던 일 같은 바보 같은 이야기였다. 할아버지는 내가 그런 실수를 할 때마다 불같이 화를 냈었기에 그런 일들을 재미있는 추억이랍시고 이야기하는 것을 이해할 수 없었다.

쇼코는 나보다 할아버지와 더 말이 잘 통하는 것 같았다. 나와는 영어로 대화해야 해서 많은 부분이 통하지 않았지만 할아버지와는 일본어로 할 수 있어서 모든 말이 다 통했다. 할아버지는 쇼코에게 자신을 '미스터 김'이라고 불러달라고 부탁했다. 쇼코와는 친구가 되고 싶다고, 다 늙은 교장선생 같은 사람이 되고 싶지는 않다고 말하면서.

여름방학을 앞둔 7월의 밤이었다.

쇼코와 나는 동네의 천변을 걸으며 이야기했다. 쇼코는 우리집 식구들이 다정하고 재미있는 사람들이라고 말했다. 나는 대답하지 않았다. 영어로 표현할 수 있는 말은 적었고, 쇼코에게 느끼는 호감은 표현하고 싶었다. 나는 쇼코의 팔짱을 꼈다.

쇼코는 걸음을 멈춰 서 굳은 표정으로 나를 바라보더니 딱딱한 영어로 말했다.

"나는 이성애자야. 너에게 성적인 관심은 없어. 또다른 동성들에게도 마찬가지야. 난 남자가 좋아."

나는 조금 놀라서 너에게 성적으로 관심이 없다고, 팔짱을 끼는 건 친구들 사이에서는 허물없이 할 수 있는 스킨십이니 오해하지 말라고 말했다. 쇼코는 미심쩍어했지만, 다음날 학교에서 팔짱을 낀 수많은 여자애들을 보고 내 말을 이해하게 됐다.

쇼코는 고모와 할아버지와 함께 산다고 했다. 그래서 우리집에 왔을 때 우리 가족이 낯설지 않고 되려 편안한 기분이 들었다고 했다. 쇼코의 고모는 실질적인 가장이었지만 외박이 잦은 일을 해서 자주 집을 비운다고 했다. 그리고 할아버지는 자기를 공주처럼 대접해준다고, 자신이 세상에서 제일 예쁘고 똑똑한 여자아이인 줄 굳게 믿고 있다고 말했다.

"할아버지에게 나는 종교이고, 하나뿐인 세계야. 그런 생각을 할 때마다 죽어버리고 싶어."

쇼코는 비가 내리던 날에 우산을 들고 마중나오는 할아버지와 마주치지 않기 위해 담을 넘어 집으로 가기도 했다고 말했다. 할아버지가 얼마 없는 돈을 쪼개서 사준 옷을 포장째 쓰레기통에 버린 적도 있다고 했다. 쇼코는 할아버지가 자기를 마치 여자친구처럼 생각하는 게 소름 끼친다고, 고등학교만 졸업하면 도쿄로 떠나서 다시는 고향으로 돌아가지 않을 거라고 말했다.

"그럼 우리 할아버지를 너에게 줄게. 할아버지는 내가 세상에서 제일 멍청한 앤 줄 알고, 볼 때마다 살 좀 빼라고 닦달인데. 옷은커녕 껌 한 통도 사준 적이 없어."

쇼코는 나를 보고 조용히 웃었다. 친절하지만 차가운 미소였다. 다 커버린 어른이 유치한 어린아이를 대하는 듯한 웃음이었다.

쇼코가 머물렀던 그 일주일 동안 집에는 이상한 활력이 돌았다.

쇼코가 좋아한다는 수박을 사러 슈퍼에 간 할아버지, 영어든 일본어든 언어를 공부해야겠다고 목표를 정한 엄마, 쇼코가 만든 주먹밥을 먹으며 주고받던 삼 개 국어의 시간들.

"사진 찍을게요."

쇼코는 판탁스 카메라에 필름을 넣어서 수박을 먹고 있는 우리 세 사람의 얼굴을 찍었다. 뿐만 아니라 저녁을 준비하는 엄마, 거실을 청소하는 할아버지를 파파라치처럼 찍어댔다. 엄마와 할아버지는 곤혹스러워하면서도 그런 관심이 싫지 않다는 듯 웃어넘겼다.

눈을 반짝이며 웃는 엄마와 말이 많은 할아버지는 내가 모르는 사람들 같았다. 이런 사람들을 바깥에서 만났다면 나는 주저 않고 좋은 어른들이라고 말할 수 있을지도 모른다고 생각했다. 엄마와 할아버지는 늘 무기력했고 사람을 사귀는 일에 서툴렀다. 나는 엄마와 할아버지를 작동하지 않아 해마다 먼지가 쌓이고 색이 바래 가는 괘종시계 같은 사람들이라고 생각했었다. 변화할 의지도, 아무런 목표도 없이 그저 그 자리에서 멈춰버린 사람들이라고.

가족은 언제나 가장 낯선 사람들 같았다. 어쩌면 쇼코는 나의 할아버지에 대해서 나보다 더 많이 알았을지도 모른다.

쇼코와 나는 하굣길에 비디오를 빌려서 집으로 돌아오곤 했다. 대부분 청소년관람불가 영화였지만 쇼코와 함께 비디오가게에 가면 어떤 의심도 받지 않고 비디오를 빌릴 수 있었다. 에단 호크가

화가로 나오는 〈위대한 유산〉, 야한 베드신이 있는 〈셰익스피어 인 러브〉, 일본 공포영화 〈링〉, 줄리아 로버츠의 〈노팅 힐〉 같은 영화들이었다. 우리는 거실의 불을 끄고 녹차를 마셔가며 영화를 봤다. 야한 장면이 나올 때면 할아버지와 나, 쇼코 사이에는 정적이 흘렀다.

"너처럼 영화 좋아하는 애는 처음 봤어. 어쩌면 넌 영화 만드는 사람이 될지도 모르겠다."

비디오를 반납하는 내게 쇼코는 말했다.

"작가나 감독 같은 거 말이야."

나는 웃으면서 고개를 저었지만 이상하게도 쇼코의 그 말은 내 마음에 분명한 자국을 남겼다. 쇼코의 말에는 힘이 있었다.

쇼코는 내게 네모로 접은 세계지도를 선물해줬다. 쇼코는 세상은 넓고, 우리는 어디든지 갈 수 있다고 말했다. 우리 읍에서 가까운 도시로만 갈 것이 아니라, 기왕이면 서울로, 베이징으로, 파리로, 뉴욕으로 가라고 말했다. 나는 그 말이 웃겨서 그냥 웃기만 했다. 우리 가족 중에는 서울에서 살아본 사람도 없었고, 나도 그냥 내가 태어난 근방에서 살아갈 거라고 생각했었으니까.

나는 쇼코가 준 세계지도를 내 방 벽에 붙여놓고, 쇼코가 살고 있는 A시와 우리 군에 빨간색 점을 찍었다. 두 점은 한 뼘도 되지 않을 정도로 가까웠다. 그리고 쇼코가 가고 싶다는 세계의 도시들에도 점을 찍었다. 베이징, 하노이, 시애틀, 크라이스트처치, 더블린. 그 작은 점 속에서도 사람들이 살고 있다고 생각하니 아득해지는 기분이었다.

쇼코의 첫번째 편지는 쇼코가 떠난 지 일주일 뒤에 왔다. 쇼코는 한국에서 머물렀던 시간을 잊을 수 없을 거라고 말했다. 언젠가 대학에 가게 되면 한국에 다시 와서 나와 여행을 하겠다고 했다. 쇼코는 다시 도착한 일본이 너무나 습하고, 집으로 들어가는 순간 무덤 속으로 들어가는 기분이었다고 불평했다. 그리고 다음에 만나면 꼭 팔짱을 끼자고 적었다.

편지는 나에게만 온 게 아니었다. 쇼코는 다른 봉투에 일본어로 쓴 편지를 넣어 할아버지 앞으로 부쳤다. 할아버지와 나는 나란히 소파에 앉아서 일본어와 영어로 쓰인 편지를 읽었다. 할아버지는 소파 팔걸이에 쇼코의 편지를 올려두고, 하루에도 몇 번씩 그애가 세로쓰기로 쓴 편지를 들여다보곤 했다.

쇼코의 편지는 언제나 공평했다. 나와 할아버지에게 같은 날, 같은 분량의 편지가 왔고, 어떤 날은 내가, 어떤 날은 할아버지가 쇼코의 편지를 우편함에서 발견했다. 우리는 경쟁하듯 우편함을 열어 편지를 확인했고, 나란히 소파에 앉아서 쇼코의 일상에 대해 이야기했다.

쇼코는 할아버지에게 늘 밝은 내용의 편지를 적어 보내는 것 같았다. 달리기경주에서 일등을 했다, 고모와 맛있는 카레집을 찾아갔다, 휴일에 친구들과 보트놀이를 했다, 북해도를 여행했다. 할아버지에게 보내는 쇼코의 이야기는 그림엽서에나 나올 법한 아름다운 이야기들이었다.

반면 내가 받은 편지에는 어두운 이야기뿐이었다.

할아버지의 돈을 훔쳤지만 할아버지는 모른 척했다, 그 돈을 하수구에 버려버렸다, 가끔씩 할아버지의 음식에 독을 타고 싶다, 아빠가 보내는 양육비를 고모가 허비해버리는 걸 알고 고모의 속옷을 하나둘씩 찢어서 거리에 내던졌다, 가끔씩 소독한 칼로 자신의 골반 근처를 찌른다.

당시에는 쇼코의 모순된 말들에 혼란을 느꼈다. 할아버지에게 하는 말이 진짜인지, 아니면 내게 하는 말이 진짜인지 판단하기가 어려웠다. 그러나 시간이 지나면서 나는 그 두 종류의 편지가 모두 진실이었으리라고 짐작했다. 모든 세부사항이 사실이 아니더라도, 모두 진실된 이야기였을 거라는 걸. 아니, 모든 이야기가 허구였더라도 마찬가지다. 할아버지의 편지에서 보이는 것처럼 남들에게 인정받고 사랑받고 싶었을 것이고, 내 편지에 썼듯이 자신을 포함한 가장 가까운 사람들에게 복수하고 싶었겠지.

쇼코는 열흘에 한 번꼴로 우리 둘에게 편지를 보냈다. 우리가 답장을 하든 말든 신경쓰지 않았다. 그렇게 고등학교를 졸업할 때까지 편지를 보내왔다.

쇼코에게는 가까운 친구가 없었다고 한다. 겉보기에 어울리는 사람들은 있었을지 모르겠지만 쇼코는 어떻게 다른 사람들과 내밀한 우정을 쌓는지 알지 못하는 부류의 사람이었던 것 같다. 그래서 가까운 사람들에게는 절대로 속을 열어 보이지 못하는 대신 살을 부딪치며 만날 필요가 없는 외국인에게 외국어로 편지를 써서 보내는 방법을 택했다. 만약 내가 일본인이었고, 쇼코의 주변에 사는 사람이었다면 쇼코는 내게 관심조차 보이지 않았을 것이다.

눈에서 멀어지면 마음에서도 멀어진다든가, 미운 정이든 고운 정이든 자주 보고 정이 들어야 한다는 말이 있지만 쇼코의 경우에는 달랐다. 자신의 삶으로 절대 침입할 수 없는 사람, 보이지도 들리지도 않는 먼 곳에 있는 사람이어야 쇼코는 그를 친구라 부를 수 있었다.

쇼코는 공부를 잘했다. 어떻게든, 도쿄로는 갈 수 있을 것 같다고 했다.

쇼코의 편지는 고교 졸업 직후인 3월에 끊겼다.

마지막 편지에 쇼코는 이렇게 썼다.

'도쿄로 갈 수 없게 되었어. 쇼코.'

그리고 할아버지에게 보낸 편지에는 이렇게 썼다.

'미스터 김을 보러 한국에 가고 싶었습니다만, 기약을 할 수가 없습니다. 죄송해요. 쇼코.'

할아버지는 그 한 줄짜리 편지를 들고 말없이 한숨만 쉬었다.

할아버지에게도, 쇼코는 소중한 말동무였다. 할아버지는 쇼코가 대학생이 되어 한국에 오면 다 같이 제주도로 놀러갈 계획까지 세워놓았었다. 일본이라면 치를 떨던 사람이, 우매한 정치인들이 문제이지 선량한 시민들을 증오해서는 안 된다고 말하기도 했다.

나는 아직도 쇼코와 할아버지의 우정을 잘 이해하지 못한다.

할아버지는 그뒤에도 산책을 하러 나간다면서 늘 우편함을 열어 쇼코의 편지가 왔는지 확인했다고 한다. 나와 통화할 때마다 할아버지는 "쇼코가 바쁜가보지, 너에게는 연락이 없니?"라는 식의 말을 후렴구처럼 꼭 넣고서야 전화를 끊었다. 나는 쇼코의 편지가 더이상 오지 않아 아쉽긴 했지만 쇼코의 편지까지 신경쓰기에는 너무 바쁜, 약간은 얼떨떨하고 신기한 새내기 생활을 막 시작한 참이었다. 서울의 한 사립 대학교에서였다.

쇼코를 거의 생각하지 않고 지낸 날들이었다. 처음으로 애인을 사귀고, 교환학생을 준비했다. 토플 영어 단어를 외우면서야 쇼코와 우리집 근처 천변에서 잘 되지도 않는 영어로 이야기했던 일이 떠올랐다. 내 팔에 닿던 그애의 팔의 감촉과 어린애 보듯 나를 쳐다보며 예의바르지만 차갑게 웃던 그 얼굴과 그애의 훌륭했던 연음 발음도 기억났다.

내가 알고 있는 건 쇼코의 집주소뿐이었다. 나는 쇼코의 이메일 주소도 집 전화번호도 몰랐다. 쇼코의 주소로 몇 번 편지를 보냈지만, 답이 오지 않자 곧 시들해져버렸다. 그렇게 이 년의 시간이 흐르고 나는 교환학생으로 캐나다에 갔다. 가끔 쇼코가 떠올랐지만 그렇게 애달프거나 쓸쓸하지는 않았다. 씩씩한 사람이니 씩씩하게 잘 살아가고 있겠지. 어쩌면 나처럼 먼 나라에서 공부하고 있을지도 모른다고 생각했다.

유학생활이 거의 끝나가던 무렵, 나는 야간버스를 타고 국경을 넘어 뉴욕으로 2박 3일의 여행을 떠났다. 유스호스텔에서 아침으로 나온 식빵을 냅킨에 몰래 싸들고 나와 점심과 저녁을 때우는 식의 배고픈 여행이었다.

그날 나는 시립 도서관 앞 계단에 앉아서 저녁을 먹고 있었다. 누군가가 나를 뚫어지게 쳐다보는 것을 느끼면서. 짧은 단발머리의 동양계 여자가 노골적으로 나를 쳐다보고 있었다. 나도 눈싸움에서 밀려서는 안 되겠다는 생각으로 그 여자를 쳐다봤다. 여자는 내 쪽으로 천천히 다가오더니 입을 열었다.

"한국에서 왔지? 나 기억해? 나, 하나야. 한국으로 견학 갔던 일본인 학생."

나는 천천히 고개를 끄덕였다. 일본인 견학생 중 한 명이었던 하나. 얼굴은 기억나지 않았지만 저음의 부드러운 목소리는 기억났다. 하나는 너무 반갑다며 나를 자신의 아파트로 데려갔다.

"삼 년 전에 미국으로 이민을 왔어. 이민 오기 전에 운이 좋게도 한국으로 갈 수 있었고. 아직도 그때의 기억이 생생해. 다들 우리에게 잘해줬었지. 내가 묵었던 집 식구들과 늘 외식하러 나갔던 생각이 나. 내가 돼지껍데기나 곱창 같은 걸 먹으면 다 같이 박수를 치면서 좋아했었어."

"그랬구나."

"너도 호스트였잖아. 쇼코의."

나는 대답 대신 고개를 끄덕이며 탁자 끝을 바라봤다.

"걔랑 아직 연락하니? 너랑 편지를 주고받는다고 얘기했던 것 같은데."

나는 쇼코에게서 온 마지막 편지에 대해서 이야기했다. 도쿄로 가지 못하게 됐다는 내용의 한 줄짜리 편지를 보내놓고는 완전히 연락을 끊어버렸다고. 어쩌면 내가 쇼코에게 무슨 실수를 했는지도 모르겠다고 말이다. 왜 쇼코와 이메일 주소나 전화번호를 교환할 생각도 하지 못했었는지 나 자신이 한심하다고도 말했다. 하나는 옮게 웃으며, 쇼코는 잘 있으니 걱정하지 말라고 했다.

"쇼코는 우리 도읍의 대학에 들어갔어. 와세다 대학 법학부에 붙었지만 가지 않았어."

문제는 쇼코의 할아버지였다. 신부전증이 발병한 할아버지는 적어도 삼 일에 한 번은 병원에 가서 투석을 받아야 했다. 쉰이 다 된 고모는 자기 부모에 대한 책임감이 희미한 사람인데다 쇼핑 중독이었다.

그런 할아버지를 두고 쇼코는 도쿄로 가지 못했다. 경제적인 이유도 있었을 거라고 하나는 말했다. 도읍의 대학을 사 년 장학생으로 들어갔고, 버스로 통학할 수 있는 거리라 부담 없이 다닐 수 있었다는 것이다. 물리치료학과에 들어가서 졸업만 하면 어디든지 취직할 수 있다고, 쇼코는 안전한 길을 택했다고 하나는 덧붙였다.

쇼코가 어떤 일을 하게 될지 특별히 상상해본 적은 없었다. 단지, 한군데에 머무를 사람이 아니라는 막연한 느낌은 있었다. 쇼코는 마음만 먹으면 어디로든 가서 살 수 있다고 대수롭지 않게 얘기했으니까. 그래서 쇼코가 아직도 자신이 태어난 고향에서 한 발자국도 움직이지 못했다는 이야기가 마음에 남았다.

삼 일에 한 번씩 할아버지를 데리고 병원에 가는 쇼코의 모습, 와세다 대학의 입학 허가증을 버리는 쇼코의 모습, 아마 이틀 이상은 여행도 못했을 쇼코. 쇼코에게 느꼈던 서운함과 이상한 죄책감이 하나의 아파트에서 모두 사라져버렸다.

하나는 미국에서의 생활과 대학에 관한 이야기를 쉴새없이 했다. 나는 그 말들에 집중하려고 했지만 자꾸 쇼코의 일이 생각나서 하나의 말을 제대로 듣지 못했다.

아무리 그렇다고 해도 왜 그렇게 갑자기 연락을 끊어버렸는지, 그토록 빠져나오고 싶다던 집에서 할아버지의 병수발을 들고 있는지, 당시의 나로서는 이해할 수가 없었다. 나는 하나에게 내 이메일 주소를 알려주고 혹시나 쇼코의 메일 주소를 아는 사람이 있으면 내 메일로 보내달라고 부탁했다.

하나에게서는 답이 오지 않았다. 마치 쇼코가 자기의 연락처를 알려주지 말라고 부탁한 것처럼 느껴졌다.

대학교 사학년 여름, 나는 쇼코의 집을 직접 찾아갔다. 도쿄에서 야간버스를 타고 주소를 물어물어 쇼코가 살고 있다는 마을로 갔다. 그 마을에 있는 작은 여관에 짐을 풀고 적어도 일주일은 머물고자 했다. 쇼코가 집에 없다고 하더라도 이틀을 넘기지는 않으리라는 계산이었다. 쇼코의 얼굴이나 한번 보자, 그런 마음이었다.

일본에 도착하고서야 쇼코가 그리도 싫다고 말했던 일본의 습기라는 게 어떤 것인지 몸으로 이해했다. 공기중에 섞인 수분은 그 자체로 땀 같았다. 땀구멍으로 땀이 나오는 게 아니라, 공기중에 녹아 있는 땀이 내 피부에 닿아서 흐르는 것 같았다.

쇼코의 집은 길을 건너면 바로 바닷가가 나오는 골목에 있었다. 작은 단독주택들이 붙어 있는 조용한 지역이었다. 중년 남자 둘이 부두에 앉아서 낚시를 하고 있었다. 아이들뿐만 아니라 젊은 사람들조차 찾아보기 어려웠다. 가끔씩 지나가는 자동차나 스쿠터 소리가 들려오는 소리의 전부였다.

나는 쇼코의 주소지로 걸음을 옮겼다. 코발트색의 대문. 명패는 없었다.

막상 대문 앞에 서자 전에 없던 용기가 생겼다. 적어도 쇼코가 나를 모른 척하지는 않으리라는 확신이 들었다. 쇼코를 못 보고 돌아간다 해도 상관없다고도 생각했다. 당시의 나는 거기까지 간 노력이 허사가 될 수 있는 모든 가능성들을 나열하고, 그 가능성들에 대해서 마음을 열어놓으려고 노력했던 것 같다.

문은 생각보다 빨리 열렸다. 키가 큰 백발의 노인이 나를 보며 웃고 있었다. 어두운 피부에 붉은 기가 돌았다. 대학 새내기 시절에 배웠던 교양 일본어를 떠올려보려고 했지만 입에서는 그저 쇼코, 쇼코의 친구, 한국, 편지 같은 단어들만 더듬더듬 튀어나왔다.

노인은 그런 나를 보고 웃으면서 알아듣지 못할 일본말들을 하더니 안으로 들어오라고 손짓했다. 그곳에는 분꽃을 심어놓은 작은 마당과 반질반질한 나무 마루가 있었다. 노인은 그 마루에 앉으라고 손짓했다. 나는 신발을 벗고 마루로 올라가 앉았다.

노인은 나와 거리를 두고 앉아서 부끄러운 듯이 말을 이어나갔다. 무슨 말인지 알아들을 수는 없었지만, 그의 말에는 대부분 쇼코라는 고유명사가 들어갔다. 자기 할아버지는 자기가 세상에서 제일 예쁘고 똑똑한 줄 안다고, 그래서 숨이 막힌다던 쇼코의 말이 떠올랐다.

노인은 나에게 얼음물을 한 컵 가져다줬다.

"쇼코, 쇼코."

조심스러운 목소리였다.

그러더니 소유가 왔다고, 한국에서 소유가 왔다고 말하는 것 같았다. 방안에서는 작은 소리조차 들리지 않았다. 노인은 문고리를 돌려보더니, 안에서 문이 잠겼다고 몸짓으로 말했다. 덥고 습한 날씨였지만 서늘했다. 쇼코는 더이상 나를 보고 싶어하지 않는다. 나는 그냥 쇼코의 가상 친구나 일기장 정도였는데, 쇼코는 그냥 그 일기장에 일기 쓰기를 그만둔 것뿐인데, 일기장 주제에 쇼코의 삶에 개입하려고 했다니.

노인은 괜찮다는 말을 반복하면서 모자를 쓰고, 자기가 잠깐 밖으로 나가겠다는 식으로 손짓을 했다. 노인이 대문을 밀고 나가는 동시에 쇼코의 방문이 열렸다.

긴 머리를 높이 묶고, 노란색 슬리브리스 날염 원피스를 입은 쇼코.

쇼코는 마루에 앉아 얼음물을 마시는 나를 물끄러미 내려다봤다. 그러고는 타박타박 걸어서 조금 거리를 둔 채 내 옆으로 와서 앉았다. 쇼코에게서 섬유 유연제 냄새가 났다. 우리는 아무 말도 없이 그냥 정면을 응시하고 앉아 있었다. 쇼코는 앞을 바라보며 천천히 말했다.

"내가 널 보러 한국으로 갈 줄 알았는데."

나는 쇼코의 옆얼굴을 보며 말했다.

"내가 먼저 와서 실망했지."

쇼코는 잠시 침묵하더니 입을 아주 작게 열고 한숨을 쉬듯 말했다.

"네가 그리웠어."

나는 쇼코가 조금 미워져서 나도 네가 보고 싶었다고는 말하지 않았다. 그런데도 내가 그리웠었다는 그 말에 눈물이 났다.

어떤 연애는 우정 같고, 어떤 우정은 연애 같다. 쇼코를 생각하면 그애가 나를 더이상 좋아하지 않을까봐 두려웠었다.

사실 쇼코는 아무 사람도 아니었다. 당장 쇼코를 잃어버린다고 해도 내 일상이 달라질 수는 없었다. 쇼코는 내 고용인도 아니었고, 나와 일상을 공유하는 대학 동기도 아니었고, 가까운 동네 친구도 아니었다. 일상이라는 기계를 돌리는 단순한 톱니바퀴들 속에 쇼코는 끼지 못했다. 진심으로,

쇼코는 아무것도 아니었다.

그러면서도 나는 쇼코에게 내가 어떤 의미이기를 바랐다. 쇼코가 내게 편지를 하지 않을 무렵부터 느꼈던 이상한 공허감. 쇼코에게 잊히지 않기를 바라는 정신적인 허영심.

쇼코의 피부는 실핏줄이 다 비쳐 보일 정도로 얇고 하얬다. 밖으로는 안 나가느냐고 묻자 쇼코는 할아버지와 병원에 갈 때 빼고는 나가지 않는다고 했다. 나갈 때도 챙이 넓은 모자를 써서 햇빛을 피한다고 했다.

왜 도쿄로 가지 않았느냐고 묻자 쇼코는 나를 똑바로 보고 웃으며 고개를 가로저었다. 그러더니 방으로 가서 스케치북 한 권을 가

지고 나왔다. 팔절지 크기의 스케치북을 펼치자 크레파스로 그린 단순한 그림들이 있었다. 어떤 그림은 그저 북북 그어넣은 색깔뿐이었고, 어떤 그림은 종이 구석에 작게 그려져 있었다. 그림 아래에는 크레파스로 쓴 삐뚤빼뚤한 글씨가 적혀 있었다. 쇼코는 손가락으로 그 글자들을 가리키며 일본어로 읽고 영어로 말했다.

"불에 타다 만 발바닥."
"등이 꺼져버린 하이웨이 위의 가로등."
"썩었으되, 그것뿐인 씨앗."
"발을 맞춰 걷지 못하는 군인."
"의욕 없는 독재자."
"전형典型의 반대말."
"그러나…… 전형."
"이럴 줄 알았다는 말의 이상한 메아리."
"얼어죽기 직전까지 바닥을 찍는 비둘기."

쇼코는 그림들과 그 제목들을 다 소개한 후에 손가락으로 자신을 가리키며 말했다.

"나. 쇼코."

쇼코는 퓨즈가 나가 있는 것 같았다. 나는 무거운 마음을 누르며 그림을 참 잘 그린다고 마음에도 없는 소리를 했다. 쇼코는 그림을 그릴까봐, 아니, 글을 써볼까, 라고 말하면서 예의 그 예의바른 웃음을 지어 보였다.

어렸을 때 쇼코가 지었던 웃음과 같은 웃음이었다. 하지만 어린 시절에는 차갑고 어른스럽게 보이던 그 웃음에서 나는 쇼코의 나약하고 방어적인 태도를 읽었다. 쇼코를 나보다 강한 사람이라고 생각했었다. 하지만 쇼코는 약했다.

분명히 쇼코도 그때 느끼고 있었겠지. 내가 쇼코보다 정신적으로 더 강하고 힘센 사람이 되었다는 것을. 마음 한쪽이 부서져버린 한 인간을 보며 나는 무슨 일인지 이상한 우월감에 휩싸였다.

나는 쇼코에게 나의 대학생활에 대해 이야기했다. 교환학생으로 캐나다에 갔던 이야기며, 때때로 떠나는 배낭여행과 새로 사귄 외국인들에 대해서. 뉴욕에서 하나를 만났던 일도 이야기했다. 하나에게 들었어. 와세다 대학에 합격했는데 가지 못했다고? 할아버지의 투석 치료 때문이라고 들었었어, 따위의 말들을 아무 생각도 없이 내뱉었다. 말을 하면서도 내가 넘어서는 안 될 선을 넘고 있다고 느꼈고 그 두렵고도 흥분되는 기분에 취해서 더 많은 선들을 건너버렸다.

"나는 네가 네 고향에서만 살 줄은 몰랐어. 그것도 할아버지의 간병 때문이라니 너답지 않다. 삼 일에 한 번은 할아버지와 병원에

가야 한다지? 투석은 정말 힘든 거라고 하던데. 당사자에게도, 보호자에게도. 나는 네가 네 할아버지를 그만큼이나 아끼는 줄은 몰랐어."

그때 쇼코가 내 말에 화를 내거나 적어도 자기변호라도 했다면 나는 내가 했던 말들로 인해 이만큼이나 상처받지는 않았을 것이다.

쇼코는 미소지으며 말했다.

"그래. 나는 겁쟁이야."

쇼코는 스케치북을 접어 방으로 들고 들어갔다. 그리고 내게 다시는 그런 것들을 보여주지 않았다. 쇼코는 방에서 나와 마루에 앉더니 입을 열었다.

"하지만 증오할수록 벗어날 수 없게 돼."

나는 마루의 끝에 어색하게 앉아 있었다. 그리고 왜 내가 쇼코를 만나기 위해 굳이 여기까지 왔는지 기억을 더듬었다. 쇼코는 아는 사람도 그렇다고 모르는 사람도 아니었고, 친구라고 하기에는 낯선 사람이었다. 쇼코는 처음부터 이것도 저것도 아니었지만 오랜만에 만나서 의미 없는 이야기를 늘어놓을 만큼 얕은 사람도 아니었다.

"하지만 네가 여기에 있어서 기뻐."

쇼코는 두 손으로 마루를 짚고 내 옆으로 다가왔다. 나는 쇼코를 쳐다보지 않고 마당에 핀 분꽃에만 시선을 줬다. 쇼코의 원피스가 마루에 쓸리는 소리를 들으며 나는 노인들 특유의 이상한 외로움을 쇼코에게서 느꼈다. 나는 쇼코의 얼굴을 보지 않고도 그것을 알 수 있었다.

쇼코는 노인이었다.

쇼코는 내 팔에 팔짱을 꼈다. 차갑고 부드러운 쇼코의 팔이 뜨겁고 축축한 내 팔에 닿았다. 소름이 끼쳤다. 쇼코는 내 어깨에 머리를 기댔다. 가늘고 부드러운 머리카락이 느껴졌다. 쇼코는 내 손에 깍지를 끼고 허공을 향해 물장구치듯 다리를 움직였다.

"여기서 나랑 지내자. 한국에 가지 말고 여기서 나랑 같이 살자."

쇼코는 마치 그게 가능한 일이라는 듯이 발랄하게 말했다. 나는 다시는 쇼코를 보지 않으리라 생각했다. 그저 열일곱 살의 쇼코를 기억하고 연락이 끊어져버린 걸 안타깝게 여기며 그렇게 서서히 잊어버렸으면 좋았으리라고.

뉴욕 시립 도서관 앞에서 하나와 마주치지 않았더라면, 그래서 쇼코에 대한 안타까움과 궁금증을 품지 않았더라면 나는 그렇게 쇼코를 기억 속에서 지워버릴 수도 있었을 것이다. 어디로 떠나지도 못하면서 그렇다고 그렇게 박혀버린 삶을 사랑하지도 않는 사람의 맨얼굴을 들여다보는 일은 유쾌하지 않았다.

그때 대문이 열리고 노인이 마당으로 들어섰다. 노인의 얼굴은 조금 전에 봤을 때보다 더 붉게 달아올라 있었다. 노인은 팔짱을 낀 채 들러붙어 있는 우리를 보고 당황하여 가만히 선 채로 고개를 돌렸다. 모른 척하고 집안으로 들어갈 수 있었는데도 그렇게 서 있었다. 시간을 줄 테니 팔짱을 풀라는 뜻 같았다.

나는 쇼코의 팔짱을 풀려고 애썼지만 쇼코는 안간힘을 내서 내 팔을 붙잡았다. 나는 일어서서 팔에 붙은 쥐라도 떼어내듯 쇼코를 떼어냈다. 좁은 마당에서 노인과 나는 마주보고 섰다. 고개를 돌린 노인의 굳은 얼굴에 미소가 돌았다. 하지만 그 미소도 얼굴에 이는 작은 경련을 가리지는 못했다. 노인도 나도 움직이지 않고 그렇게 잠시 서 있었다.

"저 남자는 나에게 집착하고 있어."

쇼코는 노인에게 손가락질을 하며 영어로 조그맣게 말했다.

"빌어먹을 새끼."

나는 쇼코의 말에 놀라서 노인의 얼굴을 쳐다봤다. 노인은 눈에 도는 눈물을 감추려는 듯 고개를 돌려 분꽃을 보는 척했다. 나는 다시 쇼코를 바라봤다. 쇼코는 그런 유약한 노인의 모습을 보며 재미있다는 듯이 웃기까지 했다. 나는 집에 있는 우리 할아버지를 떠올렸다. 마치 우리 할아버지가 모욕을 받은 것처럼 느껴졌다.

"뭐라고?"

"빌어먹을 새끼라고. 어디 가서 죽어버렸으면 좋겠다고."

나는 할말을 잃었다. 몸은 뜨거워졌지만 그럴수록 머리는 맑아졌다.

"더이상 널 볼 일은 없을 거야. 애처럼 굴지 마."

쇼코는 웃으며 말했다.

"난 네가 누군지도 몰라. 넌 누구니?"

쇼코는 죽은 물고기처럼 마루 기둥에 머리를 기대고 입을 약간 벌린 채로 무표정하게 나를 바라봤다. 나는 그 모습이 보기 싫어서 고개를 돌렸다. 노인은 구부정한 자세로 마치 아무 일도 없었던 것처럼 분꽃을 바라봤다. 노인이 들고 있는 투명한 분홍색 비닐 안에는 사과 몇 알과 빨대가 달린 주스팩들이 들어 있었다.

나는 노인의 등뒤에 대고 고개를 숙여 미안하다고 말한 뒤 그 집을 나왔다. 항공사에 추가 요금을 지불하고 그다음날 오후 비행기를 타고 한국으로 돌아왔다.

비행기는 낮게 날았다. 맑은 날이었다. 창밖으로 보이는 현해탄은 햇빛을 받아 반짝거렸다. 멀리서 본 사물은 티 없이 아름답기만 했다.

나는 할아버지에게 쇼코를 만나지 못했다고 거짓말을 했다.

"며칠 동안 기다렸지만 집에 없었어. 미안해."

할아버지는 애써 웃으며 말했다.

"괜한 걸음 했구나. 그냥 인생 경험 했다고 생각해라. 이제 쇼코니 뭐니 하는 애는 잊어버리자. 그애도 많이 바빠서 그런 거니까. 우리가 이해해야지."

어린 시절의 할아버지는 매사에 화를 내는 사람이었다. 상대가 사정이 있어서 잘못을 했다고 하더라도 그런 사정 같은 건 봐줄 필요가 없다는 식이었다. 말로 풀 수 있는 갈등도 결국 싸움으로 번지게 했다. 이해나 관용이라는 것은 없었고 뒤끝도 있어서 자꾸만 지난 얘기를 끄집어내며 화를 냈다.

우리가 이해하자, 그애에게도 사정이 있겠지, 잊어버리자, 같은 말들은 할아버지의 말이 아니었다. 할아버지는 쇼코에 관해 말하는 것 자체를 회피하려는 것 같았다. 쇼코에게 무슨 사정이 있었으리라고 여기며 자신의 마음을 보호하려는 것처럼.

그까짓 편지 교환이 무슨 그리 큰 의미였다고. 그것도 쉰 살이나 차이 나는 외국인과의 펜팔이었다. 쉰 이후로는 돈도, 변변한 직업도 없이 살아왔지만 자기를 굽히는 법을 모르던 사람이 쇼코의 침묵 앞에서는 체념했다. 쇼코의 편지를 모아놓았던 거실 협탁 안은 텅 비어 있었다. 할아버지는 더이상 우편함을 확인하지도 않았다. 우리는 그날 이후로 쇼코에 대해서는 아무 말도 하지 않았다.

그 작은 집에서 인형처럼 붙박여 있던 쇼코의 모습이 유령처럼 언뜻언뜻 눈앞을 스쳤다. 물리치료사가 되었겠지. 그리고 돈을 벌기 시작했을 테고. 당시의 나는 쇼코가 너무 쉬운 결정을 내렸다고 생각했다. 스물세 살에 벌써 직업을 정하고 태어난 소읍에서 떠나지 못한다는 건 형편없는 선택이라고.

그때만 해도 나는 내가 다른 사람들과는 다른 삶을 살 수 있으리라고 생각했다. 나는 비겁하게도 현실에 안주하려는 사람들을 마음속으로 비웃었다. 그런 이상한 오만으로 지금의 나는 아무것도 아니게 되어버렸지만. 그때는 나의 삶이 속물적이고 답답한 쇼코의 삶과는 전혀 다른, 자유롭고 하루하루가 생생한 삶이 되리라고 믿었던 것 같다.

영문과를 졸업하고 나는 한 방송국의 영화 아카데미에 등록했다. 아카데미 등록 비용을 대기 위해서 밤에는 영어 과외를 했다. 팀원들과 함께 시나리오를 작성하고 카메라 촬영을 배우고, 꽤나 알려진 영화감독의 강연을 듣기도 하면서 초심을 다져나갔다. 물론 지난한 과정이기는 하겠지만 나는 언젠가 영화감독이 되리라는 내 꿈을 믿어 의심치 않았다.

대학 동기들은 은행으로, 항공사로, 출판사로 저마다 직장을 찾아서 떠났다. 나는 그애들이 자기가 진심으로 원하는 일이 무엇인지도 모르면서 단지 돈과 안정만을 좇는다고 생각했다. 그런 것들을 추구하는 인생은 무의미하다고 생각했다. 당시에 내게 중요한 건 오로지 의미였다. 나는 나의 꿈을 따라가기 때문에 의미 있는 삶을 살고 있다고 자위했다. 그러나 두려웠다. 영화감독이 되고 투자자들의 투자를 받는 영화를 찍는 것은 확률상 불가능에 가까웠다.

아카데미를 마치고 단편영화 독립영화제에 작품을 냈다. 어떤 코멘트도 없는 낙방이었다. 마음을 정리하고 일 년 동안 쓴 시나리오 또한 공모전에서 떨어졌다. 같이 영화를 공부했던 사람들은 내가 쓴 시나리오가 진부하고 지루하며 개성이 없다고 혹평했다. 내 딴에는 꽤나 창의적이라고 생각했던 대사를 읽으며 이런 건 대사도 아니라고 말했다. 아직은 더 공부를 해야겠네, 영화를 더 많이 봐야겠어, 라는 말을 해마다 들었다.

자기는 시나리오 쓴 지 얼마나 됐어? 라는 물음에 쭈뼛거리게 되었을 즈음, 나는 서른을 목전에 두고 있었다. 오 년간 시나리오를 썼고, 작은 영화들에 스태프로 참여하기도 했지만, 그보다는 이런저런 영화판 뒤풀이 자리에 가서 가십을 듣고 퍼뜨리기를 잘했다.

창작이 나에게 자유를 가져다줄 것이고, 나로부터 나를 해방시킬 것이고, 내가 머무는 세계의 한계를 부술 것이라고 생각했지만 현실은 정반대였다. 늘 돈에 쫓겼고, 학원 일과 과외 자리를 잡기 위해서 애를 썼으며 돈 문제에 지나치게 예민해졌다.

이미 직장에서 대리급이 된 친구들과는 돈 씀씀이가 확연히 달라졌고 그애들은 내가 밥값도 내지 못하게 했다. 친구들의 배려였지만, 그런 작은 일들 하나하나가 자존심을 긁었다. 직장에서 자리를 잡은 친구들은 주말이면 공연이나 영화를 보러 다녔고, 틈틈이 책을 읽었지만 나의 독서량은 그애들보다도 빈약했다.

반면 영화를 하는 친구들을 만나면 늘 그들의 재능과 나의 재능을 비교하며 열등감에 휩싸였다. 영감은 고갈되었고 매일매일 괴물 같은 자의식만 몸집을 키웠다. 일이 잘 풀리지 않아 알코올중독자가 된 감독 지망생과, 중고등학생들과 함께 패스트푸드점에서 일하며 야근 수당조차 제대로 받지 못하는 시나리오작가 지망생을 보며 내가 그들보다는 낫다고 생각하기도 했다.

그래서 꿈은 죄였다. 아니, 그건 꿈도 아니었다.

영화 일이 꿈이었다면, 그래서 내가 꿈을 좇았다면 나는 적어도 어느 부분에서는 보람을 느끼고 행복했을 것이다. 하지만 나는 단지 감독이 되겠다는 나 자신과의 약속을 지키기 위해서 마음에도 없는 글을 쓰고 영화를 만들었다. 나 자신도 설득할 수 없는 영화에 타인의 마음이 움직이기를 바라는 건 착각이었다.

어떤 영화를 만들고 싶다는 생각은 이미 죽어버린 지 오래였다. 나는 그저 영화판에서 비중 있는 사람이 되고 싶었다. 시나리오를 썼지만, 이야기는 내 안에서부터 흐르지 않았고 그래서 작위적이었다. 쓰고 싶은 글이 있어서 쓰는 것이 아니라 써야 하기에 억지로 썼다.

꿈. 그것은 허영심, 공명심, 인정욕구, 복수심 같은 더러운 마음들을 뒤집어쓴 얼룩덜룩한 허울에 불과했다. 꼬인 혀로 영화 없이는 살 수 없어, 영화는 정말 절실해, 같은 말들을 하는 사람들 속에서 나는 제대로 풀리지 않는 욕망의 비린내를 맡았다. 내 욕망이 그들보다 더 컸으면 컸지 결코 더 작지 않았지만 나는 마치 이 일이 절실하지 않은 것처럼 연기했다.

순결한 꿈은 오로지 이 일을 즐기며 할 수 있는 재능 있는 이들의 것이었다. 그리고 영광도 그들의 것이 되어야 마땅했다. 영화는, 예술은 범인의 노력이 아니라 타고난 자들의 노력 속에서만 그 진짜 얼굴을 드러냈다. 나는 두 손으로 얼굴을 가리고 눈물을 흘렸다. 그 사실을 인정하기가 어려웠기 때문이다. 재능이 없는 이들이 꿈이라는 허울을 잡기 시작하는 순간, 그 허울은 천천히 삶을 좀먹어간다.

나는 영화판에 발을 들여놓기 전까지 친구라고 부르던 사람들을 거의 다 잃어갔다. 기다려준 친구들도 있었지만 그림자를 먹고 자란 내 자의식은 그 친구들마저도 단죄했다. 연봉이 많은 남자와 결혼하는 친구는 볼 것도 없이 속물이었고, 직장생활에서 서서히 영혼을 잃어간다고 고백하는 친구를 이해해주는 척하면서 속으로는 고소하다고 생각했다. 그리고 그런 생각을 하는 나 자신의 끔찍함에 놀랐으나 그조차 오래가지는 못했다.

점점 집에 혼자 있는 시간이 늘어났다. 아무도 만나고 싶지 않을 때가 많았고, 엄마와 할아버지를 찾아가지도, 따로 전화하지도 않았다. 그나마 나를 사랑해주는 사람들과도 거리를 두면서 영화를 통해 인간 내면의 깊은 곳을 그릴 수 있다고 믿었다. 그런 오만이 그 사람들을 얼마나 쓸쓸하게 했을지 당시의 나는 몰랐다.

할아버지에게 전화가 걸려온 건 오후 세시였다. 나는 그때까지도 일어나지 못하고 있었다.

"여보세요?"

"너 아직까지 자는 거냐? 네 집 앞이다."

비가 내리는 11월이었다. 전화를 끊고 핸드폰을 보니 아침 여덟 시부터 할아버지에게서 다섯 통의 부재중 전화가 와 있었다. 언제부터 기다린 것인지 알 수가 없었다.

할아버지의 황토색 베레모가 축축하게 젖어 있었다. 코와 귀가 빨갰다.

"한 층에 몇 명이나 사는 거냐."

할아버지는 복도를 지나며 양옆으로 붙어 있는 방문들을 보고 쯧쯧 혀를 찼다. 나는 방으로 들어가서 책상 의자를 빼서 할아버지 쪽으로 끌었다.

"그깟 의자 필요 없다. 나는 바닥이 편하니."

나도 바닥에 앉자 할아버지는 여자는 차가운 바닥에 엉덩이를 대면 안 된다면서 의자에 앉으라고 소리를 쳤다.

"할아버지, 여기서는 조용히 말해야 돼. 방음이 잘 안 돼."

"염병할 소리."

할아버지는 무슨 문병 온 사람처럼 비타민 음료 한 박스를 들고 왔다. 나는 박스에서 병 하나를 꺼내서 할아버지에게 건넸다.

"이딴 거 필요 없다. 너나 마셔. 네가 하도 바쁘다 바쁘다 해서 얼마나 바쁜지 한번 보러 왔다. 네가 어떻게 사는지도 궁금했고. 별거 없구만. 기집애가 옷도 이래 없어서 남자나 한번 만나보겠어?"

"그딴 소리 할 거면 가."

할아버지가 서울 자취방으로 나를 찾아온 건 그때가 처음이었다. 할아버지의 자리는 우리집 소파 위이거나 할아버지 방의 옥장판 위였으니까. 그런 할아버지가 내 공간에 어색하게 앉아 있었다. 기차를 타고 지하철과 버스를 타고 비를 맞으면서까지 나를 보러 온 거였다. 그런 건 할아버지답지 않았다. 할아버지는 오라는 법은 있어도 발 벗고 찾아가는 사람은 아니었으므로.

나는 이 글에서 여러 번 할아버지답지 않다는 말을 썼다. 그런데 이제는 내가 생각했던 할아버지는 그저 그의 일부분일 뿐이었으리라고 생각한다. 물리적인 시간으로 따져도 나는 그의 삶의 5분의 3을 알지 못한다.

할아버지도 결국은 그저 내 방을 잠시 지나쳐가는 손님일 뿐이었다. 속수무책으로 낯선 길에서 비를 맞아야 했던 노인, 다른 사람들 눈에는 아무것도 아닌 사람, 실패자 중의 실패자로 기억될 그 낯선 노인이 내 눈앞에 앉아서 딴청을 피웠다.

직장에 나간 엄마 대신 나를 업어 키운 그였다. 그의 돌봄으로 뼈와 살이 여물었고 피가 돌았다. 효도는 이데올로기에 불과하다고 말하는 사람들 속에서도 나는 할아버지에 대한 부채감을 느꼈었다. 물질적으로나 정신적으로나 나는 그에게 해준 것이 없었다. 그래서 그에게 더 등을 돌리려고 했는지도 몰랐다.

할아버지가 주머니에서 주섬주섬 뭔가를 꺼내더니 내 손에 쥐여줬다. 아직 채 뜯기지 않은 편지 봉투였다.

"쇼코야. 쇼코가 우리에게 다시 편지를 보냈다."

할아버지는 속주머니에서 다른 편지 봉투를 꺼내서 자랑하듯이 그 안에 든 작은 팸플릿과 폴라로이드 사진, 편지지를 보여줬다. 코팅되어 있는 하늘색 팸플릿의 맨 앞 장에는 하얀 가운을 입은 여자 둘과 남자 하나가 웃고 있었다. 가운데의 중년 여자가 원장 같았고, 양쪽의 남녀는 이십대로 보였다. 그 젊은 여자가 쇼코였다. 볼의 젖살은 다 빠졌고, 머리카락과 눈썹은 갈색으로 염색되어 있었다. 볼에는 분홍색 블러셔를 과하게 발라서 얼굴이 온통 핑크색으로 보였다. 쇼코는 눈과 입을 있는 대로 과장해서 활짝 웃고 있었다.

폴라로이드 사진에서 쇼코는 발만 하얀색인 까만 고양이를 안고 있었다. 고양이는 눈을 감은 채 쇼코의 팔에 완전히 몸을 맡기고 있었다. 쇼코는 이 사진에서도 이를 보이며 크게 웃고 있었다.

"쇼코는 고향에서 물리치료 선생이 됐다. 아주 좋은 병원이라지. 내가 그 병원으로 가면 할인을 해주겠다나 뭐라나."

"고작 이런 거 때문에 여기까지 왔어? 그냥 전화하지."

"그냥, 그냥 온 거다."

그리고 다시 침묵이 돌았다. 할아버지는 주머니에서 담배를 꺼내서 담뱃불을 붙이고 담배 끝을 쳐다봤다.

"요즘 누가 방에서 담배를 피워. 집주인 알면 당장 쫓겨나."

할아버지는 내 말에도 굴하지 않고 두번째, 세번째, 연달아 담배를 피웠다. 나는 잔소리를 하려다가 관두고 팸플릿 속의 쇼코의 얼굴을 보는 척했다. 무슨 말을 어떻게 해야 할지, 할아버지가 보내는 침묵의 의미가 무엇인지 알 수 없었다.

"너 말이다. 이런 말은 처음 해보는데."

"……"

"나는 네가 이렇게 큰사람이 될 줄은 몰랐다. 서울에 가서 공부도 하구 영화감독두 되구. 힘든 대루 손 벌리지 않고 네 힘으로 살구. 까짓것 다 무시하면서 네가 하고 싶은 대로 살지. 난 그거, 멋지다고 본다."

할아버지는 담배를 커피 깡통에 비벼 끄더니 나를 물끄러미 쳐다봤다. 나에 대한 안쓰러움을 숨기는 얼굴이었다. 감정을 숨기는 연습이 잘 안 된 사람이어서 그런 감정이 얼굴에 그대로 비쳤다. 할아버지는 내가 수렁에 빠진 것을 알고 있었다. 아무도 나의 삶을 인정해주지 않는다는 것을 알았을 테니까 그런 식으로라도 나를 위로해주고 싶었겠지. 나는 할말이 없어서 팸플릿을 보며 말했다.

"얘는 화장을 무슨 가부키처럼 했대?"

"예쁘기만 하구만. 가부키든 경극이든 지가 하고 싶은 대로 하는 거지."

이 말을 하고 할아버지는 자리에서 일어났다.

"뭐야. 왜 벌써 일어나?"

"그냥 그 말 하려고 온 거다. 너 바쁜데 시간 뺏기 싫어."

할아버지는 내가 하나도 바쁘지 않다는 걸 알고 있었다. 그랬으니까 그냥 불쑥 찾아와볼 수 있었을 것이다. 내가 오후 세시에도 집에 있다는 확신이 있었을 테니까. 나는 간다는 할아버지를 제대로 잡지도 못하고 밖으로 따라 나갔다.

하나뿐인 이단 우산은 제대로 펴지지 않았다. 성격 급한 할아버지는 이미 저만치 걸어가고 있었다. 버튼을 누르면 자동으로 펴지는 우산이었지만 버튼도 듣지 않았고 수동으로 펴지지도 않았다. 비는 굵은 방울로 떨어져내렸다. 이런 날씨에 우산 하나 제대로 챙겨오지 않은 할아버지에게 화가 났다. 골목 끝에 편의점이 있었지만, 나에게는 우산을 살 만한 돈이 없었다.

할아버지는 빠른 걸음으로 걸어가다가 뒤를 보더니 손을 흔들며 괜히 웃었다. 나는 고장난 우산을 들고 할아버지에게 뛰어갔다. 울음을 겨우겨우 참으면서, 할아버지 앞에서 눈물을 보여서는 안 된다고 다짐하면서. 나는 할아버지에게 우산을 건넸다.

"이딴 거 필요 없다. 비가 많이 오는 것두 아닌데. 야, 왜 울고 그래?"

나는 할아버지에게서 다시 우산을 뺏어서 우산을 펴려고 낑낑댔다.

"우산이, 우산이 펴지질 않잖아. 저번만 해도 잘 됐는데, 꼭 필요하면 이래."

"눈물도 쨌다. 이리 줘."

할아버지가 우산을 조금 만지자 꼼짝도 않던 우산대가 활짝 펴졌다. 할아버지는 허허 웃으면서 나에게 우산을 씌워줬다. 할아버지가 쓰고 가라고 해도 막무가내였다. 비는 점점 더 거세졌다. 정류장까지라도 같이 가자고 하니 할아버지는 괜찮다고, 그냥 이대로 가겠다고 말했다. 그 말을 하는 할아버지의 눈이 빨개졌다. 울고 싶으니까 그냥 풀어달라는 눈빛이었다. 나는 할아버지의 손을 놓았다. 할아버지는 뒤도 한 번 돌아보지 않고 곧장 앞으로 걸어갔다.

저렇게 제멋대로고 충동적이고 마음 여린 이상한 사람. 이상한 나의 할아버지. 저 엉망진창인 사람. 나는 할아버지의 모습이 사라질 때까지 할아버지가 씌워준 우산을 쓰고 그의 뒷모습을 바라봤다.

소유에게

잘 지내니? 물론 나를 잊었겠지만 이렇게 편지를 보낸다. 네가 우리집으로 찾아오기 전에 하나에게 뉴욕에서 너를 만났다는 이야기를 들었어. 그때 너의 메일 주소도 알게 되었지만 메일을 썼다 지웠다 여러 번 하다 결국 보내지 못했어.

단순하게 말하자. 나는 그때 아팠었어. 핑계라고 해도 좋아. 하지만 그게 사실이니까 이렇게 말하는 거야. 널 처음 만났을 때부터 전조가 있었고 대학 입학시험을 보기 전에도 아픈 건 마찬가지였어. 그때 너에게 이런저런 이야기를 써서 보냈었지. 과장도 있었지만 모두 사실이었어.

너는 왜 내가 도쿄로 가지 않았느냐고 물었었지. 그래. 난 누구보다도 도쿄로 가고 싶었어. 도쿄에 가면 보다 쉽게 죽을 수 있으리라는 생각이었어. 집에서는 할아버지와 고모가 돌아가며 나를 감시했었으니까. 내가 자살 시도를 하는지 어떤지. 한번은 할아버지에게 걸려서 죽다가 살았어. 생명의 은인인 셈인데 그때는 할아버지가 밉기만 했어.

할아버지가 내게 말하더라. 세상에는 살고 싶어도 살 수가 없는 사람들이 있는데 왜 그런 호사스러운 생각을 하느냐고. 마음을 강하게 먹어야 하지 않겠냐고. 사무라이 정신 운운. 우울증이 치료를 요하는 병이라는 걸 아무도 알지 못했던 것 같아. 그사이에 상태는 더 악화되었었고.

할아버지 때문에 도쿄로 가지 못한 게 아니야. 할아버지에게 내가 필요했던 게 아니라 나에게 할아버지가 필요했어. 도쿄로 가게 되면 내가 내 목숨을 정말 끝내버릴 것 같아 무서웠어. 집에서 자살 시도를 했을 때도 마음 깊은 곳에는 누군가 나를 구해주리라는 생각이 있었었나봐. 겁이 났어. 그래서 고향에 머물렀던 거야. 나는 어떤 의미로든 할아버지와 고모에게 의존하고 있었어.

대부분의 시간은 무기력했고 가끔씩 정신이 맑아질 때는 내가 내 정신을 연료로 타오르는 불처럼 느껴졌어. 나를 포함한 세상 모든 것들에 화가 났어. 그렇게 화를 내고 보면 몸이든 정신이든 재처럼 부서져버리는 거야. 그런 과정들을 반복했어. 사람들은 열아홉 스물 스물하나를 아름다운 시절이라고 말하더라. 나는 하루하루 죽고 싶었던 기억밖에 없었는데도.

네가 우리집에 찾아왔던 날이 흐릿하게 기억나. 약물치료를 시작하던 즈음이었는데. 널 보고 반가웠던 것도(개였다면 오줌을 지렸을 거야), 너에게 내 스케치북을 보여줬던 것도, 너와 팔짱을 꼈던 것도, 너에게 나쁘게 말했던 것도 기억나. 약을 먹어서 멍한 상태였고, 네가 나를 뿌리치는데도 그냥 무덤덤했었어. 네가 대문을 박차고 나가는데도 널 따라가야겠다는 생각도 못했어. 네가 짜잔— 하고 다시 들어오리라고 생각했거든. 그렇게 마루에서 한참을 자고 일어났더니 해가 져 있더라. 그제야 내가 너에게 무슨 짓을 했는지 후회가 밀려왔어. 나는 너를 영영 잃어버린 거야.

날 용서해주기를 바라는 건 아니야. 그냥 내 마음 편하려고 이런 편지를 썼다고 욕해도 좋아. 사실 그렇기도 하니까. 이제 조금은 내 마음이 편해지기를 바라. 종종 편지할게.

쇼코

동이 틀 때까지도 잠을 이룰 수가 없었다. 책상 의자에 꼬박 앉아서 창밖의 풍경이 검정에서 짙푸른색으로, 밝은 노란색으로 바뀌는 모습을 물끄러미 바라봤다. 중고등학생들이 가방을 메고 학교를 가는 모습을 지켜볼 때쯤 엄마에게서 전화가 왔다. 엄마의 목소리는 낮게 잠겨 있었다.

"어제 할아버지가 널 찾아가셨다고?"

"응."

"넌 생각이 있는 애니 없는 애니?"

"……"

"팔십 다 먹은 노인네가 비 오는 추운 날에 서울까지 갔어. 너희 집에서 재워드릴 생각은 못할망정 밥도 한끼 안 챙겨드리고 빈속으로 그냥 보내?"

엄마는 여기까지 말하고 숨을 몰아쉬었다. 핸드폰 뒤편에서 "내가 오고 싶었다니까! 얼굴만 보러 간 거야. 애한테 왜 야단이야"라는 할아버지의 목소리가 들렸다.

"그게 그렇게 어려운 일이었어? 얼마나 대단한 일을 한다고 노인네를 찬 바닥으로 내몰아? 아무리 철이 없어도 그렇지."

나는 아무 말도 하지 못하고 그냥 엄마의 이야기를 듣고만 있었다. 불안정한 엄마의 목소리에서, 엄마가 단지 나의 잘못된 처신에 대해서만 분노하고 있지 않다는 걸 느꼈다. 엄마는 나에게 화를 내고 있었지만 동시에 할아버지에게 시위하고 있었다.

할아버지는 병에 대해서 수치심을 느꼈던 것 같다.

늙는 것에 대해서도 할아버지는 좀처럼 받아들이려고 하지 않았으니까. 병든 노인 같은 건 멋지지 않다고 생각했던 것 같다. 감히 병 따위가 자신을 조종하고 무너뜨리려고 하다니. 그리고 실제로 그렇게 되어가고 있었고 할아버지는 그걸 견딜 수가 없었던 것 같다. 강단이나 고집만으로는 상대할 수 없는 병이었다.

내가 영화 좀 찍는다는 사람들이 모인 술자리에서 글이 잘 써지지 않는다며 앓는 소리를 하고 다닐 무렵이었다고 한다. 내가 글을 쓴다며 책상에 앉아서 연예 기사나 클릭하면서 시간을 보내고 있을 때, 할아버지는 이미 이 년째 통원 치료를 받고 있었던 중이었다고 한다. 그날 자취방에 찾아왔을 때도 치료를 받던 중이었다고.

가끔씩 할아버지에게서 전화가 오면 받지 않거나 건성으로 받곤 했다. 할아버지는 늘 그 자리에 있는 사람이었으니까. 무슨 일이 있더라도 그냥 당연히, 원래 그렇게 있는 사람이었으니까. 내 상황이 나아지고 자리를 잡아서 떳떳해져야 한다고만 생각했었다. 할아버지는 건강에 대해서 가타부타하지 않았고, 되려 나이가 드니 감기도 잘 안 걸린다고 말했었다.

할아버지가 병원에서 퇴원하던 날 엄마는 전화로 이 사실을 알렸다. 잠시 일을 접고 주중에라도 집에 와서 할아버지의 간병을 해야 한다고. 엄마는 돈을 벌어야 하잖니, 페이는 적지 않게 줄게, 라고 말했다. 페이를 주지 않으면 내가 내려오지 않을 거라고 확신한다는 듯이. 하지만 나를 믿지 않는 엄마를 비난하기에 나는 너무 멀리 와 있었다.

할아버지는 소파에 앉아서 물끄러미 야구 경기를 보고 있었다. 내가 들어온 모습을 보고 얼굴에 미소만 띠었을 뿐 미동도 없이 앉아 있었다. 깡마른 몸. 할아버지는 자취방을 찾아왔던 날에 썼던 황토색 베레모를 쓰고 있었다. 합성피혁의 붉은색 소파는 할아버지의 뒤통수가 닿았던 자리가 벗겨져 검은 내피가 드러났다.

나는 할아버지 옆에 앉아서 룰도 알지 못하는 야구 경기를 보았다. 허벅지가 통통한 타자가 공을 치기 전에 발을 구르며 엉덩이를 씰룩거렸다.

"재미없어. 딴거 봐."

"거의 다 끝났다. 끝나는 것만 좀 보자."

나는 할아버지 손에서 리모컨을 빼앗아 채널을 돌려댔다.

"정신없어! 보던 것 좀 보게 리모컨 줘봐."

"한 번이라도 내가 리모컨 잡아본 적 있어? 지금까지 할아버지 보고 싶은 것만 보고 살았잖아."

할아버지는 리모컨을 뺏으려고 했지만 손에 힘이 없었다. 할아버지 딴에는 힘을 쓴다는 표정이었지만 끝내 내게서 리모컨을 빼앗지 못했다. 나는 패션 채널을 틀어서 메이크업 강좌를 봤다. '내 남자를 유혹하는 아이 메이크업'이라는 주제였다. 할아버지는 천천히 텔레비전 쪽으로 걸어가서 전원 코드를 뽑아버렸다.

"야구 안 볼 거면 꺼버려라 이딴 거."

"언제까지 그렇게 고집부리면서 살 거야? 어떻게 그렇게 남 생각을 안 해? 자기 마음만 편하면 끝이야?"

할아버지는 소파로 돌아와서 고개를 숙이고 앉았다.

"왜 처음부터 얘기를 안 했어?"

"옘병. 쓸데없는 소리."

"속시원해? 결국 이렇게 돼서?"

할아버지는 고개를 들고 내 얼굴을 바라봤다.

"난 정말이지 괜찮을 줄 알았다."

무슨 말이라도 하고 싶었다. 하지만 턱도 벌릴 수가 없었다. 턱을 벌려 입을 열면 눈물이 쏟아져내릴 것 같아서였다. 그제야 할아버지의 마른 얼굴이 눈에 들어왔다. 몸이 말라가고, 피부가 누렇게 변해가는 건 알고 있었지만 그건 그냥 자연스러운 노화의 과정인 줄로만 알았다. 단지 그 노화가 조금 빠르게 진행된다고만 생각했다. 나 자신에게는 그리도 예민했으면서 할아버지의 상황에는 왜 그토록 무뎠었는지.

할아버지는 베레모를 벗어서 무릎에 올려놨다. 숱이 적은 흰 머리카락이 모자에 눌려 있었다. 할아버지는 마치 애인에게 이별을 고하는 남자처럼 변명했다.

"정말이다. 이렇게 심해질 걸 알았으면 너에게 진작 말했을 거다. 자주 얼굴이나 보자고."

할아버지는 안간힘을 써서 웃고 있었다.

"내가 말했으면 나 자주 보러 왔을까."

나는 대답 대신 할아버지의 머리를 꼭 안았다. 정수리에서 머릿기름 냄새가 났다.

할아버지는 그렇게 예순다섯 밤을 더 보내고 영면하셨다.

그 예순다섯 날들만큼 하루하루를 깨어 살아본 적은 없다.

우리 셋은 보이지 않는 법이라도 있는 것처럼 안방에서 함께 잤다. 할아버지가 장롱 쪽에서, 엄마가 문가에서, 내가 그 가운데에서 잤다. 불을 끄고 천장을 보면서 하던 이야기들. 그전에는 하지 못했던 말들. 하지 않아도 된다고 생각했던 말들도 용기를 내서 주고받았다. 마치 처음 사귀는 사람들처럼. 이제 막 말을 배우는 사람들처럼.

처음에는 할아버지와 내가, 또 나와 엄마가 대화를 주고받았다.

"협탁 서랍에 있던 쇼코 편지는 어디에 뒀어?"

"그거? 버렸지."

"왜?"

"그냥 속이 상했었어."

"할아버진 왜 걔가 그렇게 좋아?"

"예쁘잖냐. 잘 웃고."

"아빠는 나보곤 예쁘단 적도 없었잖아. 질투났어."

엄마가 끼어들어 말했다.

며칠이 지나고, 할아버지와 엄마는 나를 사이에 두고 비로소 이야기를 시작했다.

"아빠. 아빠는 사십 년을 혼자 살았지."

"그래."

"왜 그랬어, 아빠?"

"……그런 너는 왜 이서방 가고 남자랑 만나지도 않고."

"눈치도 없으셔. 많이 만났어. 남자."

"이젠 만나지만 말고 같이 살아도 봐."

할아버지가 곧 돌아가신다는 분명한 사실이 우리 셋에게 유익한 독이 된 것 같았다. 하지만 독은 독이었다. 점점 모르핀 투약 횟수가 잦아졌고, 할아버지는 먹는 것마다 토하거나 아예 드시지 못했다. 깡통에 든 유동식을 드려도 마찬가지였다.

할아버지와 이야기하고 싶었다. 그냥 한두 시간만이라도 텔레비전을 끄고 서로의 얼굴을 마주보고 싶었다. 할아버지는 평생 좋은 소리 한 번 하는 법 없이 무뚝뚝하기만 했는데 그게 고작 부끄러움 때문이었다니. 죽음에 이르러서야 겨우 부끄러움을 죽여가며 나에게 이런저런 이야기를 하던 할아버지가 떠올랐다. 감정을 말로 표현하는 걸 사내답지 않다고 여기며 깔보던 시대에 태어난 사람이었다. 가끔씩 그런 통제에도 불구하고 비어져나왔던 사랑의 흔적들이 있었다.

엄마와 나는 할아버지의 마지막 순간을 함께 지켰다. 그리고 그 이유만으로 나는 엄마를 상당 부분 용서했고, 장례를 치르고 나서는 일상적인 대화를 할 수 있을 정도로 관계가 좋아졌다.

나는 오랜 시간 동안 엄마를 용서하지 않았었다. 엄마는 나를 낳자마자 일을 나갔고, 흉한 소문이라도 되는 것처럼 아빠의 죽음을 덮으려는 데에만 급급해 보였다. 시간이 지나면서 나는 엄마가 나로부터 아빠에 대한 애도의 기회를 빼앗아갔다고 생각했다. 비가 오면 우산을 가지고 온 학부모들을 제치고 비를 맞으며 집으로 갔던 일, 현관문 열쇠를 목에 걸고 동네를 돌아 돌아가기 싫은 집으로 걸어가던 일. 늘 방문을 걸어 잠그고 자던 엄마, 그 흔한 잔소리 한 번 하지 않던 무심한 엄마.

할아버지의 임종을 세 시간여 앞두고 엄마는 장례식장을 예약하고 상을 치르면서 쓸 세면도구를 가방에 챙겨넣었다. 할아버지의 숨소리가 점점 더 거칠어지자 나는 엄마의 손을 잡았다. 엄마의 손은 물기 하나 없이 딱딱하고 차가웠다.

할아버지의 숨이 멎자 엄마는 병원에 전화를 걸어 구급차를 불렀다. 목소리가 조금 떨렸지만 그뿐이었다. 내가 할아버지의 얇은 몸 위에 엎어져 울고 있을 때 엄마는 한 발자국 떨어져 서서 그런 할아버지와 나를 바라보기만 했다. 엄마는 울지 않았고, 눈가에는 눈물조차 맺혀 있지 않았다.

장례식장에서도 엄마는 손님들을 치르며 땅콩, 오징어포 같은 것들을 주워먹었고, 일상적인 이야기를 나누며 선선히 웃기도 했다. 화장실에서 사람들이 수군거리던 소리. 소유 엄마 독한 거 보라지. 하나 있는 자식이 저리도 무정하니 죽은 노인네만 불쌍하네. 번듯한 아들 하나라도 뒀으면 이만큼 초라하지는 않았을 거야.

엄마에 대해 아무것도 모르면서 껍데기만 보고 단죄하는 사람들에 대한 반감이 치솟을 무렵, 나는 그 사람들 편에 서서 엄마를 바라보지 않는 내 모습이 낯설었다. 슬픔을 억누르고 억누르다 결국은 어떻게 슬퍼해야 하는지도 모르는 사람이 엄마였다. 평생을 함께 산 아버지의 죽음 앞에서도 두려움 없이 눈물을 풀어낼 수조차 없는 사람, 울고 게워내서 씻어낼 줄을 모르는 사람, 그저 차가운 손과 발, 두통처럼, 보이지 않는 증상으로만 아픈 사람이 엄마였다.

장지로 가는 버스 안에서 나는 좀처럼 따뜻해지지 않는 엄마의 얼음장 같은 손을 붙잡고 있었다. 엄마는 퉁퉁 부은 내 얼굴을 차갑게 바라봤다. 엄마의 흰자위는 하얗다못해 파란빛이 돌았다.

"울고 싶어."

그 말을 하며 엄마는 힘들게 웃었다. 다 묶이지 않은 머리카락이 이리저리 흘러내려와 있었다. 나는 주머니에서 실핀을 꺼내서 엄마의 비어져나온 머리카락을 머리에 고정시켰다.

"너도 엄마가 이상해 보이지."

나는 고개를 가로젓다가 끄덕였다.

"응. 엄만 정말 이상한 사람이야."

엄마에게 쌓인 감정을 풀지 못했을 때는 하지 않았던 말이었다. 엄마는 조금 웃다가 내 어깨에 기대어 잠들어버렸다.

할아버지의 옷은 네 박스 정도로 정리를 해서 가까운 아름다운 가게에 기증했다. 구멍난 양말이며 얇아질 대로 얇아진 속옷, 기름때가 낀 플라스틱 빗, 밑창이 너덜너덜해진 운동화, 가죽이 허옇게 일어난 구두, 거의 다 쓴 코롱은 이십 리터짜리 종량제 봉투에 버렸다. 엄마는 별다른 고민 없이 할아버지가 80~90년대의 프로야구 기사를 모아놓은 스크랩북도 종량제 봉투에 버렸다. 신문을 읽을 때 쓰던 돋보기안경과 틀니는 납골당 서랍에 넣기 위해 챙겼다. 평소에 쓰던 황토색 베레모, 여름철에 쓰던 중절모 하나, 두터운 펠트 천으로 만든 감색 중절모는 내 방에 가져갔다.

엄마는 납골당 안에 넣을 사진 세 장을 고르라고 했다. 나는 햇살이 환하게 들어오는 방에서 아직 아기인 나를 안고 있는 할아버지의 사진을 골랐다. 그리고 엄마의 중학교 졸업식에서 엄마와 한 뼘 정도 거리를 두고 서 있는 할아버지의 사진을 집어들었다. 사진 속에서 엄마와 할아버지는 그 흔한 꽃다발도 없이 가지런히 두 손을 앞으로 모으고 카메라 앞에 서 있었다.

하지만 엄마와 나 할아버지, 이렇게 셋이 찍은 사진은 고작 한 장뿐이었다.

우리 셋은 반통짜리 수박을 앞에 두고 어색하게 앉아 있다. 할아버지가 가운데에서 입을 꽉 다문 채 설핏 웃고 있고 나는 한 손에는 수박을 들고 다른 한 손으로는 브이를 그리며 어색하게 웃는다. 엄마는 한 손에 식칼을 들고 표정 없이 카메라를 바라본다. 사진을 찍은 사람은 쇼코였다.

엄마와 할아버지는 사진 찍는 걸 좋아하지 않았다. 엄마는 사진 속 엄마의 얼굴이 너무 경직되어 보인다고 했고, 할아버지는 늙은이 사진을 찍어서 뭐하냐고 말했다. 엄마는 웃고 있는 자신의 모습을, 할아버지는 젊은 자기의 모습을 진짜 자기라고 생각했던 것 같다. 쇼코는 그래도 사진을 찍겠다고 따라다녔고 엄마와 할아버지는 어쩔 수 없이 사진을 찍었다.

쇼코는 그 사진을 할아버지에게 편지와 함께 보냈다. 사진 중에는 쇼코와 내가 천변에서 조금 떨어져 서서 찍은 사진도 있었다. 콘택트렌즈를 끼기 전, 알이 두꺼운 안경을 쓰고 있던 내 얼굴과 단정한 미소를 짓는 어린 쇼코가 거기에 있었다. 그때만 해도 쇼코가 나보다 한참은 어른처럼 느껴졌었는데 사진 속에서 웃고 있는 쇼코는 그저 어린애처럼 보였다.

쇼코가 보내온 사진은 노란색 고무줄에 묶여서 신발 박스의 맨 아래에 보관되어 있었다. 엄마가 거실에 신문지를 깔고 쪽파를 다듬는 사진, 할아버지와 내가 베란다에서 빨래를 너는 모습, 할아버지와 엄마가 소파에 앉아서 어색하게 웃는 사진이 있었다. 할아버지가 베레모를 쓰고 천변 벤치에 앉아서 배드민턴 라켓으로 파리를 쫓아내는 듯한 포즈를 잡은 사진도 있었다.

나는 엄마에게 쇼코도 할아버지의 병을 알고 있었느냐고 물었다. 엄마는 할아버지와 쇼코 사이에 어떤 내용의 편지가 오고갔는지 알지 못한다고 했다. 할아버지의 유품 속에서도 쇼코의 편지는 발견되지 않았다. 할아버지는 스크랩북과 사진을 제외한 기록물들을 모두 정리해버린 것 같았다. 그리고 내가 아는 한 할아버지의 마지막 투병 시기에 쇼코는 편지를 보내지 않았다.

"아빠는 삼십 년을 집에서만 보냈어."

엄마는 할아버지의 뒤통수에 닳아서 내피가 드러난 소파를 만지며 말했다.

"믿어지니? 네가 살아온 시간만큼이야."

엄마는 베란다 귀퉁이의 고무나무를 가리켰다.

"저 화분과 다를 바가 없었어. 그게…… 얼마나 내 마음을 짓눌렀는지 너는 모를 거야."

할아버지는 고작 열 살 때부터 가게에서 점원 노릇을 하며 일을 시작했다. 부모에게 한창 투정 부릴 나이에 할아버지는 주판을 튕기며 삼촌의 가게를 돌봤다. 아들이 없는 삼촌의 가게에서 입지를 다지는 것이 좋으리라는 조부의 결정이었다고 한다. 그렇게 쉰이 될 때까지, 그 가게가 망할 때까지 할아버지는 전쟁이 났을 때를 제외하고는 하루도 일을 거르지 않았다. 그렇게 할아버지 나이

쉰, 할아버지는 가게를 처분해야 했다. 자신의 사소한 실수 때문이었다고 할아버지는 엄마에게 고백했다고 한다.

가까운 사람에게 사기를 당한 것 같다고 엄마는 말했다. 몇십년간 이유를 물었지만 할아버지는 대답해주지 않았고 그저 사람을 만나는 걸 꺼렸다.

"어린 시절을 떠올리면 아빠에 대한 기억이 없어. 아빠는 잠잘 때 말고는 집에 들어오지 않았으니까. 일을 정리하는 마지막까지도 아빠는 집에서 시간을 보내는 일이 없었어. 정작 필요할 때는 없다가 내가 독립할 때가 되니 갑자기 밖에 나가지 않는 거야."

엄마의 시댁 쪽 식구들은 왜 귀한 내 아들이 사돈을 부양해야 하는 거냐고 엄마를 호되게 나무라기도 했다고 한다. 건강한 양반이 왜 밖에 나가서 일을 하지 않는 거냐고 역정을 냈다고 한다. 하지만 나의 아빠는 교육받아야 할 때 교육받지 못하고 즐겨야 할 때 즐기지 못했던 사람이라며 우리 할아버지를 받아들였다. 아빠가 그토록 질색하는 담배를 할아버지가 환기도 시키지 않고 피우는 것도, 하루종일 소파에 앉아 아무 일도 하지 않는 것도 그럴 수 있는 거라고 말했다.

할아버지는 늘 내게 먼저 돌아가신 아빠에 대해서 좋은 말들을 했다. 아주 번듯하게 잘생겨서 사위라고 데리고 다니면 면이 섰다는 이야기, 타고난 이야기꾼이어서 밥상머리에서 늘 웃었다는 이야기, 천성이 다정해서 엄마나 할아버지의 생일을 잊지 않고 작은 선물들을 줬다는 이야기 같은 것들이었다.

엄마는 그 다정한 남편을 결혼한 지 사 년 만에 잃어버리고, 고집불통 노인네와 울기 잘하는 어린 딸과 지금껏 살아왔다. 나는 할아버지의 틀니를 만지작거리며 말했다.

"할아버지가 서울 자취방으로 오셨던 날 있잖아."

"응."

"그때 나한테 뭐라고 하셨는 줄 알아?"

"뭐라 하셨어?"

"내가 이러고 사는 게 멋지다고, 하고 싶은 걸 하면서 사는 거니까 멋지다고 하셨어. 그런데 이상하게도 그날 이후로 영화 일이 마음으로 정리가 되더라."

"정리가 되다니?"

"이제는 끝내려고, 엄마."

엄마는 그 이유에 대해서 묻지 않았다. 우리는 별말 없이 할아버지의 유품을 정리했다. 엄마는 내가 서울에서 계속 지낼 건지, 아니면 고향으로 다시 내려올 건지 물었다. 나는 서울에 살든 고향에 살든 엄마와는 같이 살지 않겠다고 말했다. 엄마도 이제는 자유로워지라고, 집에 남자친구든 친구든 불러서 같이 놀고, 누구의 밥 걱정도 하지 말고 그냥 그렇게 있으라고 했다.

"엄마는 누구보다도 혼자 있기를 바랐던 사람이잖아."

"……고마워."

엄마는 신문지로 포장된 돈뭉치를 건넸다.

"할아버지 유산 전부야."

"이걸 왜……"

"괜히 그러지 말고 받아. 할아버지가 꼭 너 주라고 하셨어."

엄마는 가방에 돈뭉치를 넣으며 가는 길에 은행에 들러 입금하라고 말했다. 내 계좌로 돈을 보내줄 수도 있었지만, 할아버지가 한 푼 두 푼 모은 돈을 지폐 그대로 보여주고 싶다고 했다. 얼마나 오랫동안 모은 돈인지, 구지폐가 아래쪽에 쌓여 있었다.

엄마의 집을 나오며 습관처럼 우편함에 손을 집어넣었다. 손끝에 봉투 하나가 걸렸다. 노란색 봉투에는 발신자 위치에 일본어가, 수신자 위치에 영어가 적혀 있었다. 수신자에는 Mr. Kim이라고 쓰여 있었다. 나는 편지를 훔쳐서 주머니에 넣고 시외버스 안에서 봉투를 뜯었다. 작고 뾰족한 쇼코의 서체가 눈에 들어왔지만 아무것도 이해할 수가 없었다. 세로쓰기로 된, 한 장짜리 편지였다. 나는 핸드폰으로 편지를 찍어서 일본어를 잘 아는 시나리오작가 R에게 전송했다.

'할아버지가 받은 편지야. 무슨 뜻인지 알고 싶어.'

R은 MMS 메시지를 보냈다.

미스터 김에게

어제는 할아버지의 요양병원에 다녀왔습니다. 병원의 서쪽

응달에도 목련이 눈부시게 피었어요. 오늘은 심한 목 디스크 때문에 수술을 했던 환자가 드디어 혼자 옷을 갈아입을 수 있게 되었다고 문자를 보내왔어요. 퇴행성 허리 디스크가 진행되고 있는 열여섯 살 여자아이가 전기치료를 끝내고 저에게 말했어요. 아프지 않아서 좋겠네요, 라고. 그애에게 잘못한 것도 없는데 괜히 미안해져서 미안하다고 말했어요.

미스터 김. 이제는 더이상 편지를 보내지 말라고 하셨지요. 제 편지를 기다리지 않아도 되니 그편이 마음 편하겠다구요. 편지를 보내지 않으니 자꾸만 미스터 김에게 말할 거리를 생각하게 되었어요. 그러다 미안해졌어요. 웃고 떠들고 일을 하고 맛있는 것을 먹을 때에도 미안했어요.

그동안 감사했습니다. 건강하세요.

쇼코

나는 봉투에 적힌 주소로 짧은 편지를 썼다.

쇼코에게

할아버지가 돌아가셨어. 4월 5일 저녁 일곱시 즈음이었어. 이 년간 투병하셨고 지난 두 달간 병세가 급격히 악화되었어. 네가 그나마 할아버지와 최근까지 연락한 친구야. 할아버지는 너를 각별히 여기셨고 네가 한 번쯤은 당신을 만나러 오기를 바라셨었지. 한국에 오겠다고, 꼭 다시 만나자는 너의 빈말을 진담으로 알아들으셨나봐. 이제는 이런 손 편지 쓰는 것도 귀찮아. 연락할 일이 있으면 이메일을 보내거나 스카이프로 전화해.

소유

나는 이메일 주소와 스카이프 아이디를 종이에 꾹꾹 눌러 적어 빠른우편으로 보냈다. 그리고 서울의 자취방에서 아무 눈치도 보지 않고 이틀은 울기만 했던 것 같다. 몇 달 전 바로 저기 보이는 행어 아래서 줄담배를 피우던 할아버지를 기억했다. 이제 더이상 할아버지를 볼 수 없다는 사실이 시간이 지나며 더 분명해졌다. 그 사실이 분명해질수록 오히려 사실처럼 느껴지지 않았다.

내 나이 서른. 경력이라고는 인문대학 학부 졸업장과 단편영화 두 편의 감독뿐이었다. 영어로 읽고 말하는 것이 크게 어렵지는 않았지만 영어 능력을 증명할 수 있는 자격증도 성적표도 없었고 인턴 경력조차 없었다. 원서를 써보려면 영어 성적이라도 있어야 할 것 같아서 대학교 때 보던 토플 책을 펼쳤다. 문법을 정리하고 하루에 단어를 백 개씩 외웠다. 그러자 뜨개질을 하듯이 마음이 정돈되고 쉽게 집중할 수 있었다. 단순 암기에 집중하니 잡념이 조금씩 사그라졌다.

시나리오를 쓸 때는 하루 웃었다 하루 울었다 했다. 하루는 글이 잘 써진다고, 이만하면 해볼 만하다고 생각하다가 다음날에는 전날 쓴 글을 버리고 다시는 글을 쓸 수 없을 거라는 두려움에 사로잡혔다. 꾸준히 써야 한다고들 말했다. 적어도 오 년을 꾸준히 썼지만 글이 늘지 않았다. 평생을 써도 아무 의미 없는 장면들만 만들어내리라는 공포가 근육을 굳게 했다.

내가 창의적이지 않은 사람이라는 사실, 능동적인 사람은 더더군다나 아니며 암기식 교육이 오히려 편하게 느껴지는 사람이라는 사실을 인정하는 데는 많은 시간이 걸리지 않았다. 그토록 싫어했던 제도권 교육 안에서 나는 얼마간 편안함을 느꼈는지도 모른다. 영어 단어를 외우는 동안 매일 채용 사이트에 들어가서 취직자리를 알아보는 일도 거르지 않았다.

새벽에 눈을 뜨면 사람은 아무것도 아니라는 생각이 들었다. 심지어 우리가 밟고 있는 이 단단한 땅도 결국 흘러가는 맨틀 위에 불완전하게 떠 있는 판자 같은 것이니까. 그런 불확실함에 두 발을 내딛고 있는 주제에, 그런 사람인 주제에 미래를 계획할 수 있다고 생각했다니.

쇼코에게서 전화가 온 건 새벽 한시였다.

이불 위에서 영어 단어를 외우다 까무룩 잠이 들었다. Teresa라는 아이디였다. 나는 자리에서 일어나 전화를 받았다.

"여보세요?"

전화 너머로 라디오 소리가 들렸다. 전화기를 든 상대는 한동안 말을 제대로 하지 못했다.

"말해. 쇼코."

쇼코는 작은 목소리로 천천히 말을 시작했다.

"미스터 김 소식은 유감이야."

감기에 걸린 것처럼 잠긴 목소리였다.

"약속을 지키지 못해서 미안해. 하지만 갈 수가 없었어."

"왜?"

"미스터 김이 아픈 모습을 나에게 보이기 싫어하셨어."

그게 무슨 말인지 처음에는 잘 이해가 되지 않았다. 할아버지가 아픈 걸 쇼코가 알고 있었다고는 생각도 못했었다.

"할아버지가 아팠던 걸 알았어?"

"응. 소유 너는 몰랐었지."

응. 몰랐었어. 나만 빼놓고 모두가 알고 있었구나. 쇼코 네가 뭐라고. 나는 목이 멨다.

"널 속인 건 미안해. 하지만 미스터 김과의 약속이 더 먼저였어."

내가 대답할 틈도 없이 쇼코는 말을 이었다. 지금이라도 한국에 가서 나와 할아버지를 보겠다고 했다. 나는 알겠다고, 하지만 지금 같은 기분으로는 쇼코를 볼 수 없다고 말했다. 내가 몰랐던 비밀을 할아버지와 공유했다는 질투, 내게 내내 연락하지 않았던 일에 대한 미운 마음, 일본에서 본 쇼코의 태도에 대한 거부감, 나의 불안정한 처지에 대한 방어심, 그 모든 감정들이 하나로 모여서 차가운 마음으로 굳어졌다.

"나는 너를 안 봐."

쇼코는 이게 마지막이면 마지막일 거라고, 나에게 줄 선물이 있다고 말했다.

"미스터 김이 내게 보내신 편지는 이백 통 정도야. 나보다는 너와 너희 가족에게 더 의미가 있을 것 같아. 꼭 만나서 주고 싶어."

나는 목이 메어서 그냥 고개를 끄덕이기만 했다.

쇼코는 명동의 게스트하우스에서 묵는다고 했다. 나는 우리 동네 카페로 쇼코를 불렀다. 약속시간 이십 분 전에 카페로 나갔더니 쇼코는 이미 자리에 앉아 있었다. 팸플릿에서 본 것과 비슷한, 금발로 염색한 긴 머리에 속눈썹까지 붙인 진한 화장을 한 얼굴이었다. 쇼코는 반짝거리는 재질의 카키색 트렌치코트를 입고 하얀 옥스퍼드 단화를 신고 있었다.

쇼코에 대한 부정적인 감정 때문에 예의로라도 웃지 못했다. 나는 금색 펄로 번쩍이는 쇼코의 손톱에 시선을 줬다. 쇼코는 명동에서 칼국수를 먹고, 네일숍에 들르고, 마사지를 받았다고, 서울은 나의 고향인 K군과 전혀 다른 곳이라고 말했다.

"한국을 생각할 때면 늘 K군의 그 고즈넉한 분위기, 스쿠터를 타고 다니는 중년 여자들, 기다란 풀들이 우후죽순 솟아난 천변과

하루살이들이 떠올랐었어."

나는 그 말을 흘려듣고 쇼코에게 손을 뻗어 할아버지의 편지를 달라는 신호를 보냈다. 쇼코는 그런 내 손을 한 손으로 잡더니 다른 한 손까지 보태서 두 손으로 내 손을 감쌌다. 쇼코는 미소가 감도는 얼굴로 나를 바라보며 할아버지의 일은 유감이라고 말했다. 그 손짓과 표정에서 나는 위안을 느꼈고 쇼코로부터 위안받았다는 사실에 당혹했다.

나는 일본에 갔을 때 쇼코에게 느꼈던 우월감을 기억했다. 너의 인생보다는 나의 인생이 낫다는 강한 확신이 들었던 때. 집에 틀어박혀서 어디로도 갈 수 없었던 쇼코를 한심스럽게 생각했던 일. 넋이 나간 것처럼 내게 기대서 팔짱을 끼던 모습에 알 수 없는 소름이 돋았던 기억. 그리고 쇼코의 아픈 할아버지를 보며 나의 할아버지의 건강을 다행스럽게 생각했던 일도.

나는 쇼코의 그늘을 보지 못했다.

"여기."

쇼코는 비닐 쇼핑백 두 개를 꺼냈다.

"미스터 김의 편지야."

나는 쇼핑백으로 손을 뻗어서 편지를 하나 꺼냈다. 지독한 악필이었다. 세로쓰기로 된 편지에는 한자와 히라가나, 가타카나, 숫자가 분방하게 섞여 있었다. 그리고 편지지 구석에 머리가 둥글고 주둥이가 뾰족하게 나와 있는 참새 두 마리가 기지개를 켜듯이 날개를 펴고 웃는 그림이 있었다. 정교하지 않고 대충 그어놓은 스케치였지만, 새들의 기쁨이 고스란히 전해졌다.

할아버지의 소파 옆 협탁에는 재떨이와 전화기, 메모장이 언제나 놓여 있었다. 전화를 하면서 받아적기 위한 메모장이었지만 그보다는 할아버지의 낙서장에 가까웠다. 할아버지는 도형이며 사람의 얼굴, 나무, 동물 들, 그리고 기괴한 문양 같은 것들을 그리면서 시간을 보내곤 했었다. 그러다 청소를 한다고 자신이 그린 것들을 다 쓰레기통에 던졌었다.

그림에 시선을 주는 나를 보고 쇼코가 입을 열었다.

“미스터 김은 화가가 되고 싶었대.”

한 번도 들어본 적 없는 말이었다.

“화가가 되어서 전국을 유랑하며 그림을 그리고 싶었대. 그런데 열 살 때……”

“삼촌 가게에 취직하게 되지.”

“맞아.”

나는 다른 편지를 한 장 뽑았다. 아기 코끼리와 엄마 코끼리가 긴 코로 서로 장난을 치는 그림이 그려져 있었다.

“그는 내 상황에 대해서 정확히 알았어. 보지도 않고 환자를 치료하는 의사처럼 말이야.”

“그랬니?”

나는 들고 있던 편지지를 쇼코에게 건넸다. 쇼코는 한 줄 한 줄 영어로 통역해서 들려줬다.

"오늘은 천변을 걷다가 응달에서 누워 자는 젊은 남자를 봤다. 서른쯤이나 됐을까. 면도를 한 지 꽤 된 것처럼 턱과 얼굴에 수염이 듬성듬성 나 있었다. 나는 걸음을 멈추고 그 남자 옆에 쭈그려 앉아서 그의 얼굴을 뜯어보았다."

천변을 거닐며 소일하는 할아버지가 손에 잡힐 듯 보였다. 길을 가거나 버스를 탈 때 언제나 다른 사람들의 얼굴을 쳐다보던 할아버지. 나는 제발 사람들을 그렇게 뚫어지게 쳐다보지 말라고 화를 내곤 했다.

쇼코는 다른 쇼핑백에 든 편지 꾸러미를 앞으로 내밀었다.

"미스터 김이 투병하셨을 때의 편지들이야."

나는 편지 하나를 뽑아서 펼쳤다. 편지 모퉁이에 크고 긴 귀를 가진 강아지가 혀를 내밀고 귀를 펄럭거리며 앞으로 뛰어가는 그림이 그려져 있었다. 쇼코는 그 편지를 들고 통역했다.

"오늘은 문어죽을 먹었다. 내가 좋아하는 음식인데 누군가 토해 놓은 것처럼만 보이고 역한 냄새가 나서 겨우겨우 먹었다. 딸은 내게 '아빠, 무조건 먹어야 돼'라고 얘기하며 엄한 엄마처럼 굴었다. 굶어 죽고 싶냐고 화를 내는 딸을 봐서라도 먹었다. 토하면서 먹었다."

어째서 할아버지는 나에게 이런 이야기를 한마디도 하지 않았던 걸까.

"나에 대해서 쓰신 적은 없으셔?"

쇼코는 빨대로 아이스 아메리카노를 저으며 웃었다.

"네가 미스터 김을 빼다박았다고 좋아하셨어. 우리가 다시 편지를 주고받게 되었을 때, 미스터 김이 너에 대해서 얼마나 자랑을 했는지 몰라. 네가 만든 영화가 상영된 영화제에 다녀왔던 이야기도 쓰셨어."

나는 할아버지를 영화제에 초대하지 못했었다. 팔순이 다 된 노인이 굳이 이것 때문에 서울에 올라오는 건 아니라고 생각했고, 내 앞으로 지급된 표는 내가 인정받고 싶었던 영화계 사람들에게 뿌린 지 오래였기 때문이다. 나는 할아버지에게 시사회에 오실 수 있느냐고도 묻지 않았었다. 할아버지가 보여달라고 한참이나 보챈 뒤에야 나는 노트북에 저장해놓은 영화를 할아버지 앞에서 틀었었다. 집을 잃은 소녀가 공사가 중단된 빈 아파트에 살다 쥐로 변하는 내용의 십오 분짜리 단편영화였다.

영화는 당연히 혹평을 받았다. 선악의 경계가 너무 분명하고 메타포가 강해서 세련되지 못하다는 것이었다. 하지만 할아버지는 아무 평도 내리지 않고 그저 내게 묻기만 했다. 그런 아이디어를 어디서 얻은 건지, 정말로 집을 잃은 사람들을 만나본 적이 있는지, 심지어 사람이 정말 그렇게 쥐로 변할 수 있는 건지, 그 소녀를 잡아낸 카메라는 누구의 시선인지 묻기도 했다. 그 불편하고 듣기 힘들었던 이야기들을 나는 어떻게든 피해보려고 애썼던 것 같다.

할아버지는 나의 유일한 관객이었다.

쇼코는 이빨로 빨대를 씹다가 입을 열었다.

“미스터 김에게 하지 못한 이야기가 있어.”

“……”

“내가 다시 편지를 보냈었잖아. 그날이 우리 할아버지가 돌아간 지 육 개월이 되던 날이었어. 마음을 추스르는 데 육 개월의 시간이 걸렸었나봐. 내 편지를 받고 미스터 김은 내게 답장을 하셨어. 투병중이라고. 통원 치료를 받으러 다닌다면서. 그런데 그런 미스터 김에게 우리 할아버지가 돌아가셨다고 선뜻 말을 하지 못하겠더라.”

나는 쇼코의 할아버지를 떠올렸다. 쇼코에게 험한 소리를 들으면서도 한마디도 되갚지 않고 죽은듯이 분꽃을 바라보던 얼굴이 붉던 노인을.

“그래서 그냥 거짓말을 했어. 우리 할아버지의 병세가 점점 나아지고 있다, 아무 가망이 없다는 말을 들었지만 의사들의 예측이 비껴나갔다는 식으로.”

쇼코는 그 말을 하면서 테이블에 흩어져 있는 할아버지의 편지들을 정리했다.

“우습지?”

“웃기다.”

“소유야.”

"응."

"우린 이제 혼자네."

쇼코는 그 예의바른 웃음을 지으며 어깨를 으쓱했다.

그 만남 이후로 쇼코는 내 자취방에서 이틀을 같이 지냈다. 지금 보면 어설프기 짝이 없는 내 단편영화 두 편을 같이 봤다. 쇼코는 중국음식을 시켜 먹으며 요리할 시간도 아껴가면서 할아버지가 쓴 편지들을 전부 통역해 들려줬다. 쇼코는 일정한 톤과 빠르기로 편지를 읽어줬고, 가끔 영어로는 모르는 단어가 나오면 다른 영어 단어를 동원해서 설명하기도 했다. 우리는 집 근처 찜질방에도 같이 갔다. 그곳에서 나는 쇼코의 갈색 유두 근처에 새겨진 연둣빛 애벌레 타투를 보았다. 쇼코는 손가락으로 애벌레를 가리키며 웃었다.

우리는 함께 할아버지의 납골당에 갔다.

쇼코는 할아버지의 여름 중절모를 썼고, 나는 할아버지가 제일 좋아하던 베레모를 쓰고 갔다. 납골당 안에는 쇼코가 찍어준 우리 가족의 사진과, 천변 벤치에 앉아 있는 할아버지의 사진이 있었다. 두 장 모두에 쇼코의 시선이 내려앉아 있었다. 쇼코는 납골당 유리문에 두 손바닥을 대고 말했다.

"미스터 김."

그 말을 하고 우리는 뜻 모르게 같이 웃었다.

쇼코는 우리 엄마 집에는 들르지 않았다. 집 근처의 천변에도,

쇼코가 다시 가보고 싶다고 했던 나의 모교에도 같이 가지 않았다.

"다음에 갈게. 그래야 또 올 이유가 생기지."

나는 쇼코를 김포공항까지 데려다줬다. 출국장에서 우리는 처음으로 포옹했다. 몸은 약간 떨어져서 팔로 서로의 등을 두르는 식의 포옹이었다.

출국장으로 들어가던 쇼코의 모습을 기억한다. 보딩패스를 내밀고 자동 유리문 안으로 들어가는 쇼코의 얼굴. 그때 쇼코는 그 예의바른 웃음으로 나를 쳐다봤다. 마음이, 어린 시절 쇼코의 미소를 보았을 때처럼 서늘해졌다.

씬짜오, 씬짜오

1995년 1월, 우리는 다시 독일로 돌아왔다. 92년에서 93년까지 베를린에서 살다 한국으로 돌아온 지 겨우 일 년이 지나서였다. 우리가 도착한 곳은 플라우엔이라고 불리는, 오 년 전까지만 해도 동독 지역이었던 작은 도시였다. 버려진 건물들, 황량한 공원, 술냄새를 풍기며 전차 정류장에 앉아 있던 남자들…… 그곳은 내가 알던 독일의 모습과 거리가 멀었다.

호 아저씨의 저녁 초대를 받은 날, 엄마는 평소에는 입지 않던 예쁜 투피스를 꺼내 다려입고 화사하게 화장했다. 말 꼬리마냥 껑충 묶은 내 머리를 풀어 짱짱한 디스코머리로 땋고 결혼식 때 입는 검은색 코르덴 원피스를 입게 했다. 두 살짜리 동생에게도 새 옷을 입혔다. 오랜만에 화장을 한 엄마의 모습이 어린 내 눈에는 꽤나 예뻐 보였다. 엄마는 건물 유리창을 몇 번이나 보며 자기 모습을 점검했다. 플라우엔에 온 지 세 달 만에 다른 집에 초대받은 것이어서 기분좋은 긴장감을 느끼는 것 같았다.

"씬짜오." 엄마는 현관 앞으로 나온 응웬 아줌마에게 외워둔 베트남어로 인사했다. 나도 따라 "씬짜오" 하고 인사하자 응웬 아줌마는 반갑게 웃었다. 아줌마는 오래 만나지 못했던 친구들을 만난 것처럼 우리를 환영해줬다. 부엌에는 호 아저씨가 있었다. 볼이 붉고 얼굴에 아이 같은 장난기가 어려 있던 아저씨가 나는 한눈에 좋아졌다. 아저씨는 아빠와 같은 회사에서 일하는 동료였고, 내가 아저씨 아들 투이와 같은 반이 된 것을 알고는 우리 가족을 아저씨네로 초대했다.

호 아저씨의 요리는 담백하고 편안했다. 음식을 두고 편안하다고 말할 수 있는 것인지는 모르겠지만 내게 아저씨의 요리는 그 말로밖에 설명이 안 된다. 토마토를 넣어 뭉근하게 끓인 고깃국, 향긋한 쌀밥, 구운 새우, 볶음야채와 반으로 자른 라임을 뿌려 먹는 짭조름한 튀김만두의 맛이 그랬다.

밥을 다 먹고 나서 어른들은 술을 마시기 시작했고, 나는 투이를 따라 책장 쪽으로 갔다. "내가 여섯 살 때부터 모은 거야." 투이는 만화책을 골라줬는데 모두 스누피 시리즈였다.

"저기서 읽을래?" 투이가 좌식 소파를 가리켰다. 스웨이드 재질의 소파는 부드럽고 푹신했다. 나는 손등으로 소파를 쓰다듬으며 만화를 읽기 시작했다. 우드스탁과 나란히 개집 지붕에 앉아 노닥거리는 스누피는 꼭 투이처럼 보였다. 학교에서 본 투이는 그런 애였으니까. 그애는 모두와 잘 지내고 항상 명랑했다. 키가 큰 애든, 작은 애든, 활발한 애든, 내성적인 애든 모두 투이를 좋아하는 것처럼 보였다.

"넌 얘 닮았어." 투이가 우드스탁을 가리키며 웃었다. "너 처음 봤을 때 우드스탁인 줄 알았어." 내가 작고 못생겨서 그렇게 말하나 싶었지만 악의 없는 얼굴로 천진하게 웃는 그애에게 화를 낼 수는 없었다.

"나 너 겨울에 봤었어. 주말 벼룩시장에서." 투이가 말했다.

"걔가 나라는 걸 어떻게 아냐?"

"공원 맞은편에서도 봤어. 거기 너희 집 아니야?"

"그게 뭐."

나는 다시 만화책으로 눈길을 돌렸다. 우리집 창문으로 그애를 훔쳐본 일이 부끄러워졌다. 투이와 한반이라는 것을 알았을 때 몰래 반가워했던 마음까지도 그애가 다 알고 있을 것 같았다.

독일에서의 일은 이제 뿌연 유리창으로 보는 바깥 풍경처럼 희미하다. 그런데도 처음 투이네 집을 방문했을 때를 떠올리면 그때 느꼈던 감정이 생생히 되살아난다. 투이네 식구 모두가 우리를 반갑게 맞아주던 일, 그 환대에 기뻐하던 엄마의 모습, 어떤 조건도 없이 받아들여졌다는 따뜻한 기분과 우리 두 식구가 같은 공간에 모여 음식을 나눠 먹던 공기를 기억한다. 어떻게 그렇게 여러 사람의 마음이 호의로 이어질 수 있었는지 나는 모른다. 고작 한 명의 타인과도 제대로 연결되지 못하는 어른이 된 나로서는 그때의 일들이 기이하게까지 느껴진다.

플라우엔에서 보낸 첫번째 여름, 엄마는 건조한 날씨 때문에 고생했다. 하얀 각질이 뱀 비늘처럼 팔다리를 덮었고 자다가도 몸을 긁느라 몇 번이나 일어난다고 했다.

"저도 처음 독일 왔을 때 그랬어요. 한국도 여름이 습하죠? 여기는 반대니까. 뭘 발라도 건조하더라구요."

응웬 아줌마는 엄마에게 직접 만든 크림을 줬다. 샤워한 후에 꾸준히 바르면 가려움이 줄어들 거라고. 엄마는 아줌마의 크림 덕분에 남은 여름을 수월하게 보낼 수 있었다. 아줌마는 우리가 말하지 않아도 어디가 불편한지 알고 있었고, 배관공을 부르거나 집주인과 이야기해야 할 때도 나서서 일을 해결해줬다. 무엇보다도 그녀는 두 살짜리 아이를 붙들고 하루종일 집에 고립되어 있던 엄마의 유일한 말동무가 되어주었다. 엄마를 보면 홀로 투이를 키워야 했던 시간이 떠오른다고, 혼자 그렇게 오래 있으면 자연히 어두운 생각에 빠지게 된다고, 이야기하고 싶으면 언제든지 전화하라고 했다.

투이네 가족과 우리 가족은 적어도 일주일에 한 번은 같이 저녁을 먹었다. 한 번은 투이네 집에서, 한 번은 우리집에서 먹는 식이었고 초여름이 되어 낮이 길어지자 토요일 이른 저녁부터 일요일 새벽까지 함께 시간을 보냈다. 같이 밥을 먹고, 어른들은 어른들끼리 카드놀이를 하고, 우리들은 직소퍼즐을 하거나 만화책을 읽었다. 그때는 몰랐지만 지금 와 생각해보면 투이네 가족도, 우리 가족도 서로 말고는 그렇게 가까운 이들이 없었던 셈이다.

술을 많이 마신 날이면 어른들은 돌아가며 노래를 불렀다. 엄마는 한국 노래를, 응웬 아줌마 부부는 베트남 노래를 불렀다. 뜻도 알아듣지 못할 노래의 후렴구를 어설프게 따라 하려는 엄마를 보고 웃음을 터뜨리던 어른들의 모습이 생각난다.

'너희 아빠와는 말이 통하지 않아.' 엄마는 종종 내게 그렇게 말했다. 둘은 서로를 투명 인간처럼 대했다. 밥을 먹을 때도, 텔레비전을 볼 때도, 드라이브를 할 때도 그랬다. 그런 행동이 어린 나에게 어떤 상처를 줬는지 그들은 끝내 이해하지 못했을 것이다.

엄마와 아빠는 같은 대학 독문과에서 만나 오래 연애한 커플이었다고 했다. 경쟁적으로 서로의 존재를 무시하는 그 두 사람이 한때는 서로를 끔찍이 사랑했었다는 사실을 그때의 나는 이해할 수 없었다. 언젠가 엄마 아빠가 얼굴을 마주보고 이야기할 수 있기를, 아무 미움 없이 평범한 이야기들을 할 수 있기를, 결코 헤어지지 않기를 나는 매일 빌었다.

투이네 가족과의 저녁 식사 시간이 좋았던 것도 그런 이유 때문이었다. 투이 가족과 함께 있을 때 엄마와 아빠는 가끔 서로를 보며 웃기도 했고, 투이 가족에게 서로에 대한 이야기를 자연스레 하기도 했다. 담배를 피우러 발코니로 나가는 아빠가 엄마의 어깨를 툭 치는 것을 본 적도 있었다. 술에 취해 웃으며 말하는 아빠를 선선히 바라보던 엄마의 눈빛이 기억난다. 우리 식구끼리만 있을 때는 상상할 수 없는 일이었다. 엄마가 그렇게 잘 웃는 모습을 나는 그전에도, 그후에도 보지 못했다.

엄마 그때 참 예뻤어. 언젠가 내가 그렇게 얘기했을 때 엄마는 그 시절이 잘 기억나지 않는다고, 그래도 그렇게 말해줘서 고맙다고 말했다.

본격적인 여름에 들어서자 밤 열시가 넘어도 대기에는 초저녁처럼 희미한 빛이 남아 있었다. 빛이 조금씩 줄어들면서 눈앞의 풍경이 푸른빛에 잠길 때의 모습을 나는 좋아했다. 거실 창문으로 밤바람이 불어오고, 부엌에서는 어른들의 말소리와 웃음소리가 들려오고, 그 시간이 되면 꼭 입을 벌리고 잠들었던 투이의 얼굴을 볼 때, 푸른빛의 채도가 점점 낮아지고 가로등 불빛이 하나둘씩 켜질 때면, 나는 내가 언젠가 이 시간을 그리워할지도 모른다고 생각했다.

투이와 나는 같이 빵이나 우유 심부름을 다니곤 했다. 심부름을 가는 길에 그애는 보이지 않을 만큼 멀리 뛰어갔다가 다시 내 쪽으로 돌아왔다. 처음에는 투이를 쫓아가려고 했지만 그애가 다시 돌아온다는 걸 알고는 나도 내 속도대로 걸었다. 보이지 않았다가 다시 내게 달려오는 그애의 얼굴을 볼 때면 웃음이 났다. 투이는 나와 눈이 마주치면 고개를 활짝 뒤로 젖히고 더 우스꽝스러운 포즈로 달렸다.

심부름을 다녀오는 길에 우리는 찻길을 사이에 두고 맞은편에서 걸어갔다. 둘이 붙어다니면 같은 반 애들이 놀릴지도 모른다는 염려 때문이었다. "우드스탁!" 그애는 우리 둘만 있을 땐 나를 꼭 우드스탁이라고 불렀다. 시간이 지날수록 그 호칭은 나를 꽤나 들뜨게 했다. 그 누구도 빈번한 전학으로 스쳐지나가는 나에게 별명을 붙여주지 않았으니까.

투이네 동네 골목까지 들어오고서야 우리는 나란히 걸었다. 그럴 때 투이에게서는 볕에 달구어진 동전 냄새 같기도, 양파 냄새 같기도 한 땀냄새가 났다. 별다른 이야기를 나눈 건 아니었지만 그렇게 함께 걷는 것만으로도 마음이 부드러워지는 기분이었다.

투이는 그 나이 또래 특유의 어그러짐이 없었다. 학교에서 있었던 일을 응웬 아줌마에게 종알종알 다 이야기했고 다른 사람을 신경쓰지 않고 노래를 부르거나 즉흥 연극을 해 모두를 웃게 했다. 나는 동생을 대하듯이 그애에게 말하곤 했는데, 가끔은 아무렇지 않은 듯 깊은 속마음을 말하기도 했다. 내가 무슨 말을 해도 투이 같은 어린애가 이해할 수 없으리라고 생각해서였다. 투이는 내 말을 별로 신경쓰지 않는 것처럼 보였다. 그랬구나, 그랬었냐. 그런 무심한 대답을 듣고 있노라면 그애에게 말하기 전의 억눌린 감정이 조금은 풀어지는 것 같았다.

"우리 엄마 아빠는 서로를 제일 싫어해." 그날도 나는 아무렇지 않게 웃으며 말했다. 투이는 걸음을 멈추고 가만히 서서 나를 쳐다봤다. 꼭 화가 난 것처럼 보였다. 의외의 반응이어서 무슨 말을 해야 할지 알 수 없었다.

"넌 왜 그런 얘길 하면서 웃어?" 투이는 그 말을 하고는 앞으로 성큼성큼 걸어갔다. 여느 때처럼 다시 내 쪽으로 돌아오리라고 생각했지만 그애는 그렇게 하지 않았다. 당시에는 조금 당황했을 뿐 그 일에 대해 깊이 생각하지는 않았었다. 하지만 고등학교 시절, 야자를 마치고 운동장을 가로질러 갈 때면 '넌 왜 그런 얘길 하면서 웃어?'라고 말하던 투이의 어린 얼굴이 생각나곤 했다. 나는 그애를 조금도 알지 못했었어. 유년을 다 지나고 나서야 나는 그애를 다르게 기억하기 시작했다.

"독일에 처음 왔을 때," 아줌마는 크게 웃으며 말했다. "너무 추웠어요. 아무리 껴입어도 벌벌 떨리는 거야. 아직도 그래요. 투이야 여기서 태어났으니까 아무렇지 않겠지만 난 이상하게 아직도 여기 겨울이 적응 안 돼. 난생처음 눈 봤을 때 얼마나 놀랐는지. 너무 예뻐서 춥다 춥다 하면서도 손이 다 얼도록 눈을 만지고 놀았어요."

엄마는 웃으며 말하는 응웬 아줌마의 얼굴을 물끄러미 쳐다봤다. 같이 웃어야 하는데 웃음이 나오지 않아 당황하던 엄마의 얼굴을 기억한다. 아줌마는 고생한 이야기를 할 때마다 과장되게 웃으면서 말했고 그럴 때면 엄마는 애써 같이 웃으려 노력했다.

아줌마는 엄마가 사랑이 많고, 다른 사람의 마음에 공감해주는 능력을 타고났다고 말했다. 세상에는 엄마처럼 섬세한 사람들이 더 많아져야 한다면서, 엄마는 아파하지 못하는 사람들을 위해 대신 아파하는 사람이라고 말했다.

엄마와 함께 있을 때도 아줌마는 엄마에 대한 칭찬을 잘했다. 웃는 모습이 예뻐서 함께 있으면 방이 다 환해지는 것 같다, 두상이 동그라니 예쁘다, 걸음걸이가 사뿐하다, 옷맵시가 좋다, 앞니가 귀엽다, 듣기에 참 좋은 목소리다…… 아줌마는 이런 이야기를 망설이지 않고 했고 그럴 때면 엄마는 얼굴을 붉혔다. 아줌마의 말을 듣고 있노라면 나도 몰랐던 엄마의 좋은 부분이 눈에 들어왔고 엄마가 내 엄마라는 사실이 자랑스러워졌다. 아줌마와 엄마는 하루가 멀다 하고 서로의 집을 오갔다. 엄마는 김을 좋아하는 아줌마를 위해 한국에서 가져온 김을 구워 갖다줬고, 아줌마는 단 음식을 좋아하는 엄마에게 쌀푸딩을 만들어줬다.

플라우엔에서 맞은 두번째 겨울에 나는 거의 매일 투이네 집에 들렀다. 우리집은 오래된 라디에이터 때문에 언제나 냉골이었지만 투이네 집은 온몸이 노곤해질 정도로 기분좋게 따뜻했고, 투이네 식구들과 함께 지내는 쪽이 집에 있는 것보다 편해서였다.

응웬 아줌마는 나에 대해 많은 것을 물어봤다. 한국에서 다니던 학교는 어땠는지, 베를린에서의 생활은 만족스러웠는지, 바다를 가보았는지, 한국의 바다는 어떤 색인지, 가장 좋아하는 독일 음식은 무엇인지. 아줌마의 질문은 공부는 잘하냐, 왜 이렇게 키가 작냐, 커서 뭐할 거냐 물어대는 다른 어른들의 것과는 달랐다. 진심 어린 관심을 받고 있다는 기쁨에 나는 두 볼이 빨갛게 달아오를 때까지 아줌마 앞에서 떠들어댔다.

"이름 한자로 써볼래?" 내가 이름을 한자로 쓰자 아줌마는 웃으며 말했다. "이럴 줄 알았지. 나랑 같은 성씨구나." 아줌마는 '나라 이름 원阮' 자를 쓰고는 '응웬'이라고 읽었다. 호 아저씨의 '호'는 '되 호胡' 자였고, '투이'라는 이름은 '푸를 취翠' 자를 썼다. "넌 내 어릴 적 친구를 많이 닮았다. 그애 성씨도 응웬이었지. 같은 마을에 살았던 친구였다." 아줌마는 슬프게 웃어 보였다. 무척 좋아하는 것들에 대해 이야기할 때 그녀는 그런 표정을 짓곤 했다. 세 살이 된 내 동생 다연이를 볼 때도 그랬었다. 시간이 지날수록 그 표정은 나를 아프게 했는데, 아줌마의 행복이라는 것이 슬픔과 너무 가까이 붙어 있는 것처럼 보여서였다.

언젠가 아줌마에게 어린 시절 사진을 보여달라고 한 적이 있었다. 그녀는 고개를 저었다. "다 잃어버렸지. 한 장이라도 남아 있으면 좋았을 텐데." 내가 이유를 묻자 그녀는 내 머리를 쓰다듬기만 했다. “사진만 잃어버린 게 아니었단다.” 그녀는 내게 아주 작은 목소리로 말했다. 그 말이 무슨 뜻인지 정확히 알지는 못했지만 그 말을 하는 아줌마의 떨리는 마음이 내게도 그대로 전해져 두려워졌다.

투이네 집에서 유일하게 접근이 어려웠던 곳은 서재였다. 누가 그러지 말라고 한 것도 아니었지만 문이 항상 닫혀 있어 들어가볼 생각을 하지 못했던 것 같다. 서재 문이 활짝 열려 있던 날, 나는 끌리듯이 그 방으로 들어갔다. 문 바로 옆으로 작은 제단이 보였다.

제단은 나무 장식장 위에 꾸며져 있었다. 기둥과 지붕으로 이루어진 집 모양의 조형물 아래로 다섯 개의 액자와 모래와 재가 든 향로가 보였다. 액자마다 한 사람 한 사람의 흑백사진이 들어 있었고 향로에는 끝까지 타버리거나 중간에 꺼진 보라색 향들이 몇 개 꽂혀 있었다. 향로 옆으로 종이에 싸인 향과 작은 성냥갑이 보였다. 그런 향로는 이전에도 봤었지만, 향로 뒤에 죽은 사람 사진을 둔 것을 본 건 그때가 처음이었다. 나는 겁이 나 사진을 똑바로 쳐다보지도 못하고 뒤돌아섰다.

사진 속 다섯 사람은 가족처럼 보였다. 내 기억이 맞는다면 노인은 한 명밖에 없었고 내 또래의 여자아이, 다연이 또래의 아기 사진도 있었다. 힐끗 훑어봤을 뿐이지만 그 사람들의 얼굴이 내 등 뒤에 달라붙기라도 한 것처럼 신경이 쓰였다.

나는 그들이 누구인지, 무슨 까닭으로 투이네 집 제단에 안치돼 있는지 알고 싶었다. 왜 응웬 아줌마나 투이가 나에게 제단을 보여주지 않았는지도 궁금했지만, 막연한 두려움 때문에 누구에게도 그 일에 대해 말하지 못했다.

2차세계대전에 대해 배우던 시간에 나는 투이로부터 뜻밖의 이야기를 들었다. 가을학기가 시작될 무렵이었다.

"다행히 2차대전 이후로 이처럼 대규모의 살상이 일어난 전쟁은 없었단다." 투이가 손을 들어 선생님의 말을 끊었다. "아닌데요." 그게 투이의 첫마디였다.

"뭐가 아니라는 거지?"

"베트남에서 전쟁으로 사람들이 많이 죽었어요. 저희 할아버지, 할머니, 고모, 이모, 삼촌 모두 다 죽었대요. 군인들이 와서 그냥 죽였대요. 아이들도 다 죽였다고. 마을이 없어졌다고 했어요. 저희 엄마가 얘기하는 걸 들었어요." 투이가 말했다.

"그래. 투이 말이 맞다. 베트남전쟁에 대해 너희는 들어본 적 없을 거야. 투이가 더 얘기해볼래?" 선생님은 투이가 자기 의견을 말했다는 것에 만족해했지만, 그애는 반사적으로 말한 것처럼 보였다. 투이의 얼굴이 곧 울 것처럼 붉어졌기 때문이다. 그애는 무슨 말을 하려다가 입을 다물고 고개를 숙였다.

"투이, 더 말해봐. 우리들도 모두 알아야 하잖아." 그애는 고개를 저었다. 나는 그 모든 상황이 부당하게 느껴졌지만 당시에는 그 감정의 이유에 대해 알지 못했다. 그때 반장 잉가가 손을 들었다. "베트남은 전쟁으로 미국을 이긴 유일한 나라예요. 미군만 육만 명이 죽었고 군인 아닌 베트남 사람도 이백만 명 죽었대요. 텔레비전에서 봤어요. 미군이 비행기로 폭탄을 떨어뜨리고 나무를 죽이는 약도 뿌렸고요." 반장의 얼굴에 자랑스러운 미소가 떠올랐다. 나는 빨갛게 달아오른 투이의 작은 귀를 바라봤다.

선생님은 반장의 말이 정확하다고 칭찬하고는 미국이 베트남전에 참전한 배경과 전쟁과정에 대해 설명했다. 그리고 그 일이 미국 정부의 실책이었고, 미국으로서는 아무런 득도 보지 못한 전쟁이었다고 결론 내렸다. 투이가 말하고 싶었던 건 그런 게 아니었으리라고, 그애를 앞에 두고 그런 식의 설명을 하는 건 가슴 아픈 일이라고 말하고 싶었지만 어쩐지 입을 열 수 없었던 기억이 난다. 투이는 분명 교실에 있었지만 그 순간만큼은 그곳에 없는 사람으로 취급된 것 같았다. 나는 등을 구부리고 앉아 있는 그애의 뒷모습을 바라봤다. 너희들은 투이의 마음을 조금도 짐작하지 못하겠지, 독일 애들에게 희미한 분노마저 느꼈던 기억도.

그날 저녁 우리는 투이네 집 식탁에 모여 호 아저씨가 만든 국수와 만두를 먹고 있었다. 이야기가 어떻게 그쪽으로 흘러갔는지는 잘 기억나지 않는다.

나는 예쁘지도 않았고, 특별히 잘하는 것도 하나 없는 열세 살짜리 여자애였다. 열한 살 때 동생이 태어난 이후로는 무슨 일을 하든 애처럼 굴지 말라는 말을 들었다. 존재감이 없는 아이들이 보통 그렇듯 어른들에게 인정받고자 하는 욕구는 컸다.

일본의 식민 통치에 대한 이야기가 나왔을 때, 어른들의 말에 동요한 것은 그런 이유에서였다. 드디어 나도 한마디 할 수 있는 기회가 왔다고 생각했다. 한국의 역사에 대해서라면 투이네 식구들보다 내가 더 잘 아니까, 아는 척을 한다면 엄마 아빠가 꽤나 뿌듯하게 생각해줄 것 같았다.

"한국은 다른 나라를 침략한 적 없어요." 나는 그 말을 하고 동의를 구하기 위해 엄마 아빠를 쳐다봤다. 아빠는 아무 얘기도 못 들었다는 듯이 내 쪽으로 눈을 돌리지 않았고, 엄마는 조용히 하라는 투의 눈빛을 보냈다. "국물이 짜지는 않은지 모르겠네." 호 아저씨가 말을 돌렸다. 모두들 내 말을 무시하는 것 같아 서운했다. "정말이에요. 우린 정말 아무도 해치지 않았어요." 내가 말했다. 한국은 선한 나라라는 인상을 남기고 싶었고, 어른들의 대화에 자연스레 참여해서 칭찬받고 싶었다. 난 맞은편에 앉은 아빠에게 인정을 구하는 눈빛을 보냈다.

"넌 어른들 말하는 데 끼어들지 마. 네가 대체 뭘 안다고 떠드는 거냐!" 아빠가 한국어로 소리쳤다. 모두들 젓가락질을 멈추고 나를 봤다. 투이네 식구들 앞에서 아빠에게 그런 식으로 야단맞은 것이 부끄럽고 억울해서 귀가 먹먹해지고 눈에 눈물이 고였다. 얼굴이 화끈거렸다. 나는 마지막 용기를 쥐어짜서 독일어로 말했다. "한국에서 그렇게 배웠는데. 우린 아무에게도 잘못한 게 없다고. 우린 당하기만 했다고. 선생님이 그렇게 말했는데……"

"한국 군인들이 죽였다고 했어." 투이가 말했다. 작은 목소리였지만 식탁의 분위기를 얼려버리기에는 충분했다. "그들이 엄마 가족 모두를 다 죽였다고 했어. 할머니도, 아기였던 이모까지도 그냥 다 죽였다고 했어. 엄마 고향에는 한국군 증오비가 있대." 어떻게 네가 그런 말을 할 수 있느냐고 힐난하는 말투였지만 나는 그애가 무슨 말을 하는지 도무지 이해할 수 없었다.

"투이 넌 함부로 말하지 마라." 그 말을 하고 아줌마는 나를 봤다. "넌 신경쓸 것 없어. 너와는 관계없는 일이야." 응웬 아줌마의 말은 투이의 말이 사실이라는 걸 확인시켜줄 뿐이었다. "정말로 신경쓸 일 아니야." 어린 마음에 혹여 상처를 입었을까 걱정하는 아줌마의 두 눈, 내가 결코 잊지 못할 얼굴. 투이의 말이 진실이라는 걸 나는 응웬 아줌마의 그 얼굴을 보고 이해했다. 그때 내가 상처를 받았다면 그건 응웬 아줌마의 상처에 대한 가책 때문이었을 것이다. "네가 태어나기도 전에 일어난 일이야." 아줌마가 속삭였다.

"저는 정말 몰랐어요." 엄마가 말했다. "응웬 씨가 겪었던 일, 저는 아무것도 모르지만 그래도 죄송하다고 말씀드리고 싶어요. 죄송합니다." 엄마는 호 아저씨와 응웬 아줌마에게 고개 숙였다.

"저는 모든 걸 제 눈으로 다 봤답니다. 투이 나이 때였죠." 그렇게 말하고 호 아저씨는 붉어진 눈시울로 애써 웃었다. "하지만 그렇게 말씀해주셔서 감사합니다." 호 아저씨는 거기까지 말하고 힘껏 웃어 보였다. 응웬 아줌마는 호 아저씨에게 베트남어로 속삭이듯이 이야기했다. 알아들을 수 없었지만 분명 마음을 다독이는 말이었을 것이다. 그 말의 진동이 내 마음까지 위로하는 것 같았으니까.

아빠는 엄마와 호 아저씨의 대화를 못 들은 것처럼 맥주만 마시고 있었다.

"당신도 무슨 말 좀 해봐." 엄마가 한국어로 아빠에게 말했다.

"내가 무슨 얘길 해? 그럼, 우리가 잘못했다고 말해야 돼? 왜 당신이 나서서 미안하다고 말해? 당신이 뭔데?" 아빠가 한국어로 받아쳤다.

"당신은 항상 이런 식이야. 죽어도 미안하다는 말을 못해, 안 해. 그게 그렇게 어려운 일이야? 내가 응웬 씨였으면 처음부터 우리 가족 만나지도 않았을 거야."

아빠는 식탁 의자에 걸친 카디건에 팔을 넣었다. "저녁 잘 먹었습니다." 아빠는 잠시 망설이다가 입을 열었다. "저희 형도 그 전쟁에서 죽었습니다. 그때 형 나이 스물이었죠. 용병일 뿐이었어요." 아빠는 누구의 눈도 마주치지 않으려는 듯 바닥을 보면서 말했다.

"그들은 아기와 노인들을 죽였어요." 응웬 아줌마가 말했다.

"누가 베트콩인지 누가 민간인인지 알아볼 수 없는 상황이었겠죠." 아빠는 여전히 응웬 아줌마의 눈을 피하며 말했다.

"태어난 지 고작 일주일 된 아기도 베트콩으로 보였을까요. 거동도 못하는 노인도 베트콩으로 보였을까요."

"전쟁이었습니다."

"전쟁요? 그건 그저 구역질나는 학살일 뿐이었어요." 응웬 아줌마가 말했다. 어떤 감정도 담기지 않은 사무적인 말투였다.

"그래서 제가 무슨 말을 하길 바라시는 겁니까? 저도 형을 잃었다구요. 이미 끝난 일 아닙니까? 잘못했다고 빌고 또 빌어야 하는 일이라고 생각하세요?"

"당신 제정신이야?" 엄마가 말했다.

응웬 아줌마는 자리에서 일어나 천천히 서재로 걸어들어갔다. 조심히 닫히던 문소리. 나는 겁에 질렸지만 차마 서재로 따라 들어가지는 못했다. 엄마는 동생을 안고 자리에서 일어났다. "정말 죄송합니다." 엄마는 호 아저씨에게 고개를 숙였다. "투이야, 미안하다." 엄마는 그 말을 하고 밖으로 나갔다. 나는 기저귀 가방과 카디건을 들고 엄마를 따라 나갔다.

'그건 그저 구역질나는 학살일 뿐이었어요.' 그 말을 하던 응웬 아줌마의 웃음기 없는 얼굴이 자려고 누운 내 얼굴 위로 떠올랐다. 그 말을 할 때 아줌마는 우리와 다른 곳에 있었다. 내가 아무리 상상하려고 해도 상상할 수 없는 장소와 시간에 아줌마는 내몰려 있었다. 그녀의 말은 아빠를 설득하려는 말도 아니었고, 자신을 방어하고자 하는 말도 아니었다. 그 말은 아빠를 향한 것이 아니라 그간, 그 일을 겪은 이후로 애써 살아온 응웬 아줌마 자신에 대한 쓴웃음이었던 것 같다. 그녀는 아빠의 태도에 실망조차 하지 않았던 것이다. 어차피 당신들은 이해하지 못할 테니까, 라는 마음이 그날 밤, 아줌마와 우리 사이를 안전하게 갈라놓았다. 그건 서로를 미워하고 싶지도, 서로로 인해 더는 다치고 싶지도 않은 어른들의 평범한 선택이었다.

엄마는 투이네 식구와의 관계를 회복하기 위해 노력했다. 열세 살이었던 나조차도 투이네 가족과는 이미 돌이킬 수 없게 되었다고 직감했지만 엄마의 생각은 달랐다. 엄마는 나와 동생을 데리고 몇 번이나 응웬 아줌마를 찾아갔다. 겉으로 달라진 건 없었다. 아줌마는 우리들에게 차와 간식을 내놓았고 우리는 예전처럼 이런저런 이야기를 나눴다. 그런데도 나는 어쩐지 아줌마가 그 시간을 그저 견디고 있다는 느낌을 받았다. 엄마는 어색함을 이겨내려는 듯이 평소보다 더 많은 말을 했다. 그럴 때 엄마의 부정확한 독일어는 자주 부서졌고 당황한 엄마의 문장은 어떤 의미도 만들어내지 못했다. 서로 연결되지 못하는 단어들은 부유했고 시제와 성性, 수數가 일치하지 않는 문장은 꾸며낸 유머처럼 들리기까지 했다.

엄마의 말을 듣는 아줌마는 지쳐 보였다. 아무리 아줌마가 마음을 감추려고 노력했다고 하더라도 눈치챌 수밖에 없는 표정이었다.

겨울 코트를 입기 시작했을 즈음부터 엄마는 아줌마를 찾아가지도, 아줌마에 관한 이야기도 더이상 하지 않았다. 늘 투이네 식구와 함께 했던 토요일 저녁시간은 우리 가족끼리 어색하게 앉아 텔레비전을 보는 시간으로 변했다. 그즈음에는 해도 짧아져서 여섯시만 돼도 사위가 컴컴해졌고 여덟시면 나는 방으로 들어가야 했다. 쉽게 잠들 수 없는 밤이었다. 나는 가만히 누워 엄마가 식탁 의자를 끄는 소리, 한국의 누군가에게 속삭이듯 전화하는 소리를 들었다. 새벽에 화장실을 가려고 밖에 나갔을 때 식탁 의자에 앉아 멍하니 벽을 보고 있던 엄마의 모습을 본 적도 있었다. 내가 나와 있는 줄도 모르고 무언가를 골똘히 생각하다 나를 보고 깜짝 놀라던, 그리고 안심하라는 듯이 눈가를 떨며 애써 웃던 그 얼굴을.

엄마는 반쯤 쓴 립스틱과 파운데이션을 쓰레기통에 던져넣었고, 아끼던 투피스와 원피스를 의류수거함에 버렸다. 일요일이면 어떻게든 짐을 싸서 근처 숲으로, 벼룩시장으로, 꽃시장으로 나들이 다니던 사람이 동생 방에서 벽만 보고 누워 있었다. 전에는 아빠의 말과 행동을 지적하면서 싸움을 걸거나 아빠의 말을 맞받아쳤을 상황에서 엄마는 그저 침묵했다. 밥을 몰아 먹었고 손끝이 빨개지도록 뜨개질을 했다.

그즈음 나는 엄마가 깊이 잘 때 동생 방 쓰레기통을 뒤졌다. 그

속에는 사진들이 찢긴 채 버려져 있었다. 아직 아기인 나를 안고 있는 엄마와 그 곁에서 웃고 있는 아빠의 사진, 만삭인 엄마의 배를 내가 만져보는 사진…… 테이프로 붙여보지도 못할 만큼 잘게 찢긴 사진 조각들. 나는 다연이 옆에 누워 잠을 자는 엄마의 얼굴을 가만히 바라봤다. 엄마가 너무 멀리 있는 것 같아, 더 멀리 가버릴 것 같아 두려웠다.

엄마는 내게 정사각형 모양의 선물 박스를 건넸다. 투이네 식구를 위한 선물이니, 투이에게 박스를 전해달라고 부탁했다. 나는 박스를 부엌 창턱 위에 올려놓았다. 박스는 초록과 노랑의 체크무늬 포장지에 빨간 리본으로 장식되어 있었다.

몇 안 되는 가구가 빠져나가고, 대부분의 세간을 우편으로 부친 탓에 우리들은 빈집에 몰래 들어와 사는 사람들처럼 지냈다. 바닥에 신문지를 깔아놓고 샌드위치를 먹고 밤에는 침낭에 들어가 잤다. 이 년 새에 키가 많이 자라 독일에서 입던 옷은 모두 수거함에 버려졌다. 독일에 계속 머무르고 싶지도 않았지만 그렇다고 한국으로 돌아가고 싶지도 않았다. 한 달이 지나면 나는 한국에서 중학생이 될 터였다. 귀밑 삼 센티미터로 머리카락을 자르고 교복을 입고 조회시간에 열을 맞춰 운동장에 서 있는 내 모습이 잘 상상되지 않았다. 그건 분명 두려운 변화였지만 그때 내가 느꼈던 감정은 두려움보다는 오히려 체념에 가까웠다.

눈이 많이 오는 날이었다. 공원에 쌓인 눈이 녹아 얼 새도 없이 계속 새로운 눈이 쌓였고, 사람들은 그나마 눈이 치워진 공원 사잇길로 걸어다녔다. 나는 옷가지를 넣은 이민 가방을 깔고 앉아 바깥 풍경을 바라봤다. 처음 투이를 본 것도 이 창을 통해서였었지. 까불거리며 지그재그로 뛰어다니던 그애의 모습이 떠올라 코가 찡해졌다. 곧 해가 질 시간이었고, 공원에 쌓인 눈은 푸르스름하게 보였다.

그때 창밖으로 검은색 파카를 입고 앞머리를 길게 기른 남자애의 모습이 보였다. 그앤 보폭을 크게 해서 한 걸음 한 걸음을 내디뎠다. 얼굴이 잘 보이지는 않았지만 분명 개구지게 웃고 있으리란 걸 알 수 있었다. 남자애는 창 쪽으로 몸을 틀어 나를 올려다보더니 팔을 쭉 뻗어 손을 흔들었다. 투이였다. 나는 엄마가 준 선물 박스를 들고 일층으로 내려가 길을 건넜다.

투이가 서 있던 자리에는 그애의 발자국만 남아 있었다. 나는 한동안 그곳에 서서 사방을 둘러봤다. 얼마나 그렇게 서 있었을까. 멀리서 허겁지겁 달려오는 투이의 모습이 보였다. 그애는 내 코앞까지 와서 깔깔대며 웃었다.

"그 표정 뭐야. 넌 아직도 속냐?" 투이가 말했다.

"그따위 장난 다시는 하지 마." 그 말을 하고 웃었어야 했는데 노력해도 웃음이 나오지 않았다. '다시는'이라는 말이 이제 소용없어졌다는 것을 실감해서였다. 목이 멨다.

"야. 한두 번도 아닌데 왜 그래. 알았어. 다신 안 그럴게."

투이는 눈물을 참는 내 모습을 보고 놀랐는지 나를 한참 쳐다봤다.

"네가 썰매 개냐. 눈밭 위로 뛰어다니게." 그 말을 하고 나서야 나는 겨우 그애에게 웃어 보일 수 있었다. 투이는 두 손을 앞으로 모으고 개 흉내를 내 나를 웃게 했다.

시간이 지나고 나서야 나는 투이의 유치한 말과 행동이 속깊은 애들이 쓰는 속임수였다는 사실을 깨닫게 됐다. 그런 아이들은 다른 애들보다도 훨씬 더 전에 어른이 되어 가장 무지하고 순진해 보이는 아이의 모습을 연기한다. 다른 사람들이 자신을 통해 마음의 고통을 내려놓을 수 있도록, 각자의 무게를 잠시 잊고 웃을 수 있도록 가볍고 어리석은 사람을 자처하는 것이다. 진지하고 냉소적인 아이들을 어른스럽다고 생각했던 그때의 나는 투이의 깊은 속을 알아볼 도리가 없었다.

"엄마 금방 이쪽으로 올 거야. 요즘 교육받으러 다니거든. 이제 끝날 시간 다 됐어." 투이가 말했다. 너무 오랜만에 서로 이야기하자니 그애가 조금 낯설게 느껴지기까지 했다. 나는 투이네 집에 가지 않았고 투이 또한 우리집에 오지 않았다. 학교에서는 데면데면하게 지냈고, 집에 돌아오는 길에 우연히 마주치더라도 눈인사만 하고 모른 척 걸어가곤 했다. 그럴 때 투이는 내가 알던 아이가 아니었다. 키도 많이 자라 멀리서 보면 더이상 애처럼 보이지 않았다. 이렇게 아무렇지 않은 척 예전처럼 이야기하고 있으려니 굉장히 오랜 시간이 지난 것 같은 느낌이었다. 우리는 공원 벤치에 나란히 앉았다.

"그날 너에게 나쁘게 말하려던 건 아니었어." 투이가 말했다. 내가 무슨 말을 해야 할지 망설이는 동안 투이는 말을 이었다. "널 공격하기 위해서 한 말은 아니었어."

"미안해."

나도 모르게 그 말을 하고 나서야 나는 내가 오래도록 그애에게 이렇게 말하고 싶어했다는 걸 깨달았다. 투이의 커다란 눈이 한 번 깜빡였다. 바람이 불 때마다 나뭇가지에서 눈덩이가 떨어져 머리 위에서 부서졌다.

"아무것도 몰랐던 거, 미안해." 나는 천천히 말했다. 공원에 부는 바람이 내 말을 쓸어가버리기라도 할 것처럼 조심스럽게. 그 말이 아무것도 되돌릴 수 없다는 것을 알면서도 그렇게 말하고 싶었다. 나와 눈이 마주치자 투이는 발끝으로 바닥을 툭툭 찼다. 그러고는 고개를 들어 다시 나를 봤다. 머쓱해하는 표정이었다. 그애의 두 입술이 천천히 벌어지고 그 사이로 빠져나온 흰 입김이 허공으로 흩어졌다. 투이는 가방에서 종이봉투를 하나 꺼냈다.

"이거 받아, 우드스탁."

종이봉투 안에는 만화책 한 권이 들어 있었다. 우드스탁과 스누피가 개집 지붕에 앉아 서로를 보며 웃고 있는 표지였다. 이제 이렇게 둘이 앉아 있을 일은 없을 테고, 다시는 우드스탁이라는 우스꽝스러운 별명으로 불릴 일도 없겠지.

아줌마가 올 때까지 우리는 거기에 앉아 실없는 소리를 해댔다. 대체 이 공원의 개똥은 왜 치워도 치워도 계속 생기는지, 저 하얀 눈 아래로 얼마나 많은 개똥들이 꽁꽁 얼어붙어 있을지. 똥 얘기만 나오면 바닥을 구를 정도로 함께 웃었었지만 어쩐지 우리는 더이상 예전처럼 웃지 못했다. 그 이야기가 더는 재밌지 않았던 것이다.

응웬 아줌마는 나란히 앉아 있는 우리를 보고 손을 흔들었다. 아줌마는 내 곁에 앉았다.

“언제 떠나?”

“내일 밤에요.”

아줌마는 아무런 반응 없이 쓰레기통을 바라보고 있었다. 나는 무안해져 팔짱을 풀고 엄마가 준 박스를 아줌마의 무릎 위에 올려놓았다.

“이거, 우리 엄마가 드리래요.”

아줌마는 포장지를 천천히 뜯고 상자를 열었다. 그 안에는 엄마가 이번 가을부터 뜨기 시작한 목도리와, 털모자, 털장갑이 세 벌씩 들어 있었다. 엄마 이거 누구 주려는 거야? 내가 묻자 그냥 심심해서 뜨는 거라고 대수롭지 않게 이야기하던 엄마의 얼굴이 떠올랐다. 응웬 아줌마는 빨간 털모자를 꺼내 썼다. 털로 만들었다는 것만 다를 뿐, 아줌마가 여름에 자주 쓰는, 좁은 챙이 달린 모자와 비슷한 모양이었다. 털모자에는 장미꽃 모양의, 털실로 만든 코사지가 붙어 있었다. 아줌마는 박스 안에 든 모자, 장갑, 목도리를 꺼내 하나씩 허공을 향해 들어 보였다. 그것들이 옅은 빛에 세심하게 비춰봐야 할 보석이나 되는 것처럼. 아줌마는 감색 바탕에 노란 털실로 대문자 T자가 새겨진 털모자를 들어 한참 보더니 투이의 머리에 씌웠다.

"얘가 머리가 커서 모자가 잘 안 맞거든. 근데……" 아줌마는 거기까지 말하고 말을 멈추더니 입을 꾹 다물고 코를 훌쩍였다. 그녀가 울음을 삼키는 모습을 본 건 그때가 처음이었다. 전쟁에 대해 이야기할 때도 표정 하나 바꾸지 않고 담담하게 말했었기에 나는 아줌마 옆에서 어떤 표정을 지어야 할지 알지 못했다. 응웬 아줌마. 나는 그녀의 얼굴을 봤다.

커다란 갈색 눈에 작은 코, 울음을 참느라 아래로 내려간 입꼬리, 미간에 세로로 그어진 두 개의 주름.

나는 입김을 불어 아줌마의 털모자 위로 떨어진 눈덩이를 털어냈다.

"씬짜오." 나는 아줌마의 작은 얼굴을 보며 말했다.

"씬짜오." 응웬 아줌마도 같은 말로 화답했다.

"씬짜오, 투이." 나는 목소리를 조금 더 높여 말했다. 감색 털모자를 쓰고 코가 빨개진 채로 주머니에 손을 넣고 나를 보던 투이의 얼굴. "씬짜오." 투이는 작은 목소리로 답했다.

어쩌면 나는 그런 장면을 기대했는지도 모른다. 아줌마가 우리 집으로 올라가서 우리 식구들과 마지막 인사를 하는 장면을, 아줌마와 투이가 엄마가 떠준 털모자를 쓰고 그 모습을 엄마에게 보여주는 장면을, 그 둘을 뿌듯하게 바라보는 엄마의 얼굴을 보고 싶었는지도 모른다. 그러나 그런 극적인 장면은 없었다. 그 흔한 포옹도, 입맞춤도, 구구절절한 이별의 수사도 없었다. 그저 안녕, 그 한 마디였을 뿐. 우리는 벤치에서 일어나 외투에 묻은 눈을 털고 길가로 걸어나갔다. 나는 길을 건넜고, 아줌마와 투이는 건너지 않았다. 내가 집 현관문 앞에 서는 걸 보고서야 아줌마와 투이는 걸음을 옮겼다. 저 모퉁이를 돌면 보이지 않겠지. 나는 현관문 앞에 붙박인 채로 천천히 걸어가는 아줌마와 투이를 바라봤다. 한 번, 두 번, 투이가 고개를 돌려 내 쪽을 바라봤지만 걸음은 멈추지 않은 채였다. 아줌마와 투이는 모퉁이를 돌았고, 나는 더이상 그들을 볼 수 없었다. 다시 돌아올지 몰라. 나는 현관 앞에 쪼그리고 앉아 그들을 기다렸다. 그들이 오지 않아 나는 투이네 집 앞까지 걸어갔다. 거리에는 아무도 없었다.

시간이 지나고 하나의 관계가 끝날 때마다 나는 누가 떠나는 쪽이고 누가 남겨지는 쪽인지 생각했다. 어떤 경우 나는 떠났고, 어떤 경우 남겨졌지만 정말 소중한 관계가 부서졌을 때는 누가 떠나고 누가 남겨지는 쪽인지 알 수 없었다. 양쪽 모두 떠난 경우도 있었고, 양쪽 모두 남겨지는 경우도 있었으며, 떠남과 남겨짐의 경계가 불분명한 경우도 많았다.

몇 번이나 독일로 출장을 가면서도 나는 플라우엔에 들르지 않았었다. 기차로 두 시간 거리의 라이프치히에서 열흘 동안 체류했을 때도 나는 애써 그곳을 외면했다. 그곳에는 서로를 경멸하는 부모 밑에서 영혼의 밑바닥부터 떨던 아이가 있었고, 단 한 번의 포옹도 없었던 차가운 이별과 혼자 울던 길거리가 있었다. 나는 줄곧 그렇게 생각했다. 헤어지고 나서도 다시 웃으며 볼 수 있는 사람이 있고, 끝이 어떠했든 추억만으로도 웃음지을 수 있는 사이가 있는 한편, 어떤 헤어짐은 긴 시간이 지나도 돌아보고 싶지 않은 상심으로 남는다고.

엄마가 돌아가신 다음 해에 나는 플라우엔을 찾았다. 엄마의 첫 기일이 일주일 지난, 햇볕은 따뜻하고 바람은 차가운 이른 봄이었다. 도시는 내 기억보다 훨씬 작았고, 이십 년 전보다도 쇠락하여 황량하기까지 했다. 내가 다니던 학교는 작은 공장으로 바뀌어 있었는데 뒤뜰에서 몇몇 노인들이 담배를 피우며 나를 무심히 바라봤다. 변함없는 건 내가 살던 공동주택이었다. 그 건물은 여전히 그 자리에 그대로 남아 공원을 마주보고 있었다. 나는 어린 내가 붙어 서 있던 삼층 창가를 올려다봤다. 그 뒤에 서서 공원을 뛰어다니는 투이를 훔쳐보던 일이 떠올라 슬며시 웃음이 나왔다.

투이가 내게 선물한 스누피 만화책은 아직도 내 방 책장에 있다. 흑백 만화책이지만 우드스탁만은 샛노란색으로 칠해져 있다. 제대로 날지도 못하는 카나리아 우드스탁. 책을 펼쳐 그 노란색 카나리아를 볼 때면, 한 장 한 장 책장을 넘겨가며 그 작은 새에게 색을 입혀주려 했던 투이의 따뜻한 마음이 가까이 다가왔다.

투이네 집을 찾는 건 어렵지 않았다. 나는 투이네 집 맞은편 벤치에 앉아 창을 바라봤다. 저 창은 부엌 창이었지. 그 창으로 보이던 공원의 풍경과 부엌에 서서 저녁을 준비하던 호 아저씨의 뒷모습이 희미하게 기억났다. 쌀이 끓던 냄새와 고깃국을 먹을 때 씹히던 고수의 향, 응웬 아줌마가 만들어주었던 쌀푸딩의 단맛, 투이와 함께 벽에 기대앉아 스누피 만화책을 읽던 그 시간도. 그 시간은 아직도 달콤하고도 씁쓸하게 내 마음의 좁은 수로를 따라 흐르고 있었다. 위태롭게나마 서로를 포기하지 않으려고 애쓰던 나의 부모와 상처받았기에 누구에게도 상처 주지 않으려 애쓰던 응웬 아줌마 부부가 서로에게 노래를 불러주던 시간이 거기에 있었다.

엄마가 떠났을 때, 그녀를 위해 울어줄 수 있는 사람은 몇 되지 않았다. '그앤 어릴 때부터 예민하고 우울했었지.' '영리한 애는 아니었던 것 같아.' 큰이모와 작은이모마저도 엄마를 그런 식으로 회상할 뿐이었다. 그제야 나는 엄마가 사랑이 많은 사람이라고 말하던 응웬 아줌마를 떠올렸다. 그녀는 세상 사람들이 지적하는 엄마의 예민하고 우울한 기질을 섬세함으로, 특별한 정서적 능력으로 이해해준 유일한 사람이었다. 아줌마의 애정이 담긴 시선 속에서 엄마는 사랑받아 마땅한 사람으로 보였었다.

아줌마라고 해서 엄마의 모든 면이 아름답게 보였을까, 엄마의 약한 면은 보지 못했을까. 아줌마는 엄마의 인간적인 약점을 모두 다 알아보고도 있는 그대로의 엄마에게 곁을 줬다. 아줌마가 준 마음의 한 조각을 엄마는 얼마나 소중하게 돌보았을까. 그것이 엄마의 잘못도 아닌 일로 부서져버렸을 때 엄마가 느꼈던 절망은 얼마나 깊은 것이었을까. 내가 아는 한, 엄마는 그 이후로도 마음을 나눌 친구를 쉽게 사귀지 못했었다. 그리웠을 것이다. 말로는 그때의 일들이 잘 기억나지 않는다고 했지만, 엄마를 엄마 자신으로 사랑해준 응웬 아줌마를 엄마는 오래 그리워했을 것이다.

그저, 가끔 말을 들어주는 친구라도 될 일이었다. 아주 조금이라도 곁을 줄 일이었다. 그녀가 내 엄마여서가 아니라 오래 외로웠던 사람이었기에. 이제 나는 사람의 의지와 노력이 생의 행복과 꼭 정비례하지는 않는다는 사실을 안다. 엄마가 우리 곁에서 행복하지 못했던 건 생에 대한 무책임도, 자기 자신에 대한 방임도 아니었다는 것을.

연락이 닿았을 때 응웬 아줌마는 믿을 수 없다는 말을 반복했다. "우리 부부는 여기에 계속 살고 있어. 투이는 함부르크에서 일해." 나는 들뜬 아줌마에게 모든 사정을 말하지 않았다. 다만 "엄마는 잘 계시니?"라고 묻는 아줌마의 말에는 거짓으로 답할 수 없었다.

빨간 털모자를 쓴 작은 여자가 현관에서 나와 길 건너편에 섰다. 나는 벤치에서 일어나 길가로 걸어갔다. 우리는 작은 길을 사이에 두고 내내 서로를 바라보고만 있었다. 신호등이 파란불로 바뀌고 나는 길을 건넜다. 나는 아줌마의 눈에서 숨길 수 없는 충격을 봤다. 서른셋의 나는 그때의 엄마와 같은 사람이라고 해도 좋을 정도로 엄마를 빼닮아 있었으니까. 아줌마의 눈에서 나는 나와 함께 여기에 서 있는 엄마를 본다. 응웬 씨, 반갑게 이름 부르며 저쪽 길로 건너가는 엄마의 모습을. 씬짜오, 씬짜오. 우리는 몇 번이나 그 말을 반복한다. 다른 말은 모두 잊은 사람들처럼.

언니, 나의 작은,
순애 언니

이모는 동이 틀 무렵 엄마의 병실을 찾아왔다. 아직은 어두운 시간이었지만 엄마는 그 어둠 속에서도 이모의 얼굴을 금방 알아볼 수 있었다. 이모는 열여섯 살 때의 모습 그대로였다. 하나로 묶은 긴 머리, 검은 뿔테안경, 손수 지은 물방울무늬 여름 원피스 차림의 이모. 이모는 무덤덤한 얼굴로 인공관절 삽입수술을 한 엄마의 오른쪽 무릎에 손을 얹었다. 엄마가 이모를 바라보자 이모는 한번 웃어 보이고는 입을 열었다.

"해옥이 너두 무릎이 속을 썩이는구나. 신기하지. 너두 나이를 먹구."

"여긴 어떻게 알고 왔어, 언니야."

"너 보고 싶어 날아왔지."

"날개도 없는 사람이 어떻게 날아오나."

"없기는. 이거 봐라."

이모는 등에서 둥그런 부채 모양의 하얀 날개를 펼치더니 8인용 병실 천장 위를 뱅글뱅글 날아다녔다. 엄마는 날아다니는 이모를 멍하니 바라보다가 그 모습이 꽤나 우스워서 애처럼 웃었다. 그러자 이모도 만족한 듯이 날개를 접고 바닥으로 내려왔다.

"너 보니 좋다, 해옥아."

"참 좋네."

"우리, 서로 보고 살았으면 더 좋았을까."

이모는 병실 침대에 기대앉아서 엄마를 가만히 내려다봤다.

"난 아직두 우리가 한참은 어린애들 같은데. 이렇게 껍데기는 할머니들이 다 됐어."

엄마는 이모의 부드러운 손등을 만지면서 고개를 끄덕였다.

순애 이모는 할머니의 이종사촌 언니의 딸이었다. 할머니는 옷수선집의 일을 도와줄 어린 여자애를 찾다가 서울에서 일자리를 구하고 있던 순애 이모를 불렀다. 엄마는 할머니 등뒤에 숨어서 수돗가에 서 있는 이모를 가만히 훔쳐봤다.

"너에게도 언니가 생겼다."

마당에 우두커니 서 있던 이모를 처음 봤을 때부터 엄마는 순애 이모가 좋았다. 언니라는 말의 울림이, 그 다정하고도 애틋하게 들리는 말이 엄마는 좋았다. 왜 어린 시절에는 고작 몇 살 위의 언니들이 그다지도 커 보였을까. 엄마는 가슴이 뛰어서 이모에게 먼저 말을 걸 수조차 없었다. 이모는 말수가 적었고 쉽게 얼굴을 붉혔다. 열여섯 살이었지만 열한 살인 엄마보다 몸집이 작아서 모든 옷을 줄여 입거나 스스로 지어 입었다. 동네에서 가장 작고 마른 열여섯 살짜리 여자애를 찾으라면 그건 이모가 될 터였다.

엄마는 학교에서 무슨 일이 생기면 이모에게 해줄 말이 생겼다는 생각부터 했고, 학교가 끝나면 수선집으로 달려가서 가방을 던져놓고 이모에게 이야기를 쏟아냈다. 이모는 초크를 들고 원단 위에 본을 뜨면서, 바늘에 실을 끼워넣으면서, 재봉틀의 페달을 밟으면서 엄마의 이야기를 들어줬다.

수선집에서 집까지는 걸어서 오 분 거리였지만 엄마와 이모는 일부러 길을 돌아가곤 했다. 이모는 하교하는 여고생들을 가만히 바라보기도 했고, 문방구 앞에 멈춰 서기도 했고, 전봇대에 묶여 있는 개를 오래 쓰다듬기도 했다. 그리고 엄마는 그런 이모의 머리 위에 내리비치는 햇빛을 바라봤다. 그럴 때면 시간은 부드럽게 흘러갔고, 모든 일들이 잘 풀려가리라는 이상한 낙관이 마음에 배어들었다.

이모가 전쟁통에 부모와 헤어졌고 같이 살던 할머니도 돌아가셨다는 것을 엄마는 할머니로부터 들어 알고 있었다. 이모는 그 이별들에 대해 일절 언급하지 않았지만 일이 고되거나 마음이 괴로운 날이면 고향에서 키우던 개 이야기를 하곤 했다. 전쟁이 끝나고

부터 같이 살았던 곰이라는 개 이야기였다. 이모가 자기 이야기를 하는 건 손으로 꼽을 만한 일이었기에 엄마는 그런 이모의 말을 귀 기울여 들었다.

"곰은 마지막 며칠 동안 너무 아파서 밥도 제대로 먹지 못했어. 그런데도 곰아, 부르면 애써서 고개를 들고 꼬리를 치는 거야. 곰아, 밥 먹어, 말하면 곰은 안 아픈 척 밥에 코를 대고 먹는 시늉을 했어. 그런 곰 앞에서 울었어. 곰이 단순히 아픈 게 아니라 죽어간다는 걸 느꼈거든. 한 밤을 자고 나서 개집에 가니 곰이 사라졌더라. 그애가 사라지고 한 달 내내 울면서 학교를 다녔어. 울고 또 울었지. 내가 괜히 곰 앞에서 눈물을 보여서 곰이 집을 나갔다고 생각했어. 자기가 아픈 걸 보고 내가 마음 아파하니까 죽으러 나간 거라고 생각하며 자책했지. 아무리 슬프더라도 내색하지 말았어야 했는데, 울지 말았어야 했는데."

곰의 이야기를 들을 때 엄마는 곰이 되어서 곰에게 이야기하는 이모의 모습을 봤다. 곰아, 밥 먹어. 그 말을 하고 엉엉 우는 이모의 모습을 바라봤다. 곰의 마음으로 이모를 바라보면 이모는 세상 누구보다 귀한 사람이었다. 엄마는 그후로도 죽은 개의 마음으로 이모를 바라보곤 했다. 자기 의지와는 상관없이 모두를 잃고 나서도 더 잃을 것이 남아 있던 이모의 모습을.

엄마는 이모를 사랑했다.

이모의 남편은 엄마의 친구 난이 아줌마의 오빠였다. 그는 스쳐 지나가면서 본 이모에게 호감을 느꼈고 난이 아줌마의 손에 이모에게 전하는 편지를 보내왔다. 이모는 주머니에 편지를 넣어두었다가 화장실에 가거나 엄마와 함께 집에 갈 때 그 편지를 읽었다.

그 순간의 이모는 어두운 방에서 재봉틀을 돌리며 동네 아주머니들을 상대하고, 수돗가에서 허리를 구부리고 빨랫방망이를 두드리는 여자애가 아니었다. 그의 편지를 읽으며 이모의 얼굴은 그저 평범한 사랑을 갈망하는 스물두 살짜리 여자애의 얼굴로 변했다. 속에서 이는 감정을 자제하려고 애써 담담한 표정을 짓는 이모의 얼굴에서 엄마는 이상한 쓸쓸함을 봤다. 막막하고 두렵지만 행복한, 무언가를 간절히 희망하면서도 주저하는 얼굴.

그 둘은 두 계절을 만나고 결혼했다.

이모와 엄마는 종종 엄마 회사 앞의 칼국숫집에서 만났다. 이모는 예전처럼 우물쭈물하지 않고 큰 소리로 음식을 주문했고, 말을 할 때는 눈이 빛났다. 새로 산 것이 분명한 블라우스에 무릎 위로 올라오는 치마를 입었고 짙은 분홍색 립스틱을 발라서 얼굴이 더 화사해 보였다.

이모는 칼국수 그릇 안에 든 바지락의 살을 하나하나 발라서 엄마의 접시에 덜어주고 자기는 면만 건져 먹었다.

"양보하고만 살지 마. 자꾸 이렇게 남한테 퍼주면 버릇된다."

엄마는 숟가락으로 이모가 발라준 바지락 살을 떠서 이모의 접시에 덜어줬다.

"해옥아."

"응?"

"나, 정말 잘 살아보고 싶어. 지금처럼만, 이대로만 살아보고 싶어. 이런 기대가 욕심처럼 느껴지기도 하지만 그래도 정말 잘 살아보고 싶어."

이모는 곧 고등학교 졸업 자격 검정고시를 본다고 했다. 그리고 임신을 준비하고 있다고, 아기가 태어나면 자신이 부모에게 받아보지 못한 모든 사랑과 기회를 다 줄 거라고 했다. 엄마는 아직 태어나지도 않은 그 아이에게 질투를 느꼈다.

이모는 잠시 망설이다 말했다.

"해옥아, 너처럼 날 좋아해준 사람은 없었어. 무조건 내 편을 들어주고, 아무 조건 없이 날 받아주고, 이해해주고. 이상한 말일지도 모르지만, 넌 내게 엄마 같은 사람이었어."

엄마의 가족들은 언제나 이모에게 차갑게 대했지만 이모는 한 번도 서운한 내색을 하지 않았다. 가족들을 위해서가 아니라 이모의 자존심 때문이었다. 당신들이 나를 어떻게 대하든 나는 아무렇지 않다는 식의 태도였다.

"언니, 이거."

엄마는 소가죽 지갑을 이모에게 건넸다. 살면서 처음으로 백화점에서 산 물건이었다.

"언니 결혼 선물. 너무 늦게 줬지. 첫 월급 타고도 언니에게 따로 해준 게 없었잖아."

"나 지갑 있어. 이 귀한 걸 왜 나한테 줘?"

엄마는 이모의 구멍난 지갑을 떠올렸다. 기우고 또 기워서 너덜너덜해진 그 지갑.

"이거 꼭 언니 써. 바보처럼 형부한테 주지 말고. 이건 언니 선물이야."

"내가 이런 걸 써도 될까?"

"그럼. 나중에 내가 돈 많이 벌면 더 좋은 것도 사줄게."

이모는 그 지갑이 작은 동물이라도 되는 것처럼 두 손으로 감싸 쥐고 조금씩 쓰다듬었다. 엄마는 종종 기억 속으로 들어가 그때의 이모를 바라본다. 가죽지갑 하나에도 어쩔 줄 몰라하던 그 어린 여자애를 보면서 엄마는 그애에게 왜 고작 이런 것 하나에도 그토록 당황하고 행복해했는지 묻는다. 너는 더 좋은 것들을 누렸어야 했다고, 그럴 자격이 있었다고.

엄마가 이모 집에 도착했을 때 이모는 부엌으로 내려가는 계단에 앉아 있었다. 양쪽 정강이에 손바닥 크기만한 푸른 멍이 번져 있었고, 팔에는 긁혀서 피가 맺힌 상처가 보였다. 부엌 바닥에는 김치 꽁다리, 고등어 가시, 계란 껍데기와 담배꽁초, 물에 불려놓았던 검은콩, 콩나물 대가리, 파뿌리와 양파 껍질이 어지럽게 흩어져 있었다. 서쪽으로 넘어가는 햇빛이 부엌 쪽창으로 들어와서 엉망으로 더러워진 부엌 바닥을 환하게 비췄다.

엄마는 이모를 부엌에 두고 방으로 갔다. 바닥에는 속옷이 널려 있었고, 이불과 요가 날카로운 것에 찢겨 입을 벌리고 있었다. 콤팩트가 깨져서 바닥이 온통 화장 분으로 가득했다. 그 모든 것들 위로 구둣발 자국이 찍혀 있었다.

엄마는 밥공기에 물을 떠서 이모의 입을 축이고 빗자루를 들고서 안방부터 청소하기 시작했다. 안방의 물걸레질까지 마치고 나서 이모를 방으로 데려와 속이 터진 요 위에 눕혔다. 이모는 떨고 있었다. 별일 아닐 거라고, 크게 걱정할 필요 없을 거라는 말을 할 수도 있었을 텐데, 입이 떨어지지 않았다. 엄마는 집에서 대충 옷과 세면도구를 챙겨나와 이모의 집에 짐을 풀었다. 형부가 다시 돌아올 때까지만이라도 언니와 함께 있겠다고 말하자 이모는 엄마의 짐을 도로 배낭에 담아 집밖 골목으로 내던져버리고 현관문을 잠갔다.

엄마는 매일 퇴근 후에 이모를 찾아갔다. 현관문에 노크를 하고 이모의 이름을 불렀다. 안방 창문을 두드리면서 문을 좀 열어달라고 했다. 엄마는 이모가 혼자가 아니라는 걸 그렇게라도 보여주고 싶었다. 이모에게는 남편 말고는 변변한 친구도 없었고, 엄마의 부모는 이모에게 우리를 친정으로 생각하지 말고 뒤도 돌아보지 말라고 말했다. 이모에게 의지할 만한 사람이 아무도 없다는 사실이 엄마의 마음을 시리게 했다. 얼마나 그 집 앞에 앉아 있었을까. 할머니가 마당에 가만히 서서 엄마를 보고 있었다.

"순애는 오늘 떠났다. 집주인이 이 키를 줬어. 방 좀 정리하라고."

할머니는 현관문을 열었다. 장롱과 텔레비전, 냉장고 같은 큰 살림은 없었고, 솜이불과 이모의 옷이 잘 개켜져 있었다. 남자 옷은 하나도 없었는데, 이모가 무슨 재주인지 그 옷들을 빠짐없이 가져간 것 같았다. 할머니는 이모의 옷과 이모가 남긴 살림을 보자기에 쌌다.

"이제 순애는 없는 사람이야. 우린 얘랑 아무 상관 없는 사람이고, 앞으로도 볼 일 없을 거야. 그렇게 알고 있어."

보따리의 매듭은 다시 풀 수 없을 정도로 단단했다. 엄마는 매듭을 풀려고 한참을 애쓰다 포기하고 주저앉아 그 보따리가 이모라도 되는 것처럼 한참을 끌어안고 있었다. 희미한 나프탈렌 냄새가 났다.

"순애에게 우리가 금전적인 도움은 줄 수 있을 거야. 그걸로 족해. 네가 설친다고 해서 아무것도 나아지지 않는다는 걸 왜 아직도 모르니. 나서지 마. 제발, 가만히 있어."

"아직 재판도 열리지 않았는데 왜 벌써부터 형부를 죄인 취급하는 거예요?"

"재판을 하지 않아도 이미 다 결론이 난 일이야. 벌써 소문이 파다해. 순애 남편이 북에서 지령을 받구 움직였다구."

할머니가 조용히 말했다.

"증거도 없는 일이에요."

"신문에두 다 나왔잖아. 그치들이 공산주의 책을 읽고 라디오로 북의 방송을 들었다구."

"어떻게 어머니까지 그렇게 말할 수 있어요?"

"나라에서 그렇다면 그런 거겠지. 눈도 막고 귀도 막고 그렇게 믿어야 해. 그리고 언니니 형부니 하는 소리는 이제 그만해라. 네 진짜 언니도 아니잖아. 팔촌을 넘었으니 친척이라고도 할 수 없지. 어디서든 그런 소리 하지 마라."

할머니는 엄마의 손에서 보따리를 빼내서 근처의 개천에 던져 버렸다.

"언제 언니를 가족으로 생각한 적이라도 있어요? 가족이라는 허울로 이용만 했잖아."

"그래. 나도 살려고 그랬다. 걔를 내 가족이라고 생각하지 않았어. 그러니 너도 이제부터 그렇게 해. 그게 너도 나도 사는 길이야."

할머니는 일생 동안 인색하고 무정한 사람이었고, 그런 태도로 답답한 인생을 버텨냈다. 엄마는 그런 할머니를 이해하지 못했고, 그런 태도를 경멸했지만 시간이 흐르고 난 뒤 그 무정함을 조금은 이해할 수 있었다. 상대의 고통을 같이 나눠 질 수 없다면, 상대의 삶을 일정 부분 같이 살아낼 용기도 없다면 어설픈 애정보다는 무정함을 택하는 것이 나았다. 그게 할머니의 방식이었다.

검찰은 피고인 8명에게 사형, 7명에게 무기징역, 4명에게 징역 20년, 4명에게 징역 15년을 구형했다. 일주일이 지난 첫 재판에서 판사들은 검사의 구형 그대로 판결했고, 피고인들은 전원 항소했다. 신문에 따르면 이 사람들은 긴급조치, 국가보안법, 반공법을 위반했고 내란 예비음모 및 선동을 했다. 형부는 사형과 무기형을 면했다. 한 가지 위로가 되는 소식은 그것뿐이었다.

엄마는 '존경하는 대통령 각하'로 시작하는 편지를 써서 청와대에 보냈다. 엄마는 대통령이 오해를 풀고 사람들의 말에 귀를 기울인다면 갇힌 사람들의 억울함을 풀어줄 수 있을 거라 생각했다. 스무 살의 엄마는 그토록 무지하고 순진한 아이였다. 인간이 그 알량한 권력 때문에 무고한 사람에게 누명을 씌워 죽일 수도 있는 존재라는 것은 차마 상상조차 못했던 여자애였다.

두 달 후, 2심 재판이 진행되었고, 1심의 결과 중 어떤 것도 뒤집히지 않았다. 사형수와 무기수는 서울구치소에 남고, 유기수는 안양교도소로 이감되었다. 엄마는 피고인들을 위한 목요 기도회에 참석했다. 기독교회관에는 피고인 가족들과 천주교 사제, 개신교 목사와 외국인들이 모여 있었다. 불공정한 비밀군사재판이 아닌 공개재판이 열릴 수 있기를 바란다는 기도와, 차가운 옥중에서 가족들의 면회조차 받을 수 없는 피고인들에 대한 기도가 이어졌다.

엄마는 사람들과 국수를 나눠 먹으면서 그들의 이야기를 주워 들었다. 동네 아이들이 네 살짜리 아이의 목에 끈을 묶어 개처럼 끌고 다니면서 빨갱이의 자식이라고 총살하는 시늉을 하는데, 어른들이 둘러서서 그 모습을 구경하고만 있었다는 이야기, 소풍을 간 딸아이의 도시락에 같은 반 아이들이 개미를 넣었다는 이야기, 장을 봐서 집으로 돌아가는데 누군가 던진 돌에 머리가 터졌다는 어느 아이 엄마 이야기. 남산…… 그 단어가 나오면 사람들은 약속이라도 한 듯 입을 다물었다. 엄마는 할 수만 있다면 대통령에게 보낸 그 편지를 지금이라도 가져와서 갈가리 찢어버리고 싶었다.

언니, 미안해. 엄마는 어디에 있는지도 모르는 이모를 향해 속으로 말했다.

엄마는 기독교회관 밖으로 나와 무작정 걸었다. 곧 대학로가 나왔다. 사람들은 삼삼오오 광장에 모여 웃고 떠들고 있었다. 방금 전까지 함께 있었던 사람들의 이야기가 꿈처럼 멀게 느껴졌다. '해옥이 처제'라고 부르며 부드럽게 웃던 형부의 얼굴도, 그런 형부와 함께 있을 때 반짝이던 언니의 얼굴도 모두 꿈같았다. 엄마는 고개를 숙였다.

엄마는 정의구현사제단에서 배포한 선전문을 사무실 직원들에게 나눠줬다. 그때마다 분위기는 무겁게 가라앉았고 가끔씩은 낮은 웃음소리가 들렸다.

"이양은 조신하게 있다가 시집갈 생각이나 하라고. 세상 살아본 사람 말이야. 가만가만 살아도 불똥 튀는 세상이야, 이양."

4·19혁명에 참여했던 것을 자랑으로 알던 부장은 부드러운 말씨로 엄마를 달래듯이 말했다.

"이양이 아무리 애써도 달라지는 건 아무것도 없어. 나서지 마. 애처럼 굴지 마."

엄마는 목요일마다 명동에 가서 민주회복을 위한 기도회에 참석하고, 피고인들 가족을 따라 공개재판을 요구하는 선전문을 나눠줬다. 처음에는 순애 이모와 형부를 위해서였지만 나중에는 끌리듯이 그곳으로 갔다. 집회를 할 때면 맨 구석에 서서 발언자의 말을 듣고, 대열의 맨 끝에 종종걸음으로 따라붙었다. 집에 내야 할 생활비를 활동기금으로 넣고 웬만한 거리는 걸어다니면서 버스비를 아껴 목요 모임에 보탰다.

사형은 대법원 판결 열여덟 시간 만에 집행되었다.

사형이 이미 집행된 줄도 모르고, 사형 판결에 대한 대책을 마련하기 위해 길을 가던 가족들은 그 소식을 듣고 주저앉았다. 내 남편, 내 아빠, 내 아들의 얼굴 한번 만져보지 못하고, 안녕, 잘 가, 한마디도 해보지 못하고, 걱정 말라고, 무서워하지 말라고 말해보지도 못하고, 눈이라도 한번 마음껏 맞춰보지 못하고 사랑하는 사람들을 그렇게 잃었다. 나라에서는 유족들의 허락도 받지 않고 사형수들의 시신을 강제로 화장해서 가족에게 보냈다. 죽은 *몸이라도 만져보고 싶었어요*. 기진한 사형수의 부인이 겨우겨우 말을 이었다. 엄마는 그 자리에 오래 있지 못하고 밖으로 나왔다.

세상은 사람에 대한 사람의 사랑을, 제 목숨을 몇 번이고 팔아서라도 사람을 살려내고 싶다는 그 간절한 마음을 도리어 비웃었다. 사람에 대한 사랑 따위는 아무것도 아니라고, 그러니 너희 힘없는 인간들은 언제나 조심하고 사는 것이 좋을 거라고, 그 평범한 인간 여덟 명의 목숨 따위가 뭐가 대수냐고, 우리가 법이라고 하면 법이고 빨갱이라고 하면 빨갱이인 거라고, 꿇으라면 꿇으라고, 사람 같은 거 명분만 달아놓으면 쉽게 죽일 수도 있는 거라고, 그러니 입다물고 말이나 잘 들으라고.

그들은 나라에 의해 살해되었다.

사형이 집행되고 나서야 엄마는 엄마가 세상에 대해 아무것도 몰랐고, 앞으로도 아무것도 모르리라는 것을 깨달았다. 엄마는 회사로 가는 버스 안에서 조용히 눈물을 흘렸고 그 일에 대해서 영원히 입을 다물었다. 사람들은 그런 엄마에게 드디어 정신을 차렸냐고, 다들 그렇게 어른이 되어가는 것이라고 말했다. 아무도 엄마의 내상을 들여다보려 하지 않았다. 다른 사람들이 보기에 그건 엄마와는 상관없는 일이었고 누구도 그 일로 엄마가 다쳤으리라고는 생각하지 못했다.

엄마는 그날 이후로 말수가 적은 사람이 되었다고 고백했다. 엄마가 그 일에 대해 내뱉었던 그 순진했던 모든 말들과 이상주의에 기댄 세상에 대한 몰이해가 부끄러웠고, 세상의 단단함이, 상식으로는 도저히 뚫고 들어갈 수 없는 그 단단한 벽이 엄마를 침묵하게 했다고 했다. 엄마의 침묵을 깨뜨린 건 의외의 사람이었다.

"해옥씨, 괜찮아요?"

엄마는 커피잔을 들고 자리에 굳은 듯이 서서 그를 바라봤다.

"뭐가요?"

엄마는 그에게 되묻고 자리를 떴다. 하지만 그 차가운 얼굴에서 울려나온 말이 마음에 오래 머물렀다. 그것이 입사한 지 일 년 만에 엄마와 아빠가 처음으로 나눈 개인적 대화였다.

아빠는 스물다섯이 되던 해에 첫번째 아내와 사별하고 오 년을 혼자 지낸 사람이었다. 아빠는 항상 싸늘한 표정을 지었는데 그 차가운 얼굴에서 엄마는 어떤 감정이나 생각도 읽을 수 없었다. 엄마가 한창 직원들에게 선전문을 나눠주고 사건에 대해서 설명할 때도 그는 평소와 같은 싸늘한 얼굴로 엄마를 쳐다봤었다. 그런 아빠가 엄마의 안녕을 물었을 때 엄마는 그 말에 저항심이 들었지만 한편으로는 아빠의 속이 궁금해졌다.

"너무 많이 참는 사람이었어요."

아빠가 말했다.

독감이 급성폐렴으로 진행되던 시간 동안 아빠의 첫번째 아내는 겨울 김장을 담갔다. 독을 마당에 다 묻고 나서야 병원으로 갔는데 그때는 이미 너무 늦어 있었다.

"선보고 그다음 주에 바로 결혼했어요. 모르는 사람과 갑자기 가족이 되어서 적응하는 데 시간이 걸리더군요. 그 사람과 저는 나란히 걸어본 적도 없어요. 남자와 같이 걷는 건 낯부끄러운 짓이라고 배웠대요. 사람이 좀 바보 같았어요. 그게 좋더라구요. 바보 같은 거. 그러니까 저랑도 살았겠죠. 무슨 김치를 그렇게 많이 담가놨는지, 매 끼니 김치만 먹어도 없어지지도 않고. 그래도 참 맛있더라구요. 억울할 것 같았어요. 그렇게 힘들게 만든 김치도 못 먹어보고, 바보같이."

아빠는 회의 안건을 이야기하는 사람처럼 무표정한 얼굴로 그런 말들을 했다. 허세나 과장이 없는 아빠의 말들을 들으면서 엄마는 순애 이모를 떠올렸다. 엄마와 아빠는 퇴근 후 같이 저녁을 먹고 회사 뒤편의 중학교 운동장 스탠드에 앉아서 중얼거리듯이 이야기를 나눴다. 엄마는 사형 집행 이후 하지 못했던 이야기를 그날 처음으로 꺼냈다.

"나라가 죄도 없는 사람들을 죽였어요."

"알아요. 사법살인이었다는 거."

"그런데 그때는 왜 그런 얼굴이었어요?"

"해옥씨, 저희 고향에서는요…… 군인들이 전쟁 막바지에 동네 여자들과 아이들을 모두 부역자로 몰아 총살했어요. 학교 운동장에 모이라고 한 다음에 줄을 세워 다 죽여버렸대요. 어머니는 저를 안고 광 속에 숨어서 살아남으셨지만 평생 죄의식을 갖고 사셨어요. 우리는 운이 좋아 살아남은 거라고 말씀하시면서. 어릴 때부터 생각했어요. 왜 그 사람들은 죽고 나는 살았는지. 어떻게 사람이 사람을 그렇게 쉽게 죽여버릴 수 있었는지. 어떻게 젖먹이 아기를 제 엄마가 보는 앞에서 죽일 수 있었는지. 사람들은 어떻게 그런 일들을 없었던 것처럼 쉽게 쉽게 묻어버리고 계속 앞으로 나아가는 건지. 그래서 그 앞에는 뭐가 있는 건지. 그 앞에 뭐가 있기에 사람이 사람에게 저지른 짓들을 없었던 일인 것처럼 잊은 채 살아가야 하는 건지. 저는 그저 생각만 했어요. 아무 일도 하지 않았으니 이런 세상에 부역한 거라고 비판받아도 할말 없을 거예요. 전 해옥씨 같은 용기가 없어요."

엄마와 아빠는 식을 올리지 않고 혼인신고만 마친 뒤 살림을 합쳤다. 엄마의 가족은 재산도 직업도 변변찮은 나이 많은 남자와의 결혼을 반대했다. 후취 자리라니. 엄마는 집안의 추문거리가 되었고 가족으로부터 절연당했다. 순애 이모가 엄마에게 다시 연락을 해온 건 그즈음이었다.

"갑자기 연락해서 당황했지? 너희 회사에 전화해보니 집 전화번호를 알려주더라고. 결혼, 축하해."

공중전화가 동전을 삼키는 소리가 들렸다.

"나, 1월에 애 낳았어."

"그랬어?"

"언제 우리 보러 안양 와."

엄마는 아이를 낳았다는 이모의 말을 듣고도 축하한다는 말을 차마 하지 못했다. 이모가 혼자서 아이를 낳았다는 사실 자체에 당황해서 말문이 막힌 것이었다. 전화를 끊고 나서야 엄마는 이모가 자신으로부터 축하 인사를 받고 싶어했으리라는 생각이 들었다. 엄마에게 다시 연락한 이유가 있다면 그것뿐일 거라고.

엄마는 안양 시외버스터미널 앞에서 몇 번 이모를 만났다. 그때마다 이모는 엄마의 얼굴을 제대로 올려다보지 못했다. 곁눈질로 힐끗힐끗 쳐다보다가 눈이 마주치면 빠르게 피해버렸다. 이모는 자신의 손톱 끝, 슬리퍼 밖으로 나온 발가락, 길바닥의 담배꽁초, 아기의 가제수건 같은 것들을 보면서 말을 했다. 목소리도 예전보다 작아져서 몇 번이나 같은 말을 되물어야 했다. 발뒤꿈치가 허옇게 갈라져서 피가 맺혀 있었다.

이모는 딸을 자랑스러워했다. 아이가 순해서 밤에 잠을 잘 잔다는 이야기, 잠시나마 제 다리로 설 수 있다는 이야기, 잘 울지도 않고 이모가 일할 때는 기다려줄 줄도 안다는 이야기. 그런 이야기를 할 때면 이모의 목소리에는 힘이 붙었고 굽은 어깨는 펴졌다. 이모는 아이에게 희망을 걸고 있었다. 아이가 앞으로 무엇이 되고 어떻게 자라고 하는 것을 바라는 것이 아니라, 그저 곁에 살아서 있어 준다는 것만으로도 이모는 살아갈 힘을 얻는 것 같았다. 엄마는 이모의 등에 붙어서 작은 숨을 쉬는 아이가 이모의 몸 밖에 붙어 있는 심장 같다고 생각했다.

이모는 지나간 일 년의 시간에 대해서 이야기하지 않았고 엄마도 묻지 않았다. 이모는 다만 엄마가 형부의 면회를 가지 않았으면 좋겠다고 했다. 읽을 책들을 부쳐주는 것으로 족하다면서 형부가 예전 사람들의 얼굴을 보기 힘들어한다고 말했다. *그 사람은 거기서 몸을 조금 다쳤어*. 이모는 그렇게만 이야기했다.

엄마는 목요 기도회를 다니면서 남산으로 끌려간 사람들이 어떤 고문을 당했는지 들었다. 고막이 터지고 늑골이 부러지고 정강이뼈가 꺾인 사람들에 대한 이야기를 들었다. 차에 치여서가 아니라, 절벽에서 떨어져서가 아니라, 사람이 사람에게 그렇게 했다는 이야기를. 엄마는 형부가 다리를 절게 되었다는 말을 담담하게 하는 이모를 제대로 바라볼 수 없었다.

이모와 엄마는 살해당한 사람들에 대한 이야기를 하지 않았다. 이모는 최종 재판에 참석했었다고 말하고는 더는 말을 잇지 못했다. 다른 이야기를 해야 하는데, 주제를 돌려야 하는데 그 생각에 부딪히면 아무것도 떠오르지 않는 것처럼. 그럴 때면 엄마는 어색하게나마 엄마의 이야기를 했다. 엄마의 결혼생활의 한심한 점들을 조목조목 이야기하고 친정 식구들과 절연한 이야기를 하면서 엄마도 힘든 시간을 보내고 있다는 식으로 말했다. 사실 엄마는 행복한 편이었지만 조금이라도 그 행복을 드러냈다간 이모가 박탈감을 느낄 것 같아서 그렇게 말했다. 엄마는 시간이 지나고 나서야 그런 태도가 고통을 겪고 있는 사람을 기만하는 짓이라는 걸 깨달았다.

엄마는 처음에는 한 달에 두 번 이모를 찾아가다가 나중에는 한 달에 한 번, 두 달에 한 번, 계절에 한 번 안양에 찾아갔다. 가끔씩 통화를 하면 더이상 할말이 없어서 피상적인 이야기만 주고받았다. 이모는 엄마에게 솔직하지 못했고 엄마 또한 그랬다. 엄마는 살얼음판을 딛듯이 이모의 상처가 닿지 않은 마음들만을 디디려 했고 이모는 엄마가 이모를 조금이라도 가여워할까봐 애써 아픈 이야기를 꺼내지 않았다. 엄마는 심지어 이모가 안양에서 정확히 무슨 일을 하고 사는지조차 몰랐다. 서로에 대한 배려라고 생각했던 그런 태도가 서서히 그들의 사이를 멀게 했고, 함께 살았던 시간 동안 쌓아왔던 마음들도 더이상 그 관계를 지탱해주지 못했다. 엄마가 임신을 하고 아기를 낳는 동안 엄마와 이모는 더 데면데면한 사이가 됐다. 임신과정을 이야기하는 것이 이모의 힘들었던 시절을 연상시키리라는 생각 때문에 엄마는 몸의 변화나 출산 준비에 대해서 제대로 말하지 못했다. 이모에게 전화를 해야겠다고 생각만 하고 미루게 되자 연락하기가 더 어려워졌다. 순애 언니……라고 편지를 쓰다가도 할말이 동이 나서 더이상 쓰지 못했다.

엄마의 생활이 안정되어갈수록 이모는 부담스러운 사람이 되었다. 엄마는 이모가 불편했다. 화장기 없는 푸석푸석한 얼굴, 싸구려 샌들 바깥으로 삐져나온 새끼발가락, 자신없는 표정과 목소리, 관심의 전부를 아이에게 두고 있는 모습, 안경알에 묻어 있는 눈물 마른 자국, 돈이 부족하면서도 매번 밥을 사주려는 모습, 마치 자기는 어떤 도움도 필요 없는 사람이라는 듯이 태연한 척하는 모습, 형부의 억울함에 대해서 큰 소리로 말도 못하는 모습. 언니, 언니의 그런 태도는 형부에게 죄가 있다는 사람들의 말을 증명할 뿐이라고 생각했던 엄마. 차가운 얼굴의 엄마에게 어떻게든 따뜻한 태도로 대하려고 노력하면서 나는 네가 절실하게 필요하다고 에둘러 말하는 이모. 어쩌다 서울에 올라와서 땀에 젖은 얼굴로 엄마의 아들을 안고 슬픈 표정으로 그애를 보던 이모의 얼굴. 그 눈. 죽은 개에 대한 지겨운 레퍼토리.

"해옥아, 내가 키우던 곰이라는 개 알지? 나는 아직도 그애 생각을 해."

엄마는 이모의 이야기를 더이상 듣고 싶지 않았다.

엄마는 이모에게 먼저 연락하지 않았고, 이모에게서 연락이 오면 냉정하게 대했다. 그러자 머지않아 이모도 더이상 엄마에게 전화하지 않았다. 엄마가 이모를 부담스러워했다는 사실은 이모를 아프게 했지만 그만큼이나 엄마 역시 오래도록 아프게 했다. 지금도 엄마는 엄마가 어떻게 순애 이모를 저버릴 수 있었는지에 대해서 생각한다. 자신이 상상할 수조차 없는 큰 고통을 겪은 사람을 있는 그대로 바라보기가 왜 그리도 어려웠는지 엄마는 생각한다. 크게 싸우고 헤어지는 사람들도 있지만 아주 조금씩 멀어져서 더 이상 볼 수 없는 사람들도 있다. 더 오래 기억에 남는 사람들은 후자다.

이십대 초반에 엄마는 삶의 어느 지점에서든 소중한 사람들을 만날 수 있으리라고 생각했다. 어린 시절에 만난 인연들처럼 솔직하고 정직하게 대할 수 있는 얼굴들이 아직도 엄마의 인생에 많이 남아 있으리라고 막연하게 기대했다. 하지만 어떤 인연도 잃어버린 인연을 대체해줄 수 없었다. 가장 중요한 사람들은 의외로 생의 초반에 나타났다. 어느 시점이 되니 어린 시절에는 비교적 쉽게 진입할 수 있었던 관계의 첫 장조차도 제대로 넘기지 못했다. 사람들은 약속이나 한 듯이 생의 한 시점에서 마음의 빗장을 닫아걸었다. 그리고 그 빗장 바깥에서 서로에게 절대로 상처를 입히지 않을 사람들을 만나 같이 계를 하고 부부 동반 여행을 가고 등산을 했다. 스무 살 때로는 절대로 돌아가고 싶지 않다는 말을 주고받으면서. 그때는 뭘 모르지 않았느냐고 이야기하면서.

그후로도 엄마는 이모를 한 번 본 적이 있었다. 형부가 출소한 해의 겨울이었다.

이모의 집은 운동화공장 뒤편의 작은 건물 이층에 있었다. 철제

계단을 밟고 올라가니 닫힌 셔터가 보였다. 엄마는 그 앞에서 이모를 불렀다. 발소리가 들리고 셔터가 올라갔다. 이모는 애써 웃으면서 들어오라고, 찾기 어렵지 않았느냐고 말했다. 방에서는 퀴퀴한 냄새가 났고 이모는 엄마가 방에 들어가자마자 창문을 열었다. 찬바람이 쏟아졌지만 엄마는 창문을 닫아달라는 말을 하지 않았다. 이모가 그렇게나마 방에서 나는 냄새를 없애려 한다고 느꼈기 때문이다. 밖에서 자동차가 지나갈 때마다 바닥이 흔들렸다.

이모의 딸은 소반을 펴놓고 방학숙제를 하고 있었다. 아이가 신은 양말 바닥이 시꺼멓게 번들거렸다. 아이는 엄마의 얼굴을 피하면서 인사했다. 아이의 맞은편에 형부가 있었다. 그는 다리를 쭉 펴고 정물처럼 앉아서 방구석을 쳐다보고 있었다. 뼈에 겨우 거죽을 입혀놓은 것처럼 말라 있었는데, 단지 살이 빠진 것이 아니라 골격마저 쪼그라든 것 같았다. 눈은 일부러 크게 뜬 것처럼 부자연스러워 보였고 얼굴에는 이상한 웃음이 어려 있었다.

"여보, 해옥이 왔어요. 내 동생 해옥이. 당신 알죠?"

이모는 다정하게, 그렇지만 아주 어린 아이에게 말하듯이 그에게 말했고 그는 엄마를 보며 찡그리듯이 웃었다.

"당신은 이거라도 좀 입어요."

이모는 내복 차림의 남편에게 푸른 잠바를 건넸다. 그는 푸른 잠바를 주섬주섬 입으려고 했지만 잘 입지 못했다. 소매에 손을 넣는 것조차도 힘들어 보였고 손끝이 떨렸다. 엄마는 이모 쪽으로 고개를 돌렸고, 이모는 엄마의 시선을 피했다.

이모의 딸이 그의 손을 잡아서 소매에 넣어주었다. 안경이 콧등 밑으로 내려가자 손등으로 안경을 올리고는 나머지 팔을 옷에 넣었다. 양팔을 옷에 다 넣고 나서는 능숙하게 단추를 채웠다. 아이는 방구석에 구겨져 있던 검은 운동복 바지를 가져와서 그에게 입혔다. 그는 갓난아이처럼 수동적으로 딸의 도움을 받으면서도 딸과 눈을 마주치지 않으려는 듯 방문 쪽을 쏘아보고 있었다.

"통닭 사왔어. 언니 이거 좋아했잖아."

엄마는 비닐봉지에서 통닭이 든 종이봉투를 꺼냈다. 튀긴 닭의 고소한 냄새가 퀴퀴한 집안 냄새에 섞여서 돼지 비린내처럼 바뀌었다. 이모는 신문지를 가져와서 바닥에 깔고, 엄마는 종이봉투를 뜯어서 그 위에 통닭을 벌여놓았다.

"아직 뜨겁네."

이모는 통닭을 보자마자 살점을 뜯어 입으로 가져가면서 그렇게 말했다. 같이 음식을 먹을 때는 늘 상대에게 먼저 권하고 나서야 먹던 이모였기에 엄마는 이모의 그런 모습이 낯설게 느껴졌다. 이모는 아주 오래 굶은 사람처럼, 숨을 쌕쌕 몰아쉬면서 고기를 씹었다. 이 방에 자신 말고는 아무도 없는 것처럼, 부끄러움을 모르는 사람처럼 침을 흘려가며 고기를 먹었다.

엄마는 이모의 딸에게 와서 먹으라고 손짓했다. 엄마가 하나 남은 닭다리를 그애에게 내밀자 아이는 엄마의 손에서 닭다리를 채

가더니 후후 불어서 형부의 입에 가져갔다. 그가 고개를 돌렸지만 아이는 아무 말도 없이 다시 그의 입에 닭다리를 갖다댔다. 그는 팔을 휘저으면서 얼굴을 찌푸렸다. 그 와중에도 이모는 아무것도 보이지 않는 것처럼 닭 뼈에 붙은 연골을 뜯고 있었다. 닭기름과 침이 뒤섞여 입가가 번들거렸다. 아이는 집요하게 그의 입에 닭고기를 넣으려고 했다. 닭다리의 살점을 손으로 발라내 그의 입에 억지로 넣은 순간, 발버둥치던 그의 몸이 잠잠해졌다.

그의 오줌이 바닥으로 흘러내려왔다. 뜨거운 오줌은 엄마의 손가락과 스타킹, 원피스 자락을 거쳐 바닥에 깔아놓은 신문지를 적시고, 통닭 조각들을 더럽혔다. 사람의 몸에서 그토록 많은 물이 나올 수 있을까. 그는 가만히 앉아서 그렇게 젖어가고 있었다. 바닥은 엄마 쪽으로 기울어져 있었고, 오줌은 그의 맞은편 벽까지 가닿았다. 아이는 누렇게 바랜 걸레를 가져와 바닥을 닦기 시작했다. 이모는 아직 오줌이 닿지 않은 통닭 몇 조각을 재빨리 주워서 소반 위에 올려놓고 엄마를 바라봤다. 그제야 정신이 돌아왔는지 귀가 빨갛게 달아올라 있었다.

"예쁜 옷을 버려서 어쩌지. 우선 수돗가에 가서 씻어. 난 그동안 애 아빠 씻기고 옷 갈아입히고 있을 테니까."

엄마는 수돗가에 가서 그의 오줌이 묻은 손을 씻고 스타킹과 원피스 자락을 비벼 빨았다. 차가운 물로 빤 스타킹을 다시 신으면서 엄마는 추위에 떨었다. 어느 집 부엌에서 된장을 끓이는 냄새가 풍졌다. 엄마는 슬프지 않았다. 그를 그렇게 망가뜨린 사람들에 대한 분노도 일지 않았다. 엄마는 그저, 그 집이 싫었다. 이모의 딸인 그 조그만 아이마저도 보고 싶지 않았다. 그곳에서 벗어나서 깨끗하고 편안한 엄마의 집, 엄마의 이불 속으로 기어들어가고 싶었다. 깨끗한 양말을 신은 엄마의 아이를 보고 싶었다. 다시 방으로 들어가서도 엄마와 이모는 이야기를 잘 이어나가지 못했다. 이모는 갈아 신을 스타킹이 없어서 미안하다고 몇 번이나 반복해서 말했다.

"이제 그만 가봐."

이모가 굳은 얼굴로 말했다.

"온 지 얼마 안 됐잖아……"

엄마는 마음에도 없는 이야기를 했다.

"이래서 내가 오지 말랬잖아. 어서, 가."

이모는 남편을 바라보며 말했다. 엄마는 핸드백을 들고 어색하게 일어났다. 큰 트럭이 지나가는지 바닥이 무너질 듯이 크게 흔들렸다. 그는 작별 인사를 하는 엄마를 보고 기계적으로 인사를 했다. 웃고 있는 입꼬리가 심하게 떨리고 있었다.

"멀리는 못 가."

이모는 방에서 나오며 말했다. 엄마는 무슨 말을 해야 할지 몰라서 입을 다물고 이모를 쳐다보다가 손인사를 하고 뒤돌아 걸었다.

"해옥아."

이모가 엄마를 불렀다. 이모는 바지 주머니에 손을 넣고 구부정하게 서 있었다. 함부로 자른 짧은 머리, 목이 보이지 않을 만큼 불어난 몸, 거칠어진 목소리. 순애 언니, 나는 언니가 싫고, 언니의 집이 싫고, 언니의 모든 것들이 싫어.

이모는 그 모습으로 엄마를 가만히 쳐다보고 있다가 입을 열었다. 목소리가 작아서 잘 들리지 않았다. 엄마는 이모의 목소리가 잘 안 들린다고, 다시 한번 말해달라고 소리쳤다.

"항상 이런 건 아니라고. 나, 항상 이렇게 사는 건 아니야."

엄마는 고개를 끄덕이고 다시 뒤를 돌아 걸어갔다.

해옥아, 잘 살아.

엄마는 이모의 말을 알아듣고도 못 들은 척 팔짱을 끼고 앞으로 걸어갔다. 한 번도 뒤돌아보지 않았지만 엄마는 이모가 엄마의 모습이 안 보일 때까지 거기에 계속 서 있으리라는 것을 알았다. *해옥아, 잘 살아*. 이모는 뭍에 걸린 배를 호수로 밀어내듯이 그 말을 했다.

할머니의 바람대로 엄마는 이모와 관계없는 사람으로 평생을 살아왔다. 그런데도 가끔 엄마는 이모를 떠올렸다. 저녁을 준비하다 부엌 창으로 해가 지는 모습을 볼 때나 한 살도 되지 않은 듯한 작은 아기를 등에 업고 걸어가는 아기 엄마들을 볼 때 그랬다. 우연히 기독교회관이나 명동성당을 지날 때는 되도록 빨리 걸으려고 했고 살면서 몇 번은 이모에게 다시 연락을 해봐야겠다고 생각하기도 했지만 실행한 적은 없었다. 시간은 이모를 한때 엄마의 삶에 머물렀다 스쳐간 사람으로 기록했고 엄마는 그 사실을 받아들였다.

죽음 직후에 사람의 영혼이 멀리 떨어져 있는 소중한 사람을 보러 간다는 이야기를 엄마는 들어 알고 있었다. 이모가 열여섯 살짜리 아이의 얼굴로 엄마의 병실을 찾아왔을 때, 엄마는 엄마가 이모에게 이미 오래전에 용서받았다는 것을 알았다. 엄마를 바라보는 이모의 얼굴은, 언젠가 형부의 연애편지를 읽을 때처럼 쓸쓸하고 투명하게 빛나고 있었다. 엄마의 시선이 닿을 때마다 이모는 물에 닿은 비누처럼 점점 작아졌다.

"언니는 가벼워지고 있구나."

엄마는 손바닥만큼 작아진 이모를 보며 말했다.

"해옥아, 기억해."

몸이 작아질수록 이모의 목소리는 점점 더 깊게 울렸다.

"아무도 우리를 죽일 수 없어."

엄마는 병실 파티션 위에 올라앉은 이모의 입 모양을 따라 했다. 아무도 우리를 죽일 수 없어. 그러자 이모는 그 가느다란 목과 작은 머리로 고개를 끄덕였다.

"그걸 잊음 안 돼, 해옥아."

창에서 햇살이 내려오자, 엄지손가락만큼 작아진 이모가 빛에 실려 떠났다. 엄마는 한참 동안 창에서 내려오는 햇살에 눈길을 주다가 이모의 손길이 닿았던 엄마의 오른쪽 무릎을 만져봤다. 그건 분명 꿈이 아니었다. 엄마는 보조침대에서 자고 있던 나를 깨워서 방금 어린 시절에 알던 언니가 이 방에 찾아왔다고 말했다. 나는 엄마의 그런 반응이 놀랍고 한편으로는 무서워서 그 일에 대해서 더 듣고 싶지 않았지만 한번 터진 엄마의 말을 멈출 수는 없었다.

엄마는 이모가 찾아온 날의 모든 경험들이 진짜였다고 진심으로 믿으면서도 엄마가 이모에게 용서받았다고 느꼈던 그 순간의 감각에 대해서는 확신하지 못했다. 이모가 유품으로 남긴 오래된 가죽지갑 속에서 나온 두 소녀의 사진을 보기 전까지는.

동생처럼 보이는 작고 마른 소녀를 뒤에서 안고 있는 키가 큰 소녀. 작은 소녀는 자기가 지은 물방울무늬 원피스를, 키가 큰 소녀는 목이 늘어난 티셔츠에 반바지를 입고 있다. 둘은 돌담 앞에서 아무 그늘 없이 활짝 웃고 있다. 지금은 사라진 서울 중앙박물관에 놀러갔던 날이었다. 코팅된 그 작은 사진은 귀퉁이가 닳고 반들반들해진 가죽지갑의 안쪽 주머니에서 발견되었다. 엄마는 유품을 전하기 위해 자기를 찾아온 이모의 딸에게 별다른 말을 하지 못했다. 그저 사진을 바라보며 '언니, 나의 작은, 순애 언니'라고 조용히 속삭였을 뿐이다.

한지와 영주

빙하가 반사하는 빛을 바라보면서 너를 생각해.

백 일간의 백야.

빛은 사람을 취하게 하고 동시에 깨어 있게 해. 나는 여기서 눈을 뜨고도 꿈을 꾸네. 네가 저 빙하 앞에 서 있는 것 같아. 햇빛 아래에서 푸른빛을 내던 너의 몸.

빛뿐인 고립 속에서 나는 남극 심부의 얼음을 시추하고 그 얼음에 새겨진 육십오만 년 동안의 기억을 알아내려 해. 나에게 이런 일을 할 만한 용기도 힘도 없다는 걸 알아.

그런데도 나는 여기에 왔다.

남극과 빙하, 백야와 흑야에 대한 이야기를 들으면서 어쩌면 네가 나이로비가 아닌 이곳, 얼음의 땅에 있을지도 모른다는 생각을 했어. 환한 빙하 앞에 우두커니 서 있는 너. 너에 대한 그 환상이 나를 이 얼음투성이 대륙으로 이끌었던 거야.

네게 이 노트를 전하고 싶어.

*

스물다섯의 젊은 수사가 그 수도원을 세웠을 때, 유럽은 제2차 세계대전중이었다. 수도원을 세우고 싶었던 그는 장소를 찾기 위해 프랑스의 시골 마을들을 여행했다. 그곳은 리옹 근처의 작고 황폐한 마을이었다. 젊은 사람들은 마을을 떠났고 남겨진 노인들만이 전쟁 속의 고독을 견디고 있었다. 그가 그 마을에 들렀을 때 한 노부인이 그를 초대해서 말했다.

"이 적막한 곳에 와줘서 고마워."

그는 그 말을 잊지 못하고 다시 마을을 찾아와 버려진 집을 사다 수도원을 세웠다. 말이 수도원이었지, 수사는 그 혼자뿐이었고 그는 염소 두 마리를 키우며 연명했다.

그는 부드럽고 수줍음이 많은 남자였고 기도와 노동, 휴식으로 이루어진 단순한 삶을 추구했다. 그는 보복하고 질투하며 분노하는 신은 없다고 생각했고 신이 인간에게 줄 수 있는 것은 오로지 사랑뿐이라고 믿었다. 전쟁에서 인간이 같은 인간에게 어떤 짓들을 저질렀는지 알았으면서도 그는 신의 사랑을 믿었다. 그는 2차 세계대전중에는 나치를 피해 들어온 유대인들을 수도원에 숨겨줬고, 전쟁이 끝난 후에는 도망쳐 나온 독일인 포로들을 숨겨줬다.

그와 함께 살고 싶어했던 이들은 그 낡은 집에 와서 서원을 했다. 그는 개신교 출신의 수사였지만, 수사가 되기를 청하는 이들 중에는 신부를 포함한 가톨릭 신자, 러시아정교 신자, 그리스정교 신자, 성공회 신자도 있었다. 서로 다른 종파 출신의 수사들은 하루 세 번, 러시아정교회에서 부르던 짧고 반복되는 노래로 기도했고, 음악을 전공한 수사가 그런 형식의 노래를 매년 작곡했다. 어떤 노래는 라틴어로, 어떤 노래는 독일어로, 프랑스어로, 러시아어로, 폴란드어로 작곡되었다. 하루 세 번의 공동 기도는 이 노래들과, 십분간의 침묵으로 이루어졌다. 아침에는 복음을 한 구절 읽고 묵상했고, 성체를 나눴다. 그들은 어떠한 기부나 선물도 받지 않았고 도자기를 굽고 책을 써서 수도원에 필요한 자금을 충당했다.

방문한 사람 중 누구도 거절하지 않는다는 원칙으로, 기도하고 노동하고 싶은 사람들은 얼마든지 그곳에 머물 수 있었다. 특히 여름에는 유럽 각지에서 방문객들이 찾아왔고 어떤 주에는 사천 명이 넘게 모여들기도 했다. 백여 명 되는 수사들만으로 방문객들을 맞는 건 어려운 일이었다. 방문객들이 늘어나자 장기간 체류하는 사람들이 그들을 도와 방문객들을 대접했다. 황량한 마을의 버려진 집에서 시작된 수도원에는 해마다 십만 명이 넘는 방문객들이 찾아오게 되었다.

대부분 유럽인들이었던 초기 봉사자들은 짧게는 한 달, 길게는 이 년까지 수도원에 머물렀다. 이후 수도원에서는 거리나 비용 문제로 프랑스까지 오기 힘든 제3세계의 이십대들에게 왕복 비행기표를 주고 봉사자로 초대하기 시작했다. 아프리카, 아시아, 중남미 등 각 국가마다 두 명씩 초대받았고 이들은 방문객들이 가장 많은 시기인 여름에 수도원에서 세 달간 머물면서 일하고 기도했다.

나는 아직도 내가 왜 그렇게 오랜 시간 그곳에 머물렀는지 모른다.

처음에는 일주일만 머물기로 했던 수도원에서 나는 일곱 달을 보냈다. 첫 공동 기도 시간에 나는 그곳을 일주일 만에 떠날 수는 없을 거라는 걸 알았다. 이 주간의 프랑스 여행중에 일어난 일이었다. 수도원의 도움으로 비자를 받아야 했고, 대학원을 휴학해야 했다.

그때 나는 스물일곱 살이었다.

나는 수도원에 머무르고 있는 여자아이들 중에서 가장 나이가 많았다. 수도원은 열아홉 살부터 서른 살 미만의 사람들만을 장기 봉사자로 선택했다. 대학을 졸업하고 자기 길을 찾는 스물서너 살 아이들이 개중 가장 많았다. 난 스물일곱이야, 라고 말하면 잠시 침묵이 흘렀다. 나의 부모도, 내가 여행을 떠나기 직전에 아이를 낳은 언니도, 지도교수와 연구실 사람들도 그랬다. 이십대는 어느 때보다 치열해야 할 시기였고, 여기서 치열함이란 죽기 살기로 빠른 시간 내에 안전한 경력을 쌓는 것을 의미했다.

"넌 네가 지금 무슨 짓을 하고 있는지 모르지." 언니가 말했다. "넌 낭비를 하고 있는 거야. 그것도 가장 멍청한 낭비를. 이십대에 네가 하고 싶은 대로 하고 산다면, 결국 우리 엄마 아빠처럼 평생 집도 없이 살게 될 거야. 평생 남의 밑에서 손이 발이 되도록 시키는 일만 해도 자식 결혼하는 데 단 한푼도 보태줄 수 없는 사람이 될 거라고. 네가 대학원 간다고 했을 땐 교수가 되려는 목표라도 있는 줄 알았어. 그것도 아니었다면 왜 네 시간과 돈을 그런 곳에다 투자한 거야? 교수와 동료들이 널 어떻게 보겠니? 너, 세상을 몰라도 너무 모른다. 모아둔 돈이 없으면 학위라도 있어야 하잖아. 그런 식으로 어정쩡하게 세상 살아봐. 넌 정말 아무것도 아닌 사람이 될 거야. 네 속에서 나온 자식 한번 네 품에 품어보지 못하는 인생을 살게 될 거라고."

나는 언니의 말에 동의했다. 언니의 목소리에 실린 분노에 가까운 두려움은 나의 오래된 주인이었으니까. 그 두려움은 어린 시절부터 꾸준히 나를 추동했고 겉보기에는 그다지 위태로워 보이지 않는 어른으로 키워냈다. 두려움은 내게 생긴 대로 살아서는 안 되며 보다 나은 인간으로 변모하기를 멈춰서는 안 된다고 말해왔었다. 달라지지 않는다면, 더 나아지지 않는다면 나는 이 세계에서 소거되어버릴 것이었다.

그런데도 나는 그곳에 머물기를 택했다.

남자친구는 침묵했다.

마지막 통화에서 내가 수도원에 계속 남을 것이고, 얼마나 오래 머물게 될지 모른다고 말했을 때, 남자친구는 잠깐 한숨을 쉬고 '알았다'고 말했다. 그게 전부였다. 미안하다는 말을 하기도 전에 그는 전화를 끊어버렸다.

우리는 싸움을 제외한 모든 방법을 동원해서 서로를 견뎠다. 감정을 분출하고 서로에게 욕을 해서 그 반동을 확인하고자 하는 의지도 없었다. 싸움도 일말의 애정이 있을 때나 가능한 일이었다. 나는 그를 미워하지 않았고 그도 나를 미워하지 않았다. 나는 그의 말이나 행동으로 상처받지 않았다. 그도 그러했을 것이다. 우리는 서로에게 나쁘게 대하는 법도 알지 못했다. 하지만 돌이켜 생각해보니 가장 나쁜 건 서로에게 나쁘게 대하지도 못하는 그 무지 안에 있었다.

우리는 예의바르게 서로의 눈을 가렸다. 결국 마지막에 와서야 내가 먼저 그의 눈에서 내 손을 뗐고, 우리는 깨끗하게 갈라섰다. 사랑하는 사람들의 마지막은 그렇게 깨끗할 수 없었기에 그 이별은 우리 사이에 어떤 사랑도 남아 있지 않다는 것을 증명했다. 우리는 그저 한 점에서 다른 한 점으로 이동했을 뿐이었다.

마지막 통화를 하고 사 주가 지났을 때 그에게서 문자가 왔다.

'지난 삼 년간 만나줘서 고마웠어. 미안하지만, 이제는 그만 만나자.'

그는 언제나 내가 자신을 '만나주는 것'이라고 말했었다. 그 말은 나를 당황하게 했고, 그를 조금 경멸하게 했으며, 무엇보다도 그에 대한 편안함을 느끼게 해줬다. 그는 내가 아닌 다른 누구를 만났더라도 그렇게 이야기했을 것이다. 그는 언제나 자기 자신을 과소평가했고, 겸손을 넘어서 가혹할 정도로 자신에게 인색했다.

그에게 나는 스물일곱이 되어 처음 사귄 여자친구였다.

"나는 여태껏 여자의 관심을 받아본 적이 없었어. 여자와 사귄다는 건 꿈에서나 가능한 일이었어."

그는 아주 잘생긴 것은 아니어도 한눈에 호감이 가는 사람이었고, 박학다식했고, 피아노 연주를 잘했고, 키스도 잘했다. 그런데도 그는 마음속 깊이, 자신이 사랑받을 수 없다고 믿고 있었다. 그 생각을 직접적인 말로 표현한 적은 없었지만, 그와 만나는 삼 년간 그는 자신의 말과 행동 속에 그런 메시지들을 넣었고, 종국에는 나마저 그의 믿음에 세뇌되었다. 어떻게 그런 일이 가능했던 걸까.

한때는 그에게 한지에게 느꼈던 감정보다 더 큰 애정을 느꼈던 적도 있었다. 그런데 어느 순간 그 애정이 사라지고 내 눈앞에 서 있는 그가 커다란 종이 인형처럼 보였다. 그건 사랑이 깨진 것과는 다른 종류의 슬픔이었다.

어떻게 그럴 수 있었던 걸까.

그에게 하고 싶은 말은 많았지만 나는 하지 않았다. 그저, 그렇게 일방적으로 한국을 떠나와서 미안하다고, 나도 그동안 고마웠다고 문자를 보냈다. 무간한 이별이었지만 이상하게 눈물이 났던 기억이 난다.

내가 케냐에서 출발한 한지와 카로를 마중 나간 건 수도원에 머문 지 네 달이 지났을 때의 일이었다. 운전을 할 줄 알거나 지리에 익은 봉사자가 별로 없어서 나는 테오와 함께 새로 초대된 봉사자들을 마중 나가는 일을 맡게 됐다. 6월이었고, 한창 많은 봉사자들이 리옹 공항에 내릴 시기였다. 나는 멕시코, 마다가스카르, 베트남 출신 봉사자들을 마중 나갔었다. 그건 꽤 멋진 일이었다. 고물차를 몰며 바깥 경치를 구경할 때면 가슴이 탁 트이는 기분이 들었다.

입국 게이트에 한지가 나타났을 때, 나는 너무도 쉽게 그애에게 시선을 빼앗겼다. 나는 그전에도 후에도 한지보다 더 검은 흑인을 본 적이 없다. 검은 유화물감으로 캔버스에 그려진 사람처럼, 그애의 피부는 순수한 검은빛이었다. 한지는 한눈에도 백구십 센티미터는 넘어 보이는 장신이었다. 더운 날씨였는데도 긴 면바지에 가죽구두를 신고 있었다. 그애는 우리가 마치 오랜만에 만난 친구라도 되는 것처럼 활짝 웃으며 걸어왔다. 한지 옆에서 걸어온 여자애는 카로라고 했다. 우리 넷은 포옹을 하고 이야기를 시작했다. 한지와 테오, 그리고 카로는 빠른 속도의 프랑스어로 말했다. 나는 카로의 작은 배낭을 들고 앞장서서 걸어나갔다.

"프랑스어 못해?" 카로가 물었고 나는 그렇다고 영어로 대답했다. "듣는 것도 못해?" 나는 고개를 끄덕였다. 카로는 뒤돌아서 한지와 테오에게 영어로 말하기 시작했다. "영어로 말하자. 영주는 프랑스어를 못한대." 테오는 그냥 무의식적으로 프랑스어로 이야기했다면서 나를 생각하지 못해서 미안하다고 말했다.

날씨는 맑았고, 고물차는 긁는 소리를 냈고, 나를 제외한 그 셋은 처음부터 뭐가 그리도 잘 맞는지 프랑스어로 즐겁게 떠들어대다가 다시 나를 의식하고 영어로 이야기하다 결국 프랑스어로 돌아갔다. 영어로 말해달라고 부탁하기도 구차하게 느껴져서 나는 조용히 운전만 했다. 소외감을 느꼈고, 그걸 인정하기 싫어서 라디오를 켜고 앞만 보면서 운전했다.

수도원에서는 케냐 출신 수사가 우리를 기다리고 있었다. 한지와 카로는 처음 우리를 봤을 때처럼 크게 웃으면서 수사에게 달려가 포옹했다. 셋은 미리 준비된 식탁으로 갔다. 내가 인사하고 자리를 뜨려 하자 한지는 "영주, 고마워"라고 말하고 나를 가만히 쳐다봤다. "다음에 만나." 한지에게 인사를 하고 밖으로 나오자 소나기가 쏟아졌다.

내가 처음 도착했을 때 스무 명이었던 장기 봉사자들은 한지가 도착했을 무렵엔 마흔 명으로 불어났다. 여자아이들이 서른 명이었고, 남자애들이 열 명이었다. 여자아이들은 수도원 내부에 있는 이층짜리 건물을 공동으로 썼다. 한 방에서 네 명씩 잠을 잤고, 이층에는 식당과 거실이 있었다. 남자아이들은 수도원 정문 밖의 오래된 집에서 지냈는데, 그 집 앞에는 커다란 보리수가 있어서 밤이 되면 보리수꽃 내음이 진동했다. 보리수 앞에서 사는 아이들이라고 해서 우리는 그 남자아이들을 '티욜tilleul 보이즈'라고 불렀다. 가끔 그 집 앞을 지날 때면 티욜 아이들이 발코니에서 시끄럽게 인사를 건넸다.

우리들은 매주 토요일 아침에 일주일 치의 일을 배정받았다. 아침, 점심, 저녁 일이 따로 나뉘어 있었는데 시간으로 치면 하루 여섯 시간 정도의 노동이었다. 빅 키친에서 음식 만들기, 방문객용 텐트 세우기, 청소, 설거지, 방문객들 맞이하기, 예배당 정리 등의 일이었고 운전면허가 있는 봉사자들은 시동이 걸리는 것이 신기할 정도로 오래된 트럭이나 승용차를 운전했다.

공동 기도는 하루에 세 번 있었다. 수사들이 예배당 가운데로 와서 자리에 앉으면 기도가 시작됐다. 강당같이 허술한 예배당에는 의자도 없었다. 우리 모두는 낡은 카펫이 깔린 바닥에 앉아서 기도했다. 장기 봉사자들은 수사들 뒤쪽 정해진 자리에 모여 앉았다. 한지는 수도원에 도착한 날 저녁 기도 시간에 그곳에 처음 모습을 드러냈다. 그애는 내가 앉은 줄의 오른쪽 맨 끝에 앉았다. 푸른색 라운드넥 티셔츠에 반바지를 입은 한지는 편안해 보였다. 나는 갓 설거지를 끝내고 장화를 벗어둔 채 맨발로 바닥에 앉아서 꾸벅꾸벅 졸았다. 수사들이 모두 자리를 떠나고 난 다음에도 노래를 부르고 싶은 사람들은 남아서 함께 노래를 불렀는데, 그때까지도 나는 고개를 모로 숙이고 졸고 있었다.

"영주."

저멀리 앉아 있던 한지가 어느새 내 곁으로 와 있었다. 함께 앉아 있던 다른 봉사자들이 이미 다 자리를 떠난 것이었다. 한지는 내 옆에 놓인 장화를 들었다 놨다 하면서 내 얼굴을 보고 있었다.

나는 한지의 얼굴을 그때 처음으로 가까이에서 봤다. 까만 피부는 주름 하나 없이 윤기가 돌았고 커다란 눈은 아이처럼 맑았다. 하얀 치아는 앞니 하나가 반쯤 부러져 있었다. 라운드넥 티셔츠 위로 목이 길게 뻗어 있었다. 그애에게서 여름풀 냄새가 났다.

"피곤해?" 한지가 물었다.

"넌 안 피곤해? 아프리카에서부터 왔잖아."

"하나도 안 피곤해. 너, 매점 어디 있는지 알아? 칫솔을 안 가져왔어."

장화에 발을 넣고 예배당을 나왔다. 예배당 맞은편 담벼락 쪽에서 중남미에서 온 장기 봉사자들이 모여서 떠들고 있었다. 한지는 환한 웃음을 지으면서 그애들에게 스페인어로 말을 걸었다. 마치 그애들을 예전부터 알았다는 듯이.

"영주. 아까 자동차 안에선 화가 났었어?"

"아니."

"그랬던 것 같은데. 우리가 프랑스어로만 이야기해서."

"아니야. 요즘 일이 많아서 피곤했을 뿐이었어. 봐봐. 난 영어로도 말을 잘 못하잖아."

한지는 고개를 흔들면서 말했다.

"아니야. 난 널 다 이해해."

한지는 네가 하는 말(what you say)을 다 이해한다는 얘기를 너(you)를 다 이해한다는 뜻의 영어로 말했다.

"영주, 그거 알아? 나 외국은 처음이야. 그리고 한국인도 처음 만났어. 너는 나의 첫번째 한국인이야, 영주."

"다른 아시아인도 본 적 없어?"

"응. 나이로비에서 지나가는 중국인들을 보긴 했지만 말해본 건 처음이야. 참 신기하고 즐거워, 영주."

매점 앞에는 높은 테이블들이 여럿 있었다. 아이들은 그 앞에 서서 칩을 먹거나 콜라를 마셨다. 매점 앞 공터의 불빛 아래에서 보는 한지의 얼굴은 더 낯설었다. 이렇게 생긴 사람을 만난 건 처음이었다. 한지도 나만큼이나 내 얼굴이 낯설게 느껴졌었겠지.

"너는 무슨 일을 해?" 한지가 물었다.

"나는 대학원에서 지질학을 공부해."

"지질학?"

"지구의 몸을 연구하는 거야. 지구의 나이를 측정하고, 예전에 지구에 살았던 생물들을 알아보고, 화산 폭발이나 지진을 예측하고. 암석이나 빙하도 연구해."

"넌 그중에서 어떤 걸 연구하는데?"

"과거의 기후에 대해서 연구해. 최근에는 과거 이천 년간의 동아시아 기후에 대해서 연구했었어."

"어떻게?"

"동굴에 있는 석순을 분석해서."

"석순이 뭐야?"

"동굴에서 나는 미끌미끌한 뿔." 나는 아이스크림콘을 가리키며 말했다.

"아, 그거 뭔지 알아." 한지가 웃었다. "그런데 너도 여기에 초대받아서 왔어?"

"아니. 처음에는 그냥 일주일만 머물려고 했었어. 일주일이 이 주일이 되고, 이 주일이 삼 주일이 되고, 나도 내가 얼마나 여기에 있을지 몰라. 학교도 휴학했고, 아무 계획이 없어. 난 스물일곱 살이야. 여기서 이러고 있으면 안 된다는 걸 알아."

"왜?" 한지가 물었다.

"도피하는 건 옳은 게 아니니까. 내 삶에 대해서 책임감을 가져야 하니까."

"괜찮아, 영주." 한지가 말했다.

충동적으로 여기에 머물기로 한 것도, 네가 해야 했던 일을 내팽개쳐버린 것도, 수도원 생활도 모두. 괜찮아.

그 이야기를 하는 한지의 얼굴이 환하게 빛났다. 어디에서도 본 적이 없는 표정이었다. 나를 위로하려는 얼굴도 아니었고, 그저 누구나 할 수 있는 빈말을 할 때의 얼굴도 아니었다. 웃을 때조차도 상대방을 의식하는 어른들의 얼굴도 아니었다. 한지의 얼굴은 그저 자연스럽게 풀려 있었다.

대학원이라는 좁은 사회로 진입하면서 나는 사람을 조심하라는 충고를 많이 들었다. 대학원 사람들을 경계하지 않는 내 태도가 굉장히 유아적이라는 것이었다. 특히 여자는 이미지 관리가 중요하다고, 한번 뒷소문이 퍼지기 시작하면 미래가 없다는 이야기를 나는 밥먹듯이 들었다.

그리고 나는 꽤나 그 룰을 잘 따라왔다고 믿었다. 수업과 답사에 적극적이었고 뒤풀이에도 참석해서 늦게까지 웃고 떠들었지만 집으로 가는 길엔 아무 이유 없이 울었다.

미간에 주름이 잡힌 내 얼굴. 웃고 있는 사진 속 내 모습은 한쪽 입꼬리가 다른 쪽보다 더 많이 올라가서 얼굴 전체가 비대칭으로 보였다. 그저 웃고 있을 뿐인데도 자연스럽기는커녕 찡그린 얼굴처럼 느껴졌다. 그 사실을 의식하고 나서부터는 사람들과 이야기할 때 상대의 눈을 잘 쳐다보지 못했다.

그날, 나는 한지의 눈을 피하지 않고 말했다. 그러면서도 내가 한지의 눈을 피하지 않는다는 것을 의식하지도 못했다.

한지는 나이로비에서 수의사로 일했다고 말했다. 주로 농장의 소나 염소를 치료하는 일을 했다고. 수의학과를 다닐 때는 고아가

된 야생 코뿔소 두 마리를 아홉 달간 키워서 야생에 되돌려 보내는 프로젝트에 참여하기도 했다고 말했다.

"걔네 이름은 하위와 글로리아였어. 우리는 한 번에 이 리터짜리 분유를 타서 먹이고 흙바닥을 파고 그 안에 물을 부어서 진흙 웅덩이를 만들어줬어. 걔들은 가르쳐주지 않아도 어떻게 진흙 웅덩이에서 목욕을 하는지 알더라. 나를 꽤나 잘 따랐어. 그림자처럼 졸졸 따라다니고, 다정하게 쳐다보고, 나를 완전히 믿고 있다는 신호를 보내줬어. 적응 훈련이 다 끝나고 야생에 풀어줄 날이 다가오는데, 차마 걔네 얼굴을 제대로 못 보겠더라. 이렇게나 나를 믿고 따르는데, 배신하는 것 같아서. 버려졌다는 마음에 슬프지 않을까. 한편으로는 걔네가 죽을까봐 두려웠어. 야생 적응 훈련이라고는 했지만 야생에서 자란 애들보다는 뒤떨어질 게 분명했으니까. 우리는 훈련 마지막날에 작은 파티를 열고 서로를 격려했지. 그간 애들을 잘 키웠다면서. 그런 이야기들을 하는데 눈물이 나는 거야."

한지의 눈시울이 붉어졌다.

"그애들과 헤어진다는 게 실감이 나지 않았고 못된 짓을 하는 것 같았지. 이게 옳은 일인지 잘 모르겠다는 말까지 나왔어. 그러자 다른 선생님이 말했지. 그건 우리 생각일 뿐이라고, 인간적인 생각으로 걔네의 행복을 막아서는 안 된다는 거야. 사랑과 애착을 구별해야 한다면서, 나를 위해서 야생동물들을 곁에 두려는 생각은 진실한 사랑이 아니라고 했어. 헤어지던 날 걔들을 케이지에 태우고 운전을 해서 얼마쯤 떨어진 곳에 풀어놓았어. 돌아서려는데, 내 쪽을 자꾸만 보더라. 보지 말고 앞으로 가라고 말했어. 그런데도 자꾸만 뒤를 돌아보는 거야. 그애들, 뒤를 돌아보면서도 앞으로 가더라. 천천히 우리를 등지고 그렇게 초원 속으로 가더라."

이야기를 나누는 동안, 매점 문이 닫히고, 몇몇만이 어둠 속에 남아 있었다.

"아직도 하위와 글로리아를 생각해. 나는 사람이니까 코뿔소의 마음을 알 길이 없지만, 그애들이 느낄 초원에 대해서 최대한 상상해. 거긴 좁은 훈련장보다 좋은 곳이겠지."

한지는 아픈 동물들을 치료했던 일에 대해서도 이야기했다. 조금의 가망도 없어 보이던 동물이 살아나기도 하고, 쉽게 치료할 수 있을 거라 믿었던 동물의 상태가 갑자기 악화되어 죽기도 한다고 했다. 그럴 때마다 살릴 수 있는 동물을 죽인 건 아닌가 하는 자책감을 느꼈고, 지금도 그렇기는 하지만 최선을 다할 뿐, 그 최선이 항상 좋은 결과를 보장하지는 않는다는 것을 배워나가는 중이라고 했다.

"나도 동물을 좋아하지만, 아픈 동물을 보는 게 고통스러울까봐 수의사는 꿈도 못 꿨어. 아픈 동물들이 죽어가는 걸 볼 자신이 없었어." 내가 말했다.

"이해해." 한지가 말했다.

매점 앞 공터에는 우리밖에 남아 있지 않았다.

그 이후로 얼마 동안은 한지와 따로 이야기를 하지 못했다.

하루에 세 번 예배당에서 한지를 봤지만 멀찍이 떨어져 앉아서 눈인사를 하는 정도였다. 한지는 남자 봉사자들과 친해져서 언제나 그애들과 붙어다녔다. 안녕, 한지. 인사를 하면 한지의 곁에 늘 붙어 있는 다른 애들이 내게 말을 걸었다.

나는 천막이나 침대 시트를 차로 나르거나, 수사들의 가족이 묵는 집을 청소했고, 한지는 주로 빅 키친에서 일했다. 주방에서 매시트포테이토를 만들고 커다란 솥 가득 코코아나 가루 홍차를 타서 배식대로 날랐다. 나는 멀찍이 서서 음식을 나르는 한지를 지켜봤다. 아침 기도 시간 전에 창고 앞에서 그애를 볼 수 있다는 것을 알게 되고는 산책 삼아서 그 근처를 배회했다.

그애는 한눈팔지 않고 열심히 일했다. 포대를 나르고, 바닥에 물을 뿌려 솔로 문지르고, 배식대를 정리했다. 그 일을 할 때는 그 일에만 집중하는 것처럼 보였다. 나는 한지가 일하는 모습을 보는 걸 좋아했는데, 이 글을 쓰는 지금에야 드는 생각이지만 한지도 내가 자기 주위를 맴돌고 있다는 것을 알았을 것 같다. 나는 손차양을 만들어 햇빛을 가리고 눈을 가늘게 떠서 그애의 얼굴을 보려고 애썼다. 햇빛 아래서 그애의 검은 피부는 신비로운 금속처럼 푸른 빛을 냈다.

일주일에 두 번, 성경 공부 시간이 있었다.

장소는 중앙 예배당 옆에 있는 작은 집이었고 그 집은 수사들만 출입할 수 있는 구역에 있었다. 그 집 앞에는 달리아꽃과 라벤더꽃이 빽빽하게 피어 있었다.

성경 공부는 성경 텍스트 자체에 대한 내재적 분석과, 그 텍스트가 쓰인 시대 상황에 대한 외재적 분석을 하는 것으로 진행됐다. 성경의 필자들이 살았던 시대의 관념이나 문화가 텍스트 기술에 미친 영향을 설명했고, 그 이후에는 봉사자들이 수사에게 질문을 하며 비판적으로 텍스트를 읽었다.

"흥미로운 점은 성경이 죽음 뒤의 삶에 대해서 구체적으로 기술하지 않았다는 겁니다. 하지만 확실한 것은 영혼이 죽지 않고, 지금과는 다른 상태에서 여전히 존재한다는 점이죠. 죽은 뒤의 영혼은 육체라는 제한적 조건에 영향을 받지 않기 때문에 아직 죽지 않은 우리들은 죽음 이후의 삶에 대해서 전혀 모른다고 해도 과언이 아닙니다." 수사가 말했다.

"하지만 성경은 천국과 지옥에 대해서 언급하지 않나요?" 카로가 물었다.

"성경은 천국을 언급하지만 구체적으로 묘사하지는 않죠. 정직하게 말해서 그곳은 지금의 우리로서는 인식할 수도 상상할 수도 없는 곳입니다." 수사가 대답했다.

"인간의 인식이 제한적이다라는 것에는 저도 공감해요. 하지만 상상할 수 없다는 것에 대해선 잘 모르겠네요. 인간이 상상할 수 없는 것도 있나요? 상상에 제한이 있나요?" 카로가 다시 물었다.

"글쎄요. 하지만 우리가 어떤 상상을 하든 천국은 그 상상을 뛰어넘는 상태일 겁니다. 천국에는 시간도 공간도 존재하지 않을 테니 천국은 영혼의 상태라고 이야기할 수 있죠." 수사가 말했다.

저녁 기도가 시작된다는 종이 울려서 수업은 그쯤에서 마무리되었다. 저녁 기도를 하면서 나는 내가 내세에 대해서 조금도 생각해보지 않았다는 것을 알았다. 나는 그저 영원이라는 개념에 압도당할 뿐이었다. 그것이 지옥이든 천국이든 영원이라는 개념은 나를 숨막히게 했다.

끝이 없다는 것.

저녁 기도를 끝내고 숙소에 돌아오면서 카로에게 물었다.

"천국이 우리의 상상을 뛰어넘는 영혼의 상태라는 결론에 대해서 어떻게 생각해?"

카로는 잠시 침묵하다가 입을 뗐다.

"잘 모르겠어."

"너는 천국이 어떤 곳이라고 생각하니?"

"잘 모르겠지만 이 세상과는 다른 곳일 거라고 생각해. 사랑하고 사랑받기만 하는 상태. 순진한 생각이라고 비웃어도 좋아." 카로가 말했다.

"죽음 뒤의 삶이 영원하다면, 영원에 비하면 찰나에 불과한 지금의 삶은 왜 존재하는 거지? 천국은 이런 삶에 대한 보상이라는 거야?"

"이런 삶?" 카로가 나를 물끄러미 바라봤다.

나는 카로에게 더이상 말하지 않았다. 죽고 나면 나라는 존재가 사라지기를 바라왔다고. 아니, 차라리 처음부터 나라는 것이 없었으면 했다고. 그게 삶을 다 겪어내고 천국에 들어가는 것보다 나을 테니까.

"영주." 카로는 내 이름을 부르며 등을 쓰다듬었다.

수도원 근처에는 몇 개의 크고 작은 마을들이 있었다. 방문객들 중 몇몇은 그 마을들에 가서 와인을 마시며 웃고 떠들어댔는데, 마을 주민들에게는 참을 수 없는 소음 공해였다. 특히나 야간에 말썽이 많아, 몇몇 봉사자들이 그 마을들로 가는 길목에 서서 밤나들이 가려는 방문객들을 막아서야 했다. 그 일을 '나이트 가드'라고 불렀다.

한지와 같은 일을 한 건 그때가 처음이었다.

나이트 가드는 총 열 명으로, 다섯 개의 구역에 두 명씩 배정되었다. 근무는 아홉시부터 열한시까지였고, 한지와 나는 짝이 되어서 이 주일간 A구역을 맡았다. 수도원 근방의 가장 큰 마을로 향하는 길목이었다. 일곱시에도 해가 완전히 지지 않았고 하늘은 오렌지빛과 분홍빛, 먹빛이 어지러이 뒤섞인 호수처럼 보였다. 선선히 부는 바람 사이로 보리수꽃 향이 났다. 한지와 나는 그날 벤치에 앉아서 가족 숙소로 돌아가는 사람들을 쳐다보고 있었다.

가족 단위로 온 방문객들의 숙소는 수도원 바깥에 있었다. 그곳에 묵는 사람들은 자전거를 타고 수도원과 숙소를 오갔다. 그들은 해가 지기 전에 숙소로 이동해야 했지만, 몇몇은 늦게까지 기도를 하고 간간이 있는 가로등의 희미한 불빛을 의지해서 숙소까지 돌아갔다.

"저쪽으로 걸어가면 뭐가 있을까?" 나는 깜깜한 어둠을 가리키며 물었다.

"집들, 해바라기 밭, 라벤더 밭, 목장들, 와인가게들, 식당들. 더 걸어가면 작은 개천이 나온다고도 하고 호수가 나온다고도 해. 중간중간에는 작은 채플들이 있다더라." 한지가 말했다.

"난 다른 것들이 있다고 들었는데." 내가 말했다.

"어떤 것들?"

"농장에서 섹스하는 십대들."

한지는 고개를 끄덕이며 웃다가 말했다.

"너희 수녀님한테도 그렇게 말하니?"

우리는 함께 웃었다.

"저기에 뭐가 있는지 가서 확인해보자. 근무 끝나면 그때 가보는 거지." 특유의 천진스러운 얼굴로 한지가 말했다.

나는 조용히 고개를 저었다. 잘 모르는 타국에서 위험을 감수하면서까지 밤 산책을 하고 싶지는 않다고 했다.

아홉시가 넘으면 수도원 밖으로 산책을 나갈 수 없었으므로, 몇몇 방문객들은 자기들이 가족 숙소에 머무는 커플이라고 거짓말을 했다. 우리는 그냥 속아주는 척 그들을 수도원 밖으로 보냈다.

그 벤치에 앉아서 한지와 나는 꽤나 많은 이야기를 나눴다. 이야기에 깊이 빠져들어서 수도원 밖으로 빠져나온 방문객들이 한참 멀어지고 나서야 정신을 차렸던 적도 있었다. 내가 무슨 이야기를 해도 내 이야기는 세상으로 퍼질 일이 없었고, 무엇보다도 한지가 그 이야기들로 나를 판단하지 않으리라는 믿음이 컸다. 부끄러운 기억들도, 나를 용서할 수 없었던 일들도 한지 앞에서는 별다른 저항 없이 이야기할 수 있었다. 나는 지금 쓰고 있는 이 글에서도 할 수 없는 말들을 한지에게 했고, 그 이야기는 그애에게만 속해 있다.

그런데도 말문이 막히는 순간들이 있었다.

한지가 내가 사는 곳은 어떤 곳이냐고 물어볼 때라든지, 왜 그렇게 풍요로운 나라에서 많은 사람들이 자살하는지에 대해서 물어볼 때 그랬다. 나는 그 질문에 제대로 대답하지 못했고, 내가 살고 있는 세상에 대해 분명하게 말하지 못하는 나 자신이 부끄러웠다. 나는 대답 대신 나의 할머니, 엄마, 옆집 아주머니가 살아온 이야기를 했다. 차라리 그쪽이 한지의 질문에 대한 대답으로 더 적합한 것 같아서였다.

한지도 한지의 이야기를 해줬다. 나이로비에 살고 있는 삼백만 명의 사람들 중에 이백오십만 명이 빈민가에 산다는 이야기를 하면서, 한지는 그런 극단적인 부조리를 아무렇지 않게 생각하는 부모님을 이해하지 못하며 자랐다고 말했다. 교회에 가서 가족의 평안만을 비는 부모님을 보면서 한지는 그 교회에서 고작 몇 킬로미터 떨어진 거리에서 죽어가는 아이들을 생각했다. 그러면서도 한지는 아버지의 돈으로 좋은 교육을 받았고, 가족에게 헌신적인 어머니의 사랑으로 안정적인 삶을 살아왔다는 사실을 인정했다. 자신이 누려왔던 삶은 부모님의 부로 인한 것이었고, 그 부가 누군가를 착취한 결과는 아닌가 하는 생각이 들 때면 눈을 감았다고 말했다. 그럼에도 자신이 진정으로 믿고 의지하는 건 결국 돈뿐이라고 고백했다.

수도원 밖으로 나갔던 커플들도 다 돌아오고, 더이상 웃고 떠드는 사람들의 목소리가 들리지 않았을 때야 우리는 시계를 봤다. 새벽 한시였다. 열한시나 됐을까 하고 확인한 시간이었다.

저녁 기도를 끝내고 한지와 나는 그 전날의 벤치로 갔다.

"보여줄 게 있어."

한지는 늘 들고 다니는 크로스백 안에서 손바닥 크기만한 작은 앨범을 꺼냈다. 우리는 가로등 불빛에 그 앨범 속 사진들을 비춰 봤다.

첫번째는 스무 명 정도 되는 사람들이 부엌에 꼿꼿이 서 있는 사진이었다. 사진의 정 가운데에 노란 꽃무늬가 그려진 초록 드레스를 입은 여자가 흰 담요에 싸인 아이를 안고 있었다. 그녀의 머리에는 드레스와 같은 무늬의 터번이 둘러져 있었다. 한지는 담요에 싸인 아이를 가리키며 말했다.

"이게 나야. 이 사람들은 가장 가까운 가족이고."

한지의 가족들은 여자 남자 할 것 없이 모두 어깨가 넓었고 손발이 컸다. 한지의 엄마는 건장한 남자들만큼이나 체구가 좋아 보였다. 그런 엄마의 품에 안긴 한지가 내 눈에는 작은 강아지처럼 보였다.

"이 꼬마는 누구야?"

나는 엄마의 드레스 자락을 붙잡고 카메라를 응시하는 세 살쯤 돼 보이는 애를 가리키며 물었다.

"우리 형이야."

"형제는 형뿐이야?"

"아니. 여동생이 하나 있어."

한지는 앨범을 뒤지더니 사진 한 장을 보여줬다. 백일도 채 안 되어 보이는 어린애가 침대에서 자고 있는 사진이었다. 한지는 다시 앨범을 넘겨서 다른 사진을 보여줬다. 아까 그 아이가 분명한, 대여섯 살쯤 된 아이가 자고 있는 사진이었다. 다시, 십대로 자란 그 여자애가 침대에 누워 있는 사진을 봤다. 십대의 그애는 얼굴과 목에 살이 많이 붙어 있었고, 머리카락이 짧았다. 아이는 가제수건이 놓인 베개에 머리를 받치고 입을 살짝 벌리고 있었는데 좋은 꿈을 꾸는 듯 편안해 보였다.

"자는 사진 말고 다른 사진은 없어?"

한지는 여동생이 누워서 웃고 있는 사진을 보여줬다. 여동생은 얼굴을 찡그리고 웃고 있었다.

"레아는 태어나서부터 지금까지 이렇게 누워만 있어."

한지는 앨범을 넘겨서 다른 사진을 보여줬다. 아까의 사진보다 더 살집이 붙어 있는 그애 앞에서 한지와 한지의 엄마, 아빠가 웃고 있었다.

"레아의 생일날 찍은 사진이야."

그렇게 말하고 한지는 한참 동안 그애의 얼굴을 들여다봤다. 한지의 얼굴에 따뜻한 빛이 일렁였다.

"아름다워. 그렇지?"

한지의 그 말에 나는 고개를 끄덕였다.

"어릴 때부터 마음이 산란할 때는 레아에게 갔어. 형이 엄마 아빠 몰래 나를 때리고 괴롭힐 때도 잠든 레아의 방에 찾아가서 조용히 울었어. 침대 위에서 자고 있는 레아의 얼굴을 가만히 들여다보면 마음이 잔잔해지는 거야. 레아가 다른 아이들 같았다면 레아랑 무슨 놀이를 하고 놀았을지 상상해보기도 했어. 레아의 마음은 두 살에 머물러 있어."

나는 그 방에 앉아 레아를 바라보는 어린 한지를 생각했다. 평생 보살펴야 할 가족을 두고 살아가는 삶이 어떤 것일지 나는 몰랐다.

한지는 엄마와 아빠, 형, 할머니, 고모들이 번갈아가면서 레아를 돌본다고 말했다. 하지만 언젠가는 결국 자신이 레아를 주도적으로 돌봐야 하리라고, 그래서 어릴 때부터 자신의 삶은 자신만의 삶이 아니라는 걸 알았다고 했다.

"결혼을 한다든지 아이를 낳는다든지 그런 일은 생각해본 적이 없어. 난 레아를 책임져야 돼. 돈을 벌어야 하고, 내가 집에 없을 때 레아를 돌봐줄 믿을 만한 사람을 고용해야 하고."

한지의 가족들은 레아의 몸에 욕창이 생기는 것을 막기 위해서 두 시간에 한 번씩 레아의 몸을 반대편으로 뒤집어주고, 레아를 목욕시킬 때는 적어도 두 명이 함께 일을 해야 했다. 시간만 나면 여행을 다니던 한지의 엄마와 아빠는 레아가 태어난 이후로는 가까운 곳으로도 여행을 가지 못했다. 한지는 그것이 무척 괴로운 일이었지만 그 괴로움이 전부는 아니라고 말했다. 가족들 모두 레아를 진심으로 사랑하고 아끼고 있다고.

레아는 한지 가족에게 침묵을 선물해줬다. 하루에 적어도 두세 번은 잠든 레아를 소리없이 바라보는 시간이 있었고, 그 아무것도 아닌 시간이 한지의 마음을 견고하게 했다.

"울고 떼를 쓸 때도 있어. 아이니까, 그럴 수 있지. 어떤 날에는 몇 시간이고 쉬지 않고 울기도 해. 그럴 때는 정말이지 레아가 밉고, 그 상황이 짜증나고, 때려서라도 레아를 조용히 시키고 싶었어. 나는 나쁜 사람이야."

"한지, 너는 누구보다 좋은 사람이야."

"영주…… 넌 참 단순하구나."

나는 어색해진 분위기를 바꿔보려고 화제를 돌렸다.

"이게 네 첫 여행이야?"

"처음이야. 난 나이로비 근교에도 놀러가본 적이 별로 없어. 학교 다닐 때 소풍으로 세렝게티 공원에 가본 게 전부야."

"세렝게티?"

"지프차를 타고 다니면서 야생동물을 보는 거야."

"멋지다."

"나에겐 세렝게티 공원이 세상의 끝이었어. 세렝게티 공원의 초원은 끝도 보이지 않을 만큼 넓어서 초등학교를 다닐 때는 정말로 그 끝이 없을 줄 알았었어. 소풍을 다녀와서는 엄마 아빠에게 세렝게티에 대해서 신나게 이야기하고, 그것으로도 성에 안 차면 레아의 방으로 달려가서 그애에게 내가 본 풍경들을 과장해서 들려줬어. 그런 얘기를 하고 나면 어쩐지 레아에게 미안한 마음이 들었지. 레아는 평생 한 발자국도 움직이지 못하고 그렇게 누워만 있는데 나만 좋은 구경을 한 것 같아서."

한지는 밖에서 맛있는 것을 먹을 때도, 여자애랑 데이트를 할 때도, 클럽에서 춤을 출 때도, 노래를 부를 때도 레아를 생각한다고 했다. 그럴 때면 마음이 약해졌다가도, 그런 연민 자체가 레아에 대한 오만이라는 생각으로 마음을 다스린다고 했다.

"레아는 타인이 아니야. 나는 지금 여기서 너와 이야기를 나누고 있지만, 내 몸의 일부는 나이로비 집에 누워 있어. 내가 어디를 가더라도, 무슨 일을 하고 있더라도 나의 일부는 언제나 나이로비에 있어."

이런 이야기를 하면서도 한지의 시선은 사진 속 레아에게 닿아 있었다. 한지의 얼굴에 일렁이는 따뜻한 빛이 내 창백한 마음 위에 비쳤다.

한지의 손에 깍지를 낀다.

한지의 목에 키스한다.

나무 그늘 아래 벤치에서 한지와 함께 잠든다.

비행기를 타고 한지와 나이로비에 가서 사진 속에서 봤던, 한지의 키가 큰 가족들을 만난다. 한지의 가족들은 나를 환대해주고 용납해준다. 나는 한지와 함께 레아의 방에 가서 인사한다. 한지는 레아를 바라보는 그 따뜻한 눈빛으로 나를 바라본다. 횡단보도가 없다는 나이로비의 도로를 한지와 마구 건너고 버스를 타고 세렝게티 초원으로 간다. 그곳에서 우리는 우연히 한지의 코뿔소들을 만난다. 그들은 건강하고 행복해 보인다. 우리는 그 코뿔소들과 함께 초원에서 해가 지는 모습을 바라본다.

한지의 아이를 갖고, 추운 겨울이 없는 나이로비에 머문다. 거기에서 한지와 나는 이곳 수도원의 이야기를 나눈다. 너무 오래된 이야기여서 잘 기억이 나지 않는다면서. 서로가 없었던 예전의 시간은 온전하지 않았다고 말한다.

나는 나이로비를 벗어나지 못한다.

레아의 기저귀를 갈고, 그애의 머리를 받쳐 수프를 먹인다. 나의 아름다운 아기는 바닥에 앉아서 울고 한지는 집에 들어오지 않는다. 나는 한지를 처음 만났던 이 시절을 그리워한다.

그 이 주일이 지나고, 우리의 나이트 가드도 끝이 났다. 그런데도 한지와 나는 약속이라도 한 것처럼 저녁 기도가 끝나고 그 길목에서 만났다. 예전처럼 긴 이야기를 나누지는 못해도 하루종일 무슨 일을 했는지는 짧게 대화해서 확인했다.

가로등 빛이 잘 비치지 않는 곳에 가면 한지를 알아보기가 어려웠다. 한지의 몸은 어둠 속으로 섞여들어갔다. 제대로 보이는 것이라고는 눈밖에 없었는데도, 그 눈을 보면 한지가 무슨 생각을 하는지, 어떤 기분인지 알아차릴 수 있었다.

한지의 얼굴은 종종 굳었다.

처음에 봤던, 자연스럽게 풀려 있던 그 얼굴이 아니었다. 아주 짧은 시간이기는 했지만 한지는 죽은 사람처럼 보였다. 여기에 존재하지 않는 사람의 얼굴. 그럴 때 나는 그가 나이로비의 레아 곁에 있다고 생각했다.

우리는 그전처럼 많은 말들을 쏟아내지는 않았다. 짧으면 몇 초, 길면 몇 분 정도 말없이 가만히 걷기만 했고, 길가로 기어나온 민달팽이를 주워서 풀숲에 던졌다. 나는 그 침묵 속에서 내가 얼마나 그 시간에 집착하고 있는지 알았다. 그 시간은 영원해야 했다. 다른 시간들처럼 함부로 흘러가버려서 과거 속에 폐기되어서는 안 됐다.

우리는 종종 수도원 밖으로 산책을 나갔다.

수도원 정문 가까이에는 세상을 떠난 수사들의 묘지가 있었다. 묘지는 곳곳에 심어놓은 꽃 때문에 작은 화원처럼 보였다. 단순한 모양의 나무 십자가에 이름이 적혀 있었고 묘비에 태어난 해와 세상을 떠난 해가 기록되어 있었다. 그곳에는 수도원을 세운 수사의 묘도 있었다. 그는 '이 적막한 곳에 와줘서 고마워'라는 노부인의 말 한마디에 연고도 없는 이 작은 마을로 이사를 온 마음 여린 사람이었다. 그의 무덤 앞에서 우리는 약속이나 한 듯 말없이 가만히 서서 그 나무 십자가를 바라보곤 했다.

묘지 아래쪽 언덕에는 커다란 보리수 한 그루가 있었다. 바람이 불 때면 보리수의 길고 여린 가지가 그 아래로 걸어가는 우리의 얼굴에 닿았고 보리수꽃 냄새에 들판에서 갓 베어낸 풀냄새가 섞여 코를 간질였다. 언덕 아래에는 말 한 마리가 있었는데, 우리는 그 말에게 피터라는 이름을 지어주고, 식사시간에 배급받은 사과와 비스킷을 줬다. 주머니칼로 사과를 사등분해서 손바닥 위에 올려놓으면 피터가 두터운 혀로 손바닥을 핥으면서 사과를 채갔다. 피터는 멀리 있다가도 "피터"라고 부르면 무거운 발소리를 내며 천천히 우리 쪽으로 걸어왔다. 가까이 온 피터의 충혈된 눈자위에는 파리떼가 잔뜩 꼬여 있었다.

피터를 지나 남쪽으로는 넓은 초원이 펼쳐져 있었다. 우리는 초원 사잇길로 걸어가면서 나무 그늘에서 낮잠을 자는 털이 짧은 양들을 구경했다. 초원에서 동쪽으로 이동하면 돌로 지은 작은 성당이 나왔다. 성당 지붕 위로 검은 새들이 날개를 접고 모여 앉아 있었다. 우리는 보통 그 지점에서 수도원으로 돌아왔지만 여유가 되면 더 멀리 걸어나가기도 했다. 거기서부터는 계속 마을이었다. 대부분 오래된 이층집이었지만 담장과 발코니에 색색깔의 꽃이 피어 있어서 화사하고 따뜻한 느낌이 들었다.

마을을 지나면 콘크리트 다리 아래로 작은 시내가 보였다. 우리는 신발을 벗고 앉아 그 시냇물에 가만히 발을 담그고 있기를 좋아했다.

좋은 일들만 있었던 건 아니다.

어떤 사람들은 다리 위에서 "Chinese"라고 나를 부르기도 했고, 보다 과격한 사람은 "Fuck off colored!"라고 소리치고는 마시던 술병을 던지려는 제스처를 취하기도 했다. 그럴 때면 우리는 멀뚱히 다리 위를 쳐다봤다. 조금도 두렵지 않았기 때문이다. 어떤 사람은 프랑스어로 욕을 했는데, 내가 무슨 뜻이냐고 물으면 한지는 웃으면서 별거 아니라고 말했다.

나는 그곳에 가만히 앉아서 우리에게 그런 인종차별적인 말을 내뱉고 도망간 사람들에 대해 생각했다. 저들은 어떤 사람들일까. 저들은 다리를 건너서 어디로 가나. 장을 보고 집에 가거나 술집에서 친구들을 만나겠지. 그 사람들도 누군가에게는 소중한 친구이자 가족일 거고, 고객이나 상사 앞에서 모멸감을 느낄 때도 있을 것이다. 외모나 나이, 환경, 혹은 누군가의 편견 때문에 차별받아 본 기억이 있을 테고 사랑했던 누군가에게 거절당하기도 했을 것이다.

되갚아주고 싶은 건가.

아니면 그저 누군가를 자극해서 그 반응을 보고 싶은 건가. 나는 그런 식으로밖에 자신에 대해 안심하지 못하는 그들이 진심으로 가엾게 느껴졌다. 누군가를 조롱하고 차별하면서 기쁨을 느끼는 삶은 얼마나 공허한가.

그곳에서의 시간은 빠르게 갔고, 나는 한순간 한순간 지나가는 것이 아쉬워 수시로 시계를 봤다. 몇 마디 나누지 않은 것 같은데도 삼사십 분이 흘러 있었고 어느새 곧 돌아갈 시간이 됐다. 우리는 가져간 타월로 발의 물기를 닦고, 조금 빠르게 걸어서 수도원으로 돌아오곤 했다. 나는 거의 뛰다시피 걸어서 한지를 따라잡으려

했었다.

매주 월요일마다 수도원을 떠나는 봉사자들을 위한 모임이 있었다. 그 모임은 서너 평이 될까 한 작은 휴게실에서 열렸다. 떠나는 봉사자들 앞에 작은 테이블을 놓고, 몇 개의 양초를 켜고는 그 애들의 소회를 듣는 시간이었다. 떠나는 사람들과 친했던 동료들이 함께 지냈던 시간에 대해서 회상하기도 했고, 악기를 다룰 줄 알거나 노래를 잘 부르는 아이들은 작은 공연을 보여주기도 했다. 멕시코에서 온 신디아는 일인극을 했고, 콜롬비아에서 온 구스타고는 마임을 했다. 시간이 남으면 같이 게임을 하기도 했다.

그 작은 방에, 서로 다른 국적을 가진 봉사자들 서른 명이 모여 있었다. 영어가 모국어인 봉사자는 한 명도 없었다. 아이들은 영어로 말하고 후렴구처럼 "그런데 내 말을 이해해?"라고 덧붙였다. 영어를 모국어로 둔 사람이 우리를 봤다면, 열 살짜리 아이들 수준의 말하기라고 생각했을지도 모른다. 그런데도 우리는 어떻게든 서로의 말을 이해하려 했다. 낮은 수준의 영어로, 혹은 낮은 수준의 영어를 구사하는 통역을 통해서. 영어로 어눌하게 이야기하는 이 아이들이 모국어로 말한다면 어떤 모습일지 잘 상상되지 않았다.

그 모임의 분위기는 오로지 그 모임에 속해 있었다.

어느 문화도 그 모임을 주도하지 않았고 그럴 수도 없었다. 아이들은 자발적으로 노래를 부르거나 기타를 치고, 연기와 마임을 했지만 훌륭한 수준이 아니었다. 공통의 화제로 이야기를 나누기도 애매했다. 몇몇을 제외하고 우리는 서로에 대해 완전히 무지했다. 나이가 어떻게 되는지, 어떤 교육을 받았는지, 어디에서 사는지, 정치적인 성향은 어떤지, 왜 여기에 와 있는 것인지 우리는 알지 못했다. 그럼에도 우리는 서로 어눌하게 뱉은 한 문장 한 문장을 이해하려고 애쓰면서 좁은 공간 안에 두 개의 원을 그려 앉았다. 그렇게 원을 그려 앉는 것이 모이는 이유의 전부인 것처럼.

영어를 전혀 하지 못하는 중남미 아이들은 스페인어와 영어를 할 수 있는 다른 중남미 아이들의 통역을 들으며 모임에 참석했고, 프랑스어만 할 줄 아는 아프리카 아이들도 프랑스어와 영어가 가능한 아이의 통역을 들었다. 누군가 한마디 하면 여기저기서 동시에 통역이 진행됐다. 아주 짧은 영어가 긴 통역으로 이어질 때는 그 언어를 이해하지 못하는 쪽에서 웃음이 터져나왔다.

아프리카에서 온 아이들은 어떤 의미에선 모두 한지를 닮아 있었다. 웃음이 많았고, 몸을 자유롭게 움직였다. 조금이라도 웃을 여지가 있으면 놓치지 않고 웃자는 법이라도 있는 것 같았다. 그 아이들 사이에서 웃고 떠드는 한지를 보면서 어쩌면 한지가 나를 지루해하고 불편해할지도 모른다고 느꼈다.

한지는 창문 앞에 앉은 아프리카 아이들에게 프랑스어로 통역을 했다. 단순한 사실 전달일 텐데도 재미있는 이야기를 하는 것처럼 다양한 표정을 지으며 중간중간 크게 웃었다. 한지와 이야기하는 사람들은 모두 즐거워 보였다. 평소에는 잘 웃지 않던 애들도 한지 앞에서는 활짝 웃었다. 다른 사람들과 함께 있는 한지는 나와 단둘이 있을 때의 한지와 같은 사람이 아닌 것처럼 보였다.

그럴 때, 한지는 그 어느 때보다도 나로부터 멀리 있었다.

나는 한지를 알지 못했다. 그애의 세계를, 그애의 손길이 닿을 때마다 조금은 더 따뜻해지고 밝아지는 세계를 알지 못했다.

숙소 거실 소파에 누워서 잡지를 읽는데 카로가 옆으로 와 앉았다. 초콜릿빛 피부가 반짝였고, 작은 얼굴은 누가 정성껏 빚어놓은 것처럼 아름다웠다. 검은자위가 크고 반짝이는 눈. 카로는 그 눈으로 나를 빤히 쳐다보다 입을 열었다.

"어제 한지랑 같이 이야기하는 걸 봤어. 송별 모임 끝나고 마을 쪽으로 가는 길에서 얘기했지?"

"그랬어."

"바닥에서 뭔가를 주워서 던지더라. 그게 뭐였어?"

"민달팽이였어."

카로는 미간을 찌푸리며 웃었다.

"영주. 한지는 괴짜야. 정말 특별해."

카로는 한지에 대해서 얼마나 아는 걸까. 한지는 자신이 아는 모든 사람들에게 내게 한 만큼의 이야기들을 해왔던 걸까. 나는 궁금해졌다.

"넌 첫인상이랑 많이 다른 것 같아." 카로가 말했다.

"내 첫인상이 어땠는데?"

"수녀인 줄 알았어. 그것도 정말 고지식한 수녀. 농담이 아니야."

카로는 그 말이 내 기분을 상하게 하는 건 아닐지 염려하는 듯 서둘러 말을 덧붙였다.

"내 편견이었더라. 너도 한지 못잖은 괴짜던데. 한지에게 네 얘기를 많이 들었어. 네가 여기서 가장 가까운 친구라고 말하더라. 한지를 알아온 지 삼 년이 넘었지만 한지가 누군가와 이렇게 가까이 지내는 건 처음 봤어."

"한지가?"

"그래."

"한지는 모두와 다 잘 지내는 것 같던데."

"모두와 잘 지내지만 절대 속을 알 수 없지. 나는 한 번도 한지가 다른 사람에게 싫은 내색 하는 걸 본 적이 없어. 상대에게 상처 주는 게 싫으니까 그런 것 같아. 그런데도 모두가 조금씩은 그애에게 반감이 있어. 한없이 친절하지만 그게 끝이라는 거지. 반감이라기보다는 서운함이라고 해야 맞는 걸까? 가끔씩 보면 사람보다는 동물이랑 더 잘 통하는 것 같기도 하고."

나는 그 말을 하는 카로의 아름다운 얼굴을 가만히 응시했다. 잘 배열된 이목구비와 동그란 머리, 만져보고 싶은 반짝이는 피부. 너처럼 아름다운 아이는 한지와 함께 풀숲으로 민달팽이를 던지지 않을 거라고 생각하면서.

“나도 실은 한지를 잘 몰라. 걔가 왜 나랑 가장 친하다고 말했는지도 잘 모르겠어. 알잖아, 여긴 일이 너무 많아서 서로 이야기 나눌 시간도 부족하다는 거.”

내가 한지를 조금이라도 덜 좋아했다면 솔직하게 말했을지도 모른다.

있지, 카로. 한지와 나는 매일 이야기를 나눠. 일하지 않는 시간이 겹치면 수도원 주위를 산책하고 밤에는 매점 자판기에서 콜라를 뽑아 나눠 마셔. 자정이 넘으면 수돗가 옆 나무 밑에 가만히 앉아 있기도 해. 어떻게 말해야 할까. 이렇게 말해도 된다면…… 한지는 나를 알아. 그리고 나는 한지가 코뿔소의 마음을 상상하듯, 한지의 마음을 상상해. 가끔씩은 한 번도 가본 적 없는 한지의 집 발코니에 앉아 있기도 해.

한지는 나와 가깝다고 무람없이 이야기할 수 있었을지 몰라도, 나는 그에 대해 그렇게 이야기하지 못해. 한지에 대해 한마디라도 하면, 모두가 한지에 대한 나의 상상까지 꿰뚫어볼 것만 같아서. 그런 면에서 나는 조금은 미친 사람 같지.

“그런데 영주, 넌 몇 살이지?”

카로의 질문에 나는 머뭇거렸다.

한지와 우연히 마주치면 배와 등의 피부가 따끔따끔했고 피가 머리 쪽으로 쏠리는 소리가 들렸다. 심장이 크게 뛰기 시작했고, 자꾸 말을 더듬게 됐다. 한지가 멀리서 나를 쳐다보고 있다고 생각하면 종아리부터 목뒤에까지 불이 번지는 것 같았다.

그럴 때면 나는 지질시대 구분표를 생각했다.

나는 중학교 일학년 때 선물로 받은 지질시대 구분표를 벽에 붙여놓고 처음부터 끝까지 읽어내려가길 좋아했었다. 나중에는 당시 살았던 생물들의 이름을 시대별로 차례대로 외웠고, 고등학교에 입학할 때쯤에는 처음부터 끝까지 암송할 수 있었다. 지금은 없지만 언젠가는 분명 존재했던 것들의 이름이 소중하게 느껴져서였다.

원시지구.

원시지구에는 어떤 생물도 없었다. 나는 아무것도 그려지지 않은 검은 칠판을 상상했다.

시생대.

박테리아와 남조류, 고세균류가 등장했다. 백묵의 끝으로 그린 작은 점들.

원생대.

해파리가 나타났다. 몸속이 환히 보이는 투명한 해파리들.

캄브리아기.

조개와 산호, 삼엽충.

오르도비스기.

불가사리와 바다전갈로 불리는 생물. 사라져버린 코노돈트.

실루리아기.

달팽이, 대합, 홍합. 턱이 없는 어류들.

나는 기도문을 외우듯이 그것들의 이름을 나열할 수 있었다. 턱이 있는 어류, 폐어, 육지 달팽이, 해백합, 파충류 같은 포유류, 소철류, 시조새, 원시 현화식물. 그 이름들을 속으로 외울 때면 바깥 세계에 대한 관심이 사라졌고, 내 안의 생각과 느낌들이 무뎌졌으며, 나라는 존재가 조금은 희미해지는 것 같았다.

어디에서든, 어느 시간이든 그런 건 중요하지 않았다.

슬플 때, 불안할 때, 화가 날 때, 누군가가 내 마음을 쥐고 흔들 때, 나는 그 이름들을 그저 간절하게 불렀고, 그들은 어느 정도까지는 현실의 고통에서 나를 분리시켜줬다. '원시지구'로 시작해서 '여러 종류의 발굽이 있는 동물'까지 중얼거리고 나면, 내가 그들의 이름을 부른 것이 아니라, 그들이 나의 이름을 불러준 것 같았다. 그럴 때 나는 혼자가 아니었다.

한지는 그걸 알았을까. 내가 그의 옆에서 사라진 생물들의 이름을 조용히 불러왔다는 것을. 그것으로 한지에 대한 내 감정을 억누르려 했다는 것을. 무엇보다도 그애가 내 생각을 읽게 될까봐 두려워었다는 것을. 막연하게나마 한지가 내 마음을 알게 된다면 멀리 도망가리라고 생각했었다는 것을.

어디에서나 존재감이 없는 나. 많은 사람들 사이에서도 눈에 띄는 한지.

자신감이 없고 무슨 말이든 우물쭈물하는 나. 누구와 있어도 자연스럽게 말하는 한지.

제대로 웃지도 못해서 입을 가리는 나. 꾸밈없는 표정의 한지.

어쩌면 한지는 내가 좋아서가 아니라, 다른 아이들과 잘 섞이지 못하는 나를 그저 돌봐줘야 하는 사람이라고 생각했을지도 몰라, 라고 그때의 나는 생각했다.

우리는 대등한 관계의 사람이 아니었다. 그렇기에 연인이 될 수 없었고, 친구로 만나기에도 나는 부족한 사람이었다. 아무도 그렇게 말하지 않았고, 그렇게 판단하지 않았겠지만 나 자신은 그 사실을 잘 알고 있었다. 그런 생각을 할 때면 내가 자신을 '만나줬던 것'이라고 말했던 전 남자친구가 생각났다. 어쩌면 그와 나를 삼년이라는 시간 동안 묶어줬던 건, 스스로를 보잘것없는 사람이라고 믿었던 우리의 공통점 때문이었는지도 모른다. 단지 그의 열등감이 나의 열등감보다 더 컸으므로 나는 그를 경멸하며 나에 대한 경멸을 피해왔을 뿐이었다.

"무슨 생각 해?" 한지가 물었다.

"한 달 반이 지나면 네가 나이로비로 돌아간다는 생각을 해."

한지는 침묵했다.

"우리가 다시 예전의 생활로 돌아가면 여기에서 지냈던 시간을 얼마나 기억하게 될까?" 내가 물었다.

"거의 모든 걸 잊어버리게 되겠지." 한지가 답했다.

"나는 그게 싫어."

"뭐가?"

"잊어버리는 것."

나는 가방에서 노트를 꺼내서 펼쳐 보였다.

"내 일기야. 여기에 도착해서부터 매일 써왔던 거야. 읽어도 돼."

한지는 내 노트를 한 장 한 장 넘기면서 소리내서 웃었다.

"글씨가 무슨 그림 같다. 이거 봐." 한지는 내가 '옷'이라고 쓴 글자를 가리키며 말했다. "사람이 춤추는 모습 같잖아."

한지는 그 문자들을 신기하다는 듯 만져봤다.

"아, 이건 나도 읽을 수 있어. 6월 23일. 내가 도착한 날이네. 날도 더운데 오래된 차를 타고 리옹 공항까지 가서 피곤했다. 나이로비에서 온 한지인지 뭔지 하는 남자애는 자꾸 프랑스어로 말하는데 시끄러워서 한 대 때려주고 싶었다. 예배당에서 졸고 있는데 말을 거는 건 또 뭔가. 삼 개월간 집을 떠나 있는데 칫솔을 안 가져왔다고? 덕분에 매점까지 같이 가줘야 했다."

한지는 한글을 읽을 수 있다는 듯이, 문자 위에 손가락을 갖다 대며 이야기를 지어댔고 우리는 같이 웃었다.

"여기에 내 얘기를 쓰기도 했어?" 한지가 물었다.

6월 23일 이후, 너는 하루도 빠지지 않고 등장한다.

"네 얘기는 별로 없어." 내가 농담조로 말했다.

"난 널 친구라고 생각했는데." 한지가 웃었다.

나는 '한지는 빅 키친에서 일하고 있다'라는 문장에서 '한지'라는 글자를 손가락으로 가리켰다.

"이게 네 이름이야."

한지는 그 글자를 가만히 내려다봤다. 나는 노트에 커다랗게 '한지'라고 다시 써서 보여줬다.

"아름답다." 한지가 말했다. "네 이름은 어떻게 생겼어?"

나는 '한지'라는 글자 옆에 '영주'라고 썼다. '한지'와 '영주'라는 글자는 다정해 보였다.

"넌 여기서의 시간을 잊어버릴 수가 없겠다." 한지가 내 노트를 훑어보면서 말했다. "나는 글쓰기가 어렵던데. 어떻게 이렇게 매일 기록할 수 있어? 나중에 만나게 되면 나에게 지금 시간들에 대해서 이야기해줘야 돼. 난 잘 잊으니까."

"꼭 이야기해줄게."

우리는 다시 만나기 어렵다는 것을 알면서도 늘 그런 식으로 다시 만날 것을 가정했다. 초인종만 누르면 언제고 얼굴을 볼 수 있는 옆집에 사는 것처럼, 저녁을 먹으러 오라고 이야기하면 슬리퍼를 끌고 놀러갈 수 있는 거리에 사는 것처럼 다시 만날 것을 가정하면서 우리가 평생을 서로 아무 관계 없이 살아가리라는 사실을 피하려고 했다.

"영주. 나는 알아. 우리는 다시 만날 거야." 한지가 말했다.

"그래."

나는 내 노트 위에 나란히 놓인 '한지'와 '영주'를 바라봤다.

'한지'와 '영주'는 아직도 내 노트 위에 있다.

그때의 기록을 읽어나가면 우리가 나눴던 웃음과 이야기들, 밤의 풍경과 밤공기에 섞인 보리수꽃 향기까지 느낄 수 있다. 내게 웃어주던 한지의 얼굴, 한지가 매점에서 산 밑창이 얇은 슬리퍼, 우리가 나눠 마시던 콜라와 다리 하나가 약해서 자꾸 뒤로 넘어가던 간이 벤치 모두 생생하다. 그런데도 이 이야기들은 모두 없었던 일처럼 빛을 잃는다. 한지와 보낸 시간의 세부를 낱낱이 기억하면서도 실감은 점점 흐려진다.

나는 아직도 왜 한지가 내게 등을 돌렸는지 모른다.

그 단절을 이해하지 못한다.

시간이 지나도 이해할 수 없는 일은 그렇게 내버려둬야 한다고 생각하면서도 나는 작은 기억 하나도 제대로 잊지 못한다.

처음에는 한지가 나를 보지 못한 거라 생각했다. 웃으며 인사하는 나를 한지가 모른 척할 리는 없었으니까. 그러나 그날 몇 번이나 한지는 나를 그냥 지나쳐갔고, 우리가 매일 만나던 그 벤치에도 나타나지 않았다. 어쩌면 한지가 아파서 그런 것일지도 모른다고 생각했다. 그 벤치에서 숙소로 돌아가는 길에 다른 아프리카 아이들과 어울려 웃고 있는 한지를 보기 전까지는. 나는 다시 손을 들어 인사를 했고, 한지는 고개를 돌렸다.

그건, 한지가 나이로비에 가기 이 주 전, 9월 12일의 일이었다.

'한지는 고개를 돌렸다'고 나는 썼다.

한지가 내게서 고개를 돌리기 전날에도 우리는 그 벤치에서 만나 이야기를 나눴다. 다툼도 없었고, 서로의 마음을 상하게 할 만한 일도 없었다. 우리는 그저 평소처럼 그날 무슨 일을 했는지 이야기했다. 일주일간 머물렀던 방문객들이 빠져나간 날이어서 도미토리 숙소를 청소한 이야기를 했던 기억이 난다. 매트리스에서 시트를 걷어 한데 모아 세탁실로 나르는 일이 어려웠다는 이야기였다. 한지는 이제 처음 왔을 때처럼 방문객들이 많지 않아서 수도원이 조금은 적적해 보인다는 말을 했었다. 그게 전부였다.

어쩌면 내가 기억하지 못하는 부분에서 그가 상심했던 것은 아닐까. 어쩌면 내가 짓궂은 농담을 했는지도 모른다. 하지만 나는 아주 작은 부분에서도 내가 좋아하는 상대에게 상처를 주고 싶지는 않았기에 늘 조심스러웠었다. 나는 기분 내키는 대로 말하면서, 자기가 무슨 말을 하는지도 모르는 그런 어린애가 아니었다. 아무리 나로 인해 상심하거나 불쾌했다고 해도 말로 풀 수는 없었던 걸까. 다시 얼굴을 마주보고 이야기를 나눌 수도 없을 만큼 내가 뭔가 심각한 잘못을 한 걸까. 아니면 누군가 나에 대해 안 좋은 이야기를 했거나 우리 사이를 이간질했나. 만약에 누군가 너를 모함하는 말을 했다면 나는 그 말을 믿지 않았을 테고, 적어도 너에게 확인이라도 했을 텐데.

그날도 한지는 "내일 보자"라고 말했었다. 어둠 속에서, 그 다정한 눈으로 나에게 너는 그렇게 이야기했었다.

마음에 걸리는 게 없는 건 아니었다. 가끔씩 한지는 내가 '단순하다'고 말했었다. 항상 웃으면서 말했지만, 어쩐지 말에 뼈가 있다고 느껴졌던 적이 몇 번 있었다. 한번은 한지가 "넌 참 단순하구나"라고 말하고는 "단순함은 좋은 거니까"라고 변명하듯 덧붙였었다.

나는 한지가 말한 나의 그 단순함이 무엇인지 아직도 모른다.

"기억은 재능이야. 넌 그런 재능을 타고났어."

할머니는 어린 내게 그렇게 말했다.

"하지만 그건 고통스러운 일이란다. 그러니 너 자신을 조금이라도 무디게 해라. 행복한 기억이라면 더더욱 조심하렴. 행복한 기억은 보물처럼 보이지만 타오르는 숯과 같아. 두 손에 쥐고 있으면 너만 다치니 털어버려라. 얘야, 그건 선물이 아니야."

하지만 나는 기억한다.

불교 신자였던 할머니는 사람이 현생에 대한 기억 때문에 윤회한다고 했다. 마음이 기억에 붙어버리면 떼어낼 방법이 없어 몇 번이고 다시 태어나는 법이라고 했다. 그러니 사랑하는 사람이 죽거나 떠나도 너무 마음 아파하지 말라고, 애도는 충분히 하되 그 슬픔에 잡아먹혀버리지 말라고 했다. 안 그러면 자꾸만 다시 세상에 태어나게 될 거라고 했다. 나는 마지막 그 말이 무서웠다.

시간은 지나고 사람들은 떠나고 우리는 다시 혼자가 된다.

그 사실을 받아들이지 않으면 기억은 현재를 부식시키고 마음을 지치게 해 우리를 늙고 병들게 한다.

할머니는 그렇게 말했었다.

나는 그 말을 언제나 기억한다.

한지는 대놓고 나를 없는 사람 취급하기 시작했다.

내 인사를 받지 않는 건 물론이고, 길에서 마주치면 다른 길로 돌아갔다. 그런 그애의 눈빛에는 일말의 분노도 없었다. 그저 무심했고 희미했고 지쳐 보였다. 나는 그애를 쫓아가거나 이름을 부를 수조차 없었다. 그럴 자신이 없었다.

나는 멀리서 쓰레기를 치우는 한지를 바라봤다. 오른손에는 팔꿈치까지 올라오는 장갑을 끼고, 왼손에는 집게를 들고 있었다. 그애는 쓰레기통에서 페트병이나 유리병, 종이 박스를 꺼내서 망태기에 집어넣는 일을 반복했다. 턱밑으로 땀이 떨어졌고, 푸른 티셔츠의 목 언저리와 겨드랑이, 등 쪽이 축축하게 젖어 있었다. 한지는 입을 약간 벌리고 등을 굽힌 채 조용히 그 작업에 집중했다.

언젠가는 한지를 잃게 될 거라고 생각했지만 지금은 아니라고 생각했다.

한지가 나를 보고 웃을 때, 나를 위해 시간을 내서 같이 산책을 할 때, 나를 가장 가까운 친구라 생각한다고 이야기했을 때 나는 그 모든 것들이 과분하다고만 여겼었다. 하지만 그 모든 것들을 아무런 설명 없이 끝내버리는 일은 부당했다.

나는 쓰레기를 치우는 한지에게 다가갔다. 현기증이 났다.

"한지."

한지는 나를 물끄러미 쳐다봤다. 어떤 미소도 없는 굳은 얼굴이었다. 그 얼굴을 본 순간 하고 싶었던 이야기가 무엇이었는지 잊어버렸고 말문이 막혔다. 한지의 시선이 잠깐 내 얼굴에 머물렀다 떠났다.

한지가 한 손으로 들고 있던 망태기 안에는 페트병이 가득했다. 한눈에도 끈적끈적해 보이는 콜라병에는 파리 몇 마리가 앉아 있었고 어디선가 아이들이 깔깔 웃는 소리가 들렸다. 내가 어물대는 사이 한지는 망태기의 주둥이를 모아서 한 손에 쥐고 그 자리를 떠났다. 한지는 목각 인형처럼 뻣뻣하게 걸어갔다.

나는 쓰레기통 앞에 가만히 서서 한지가 조금 전까지 서 있었던 자리를 바라봤다. 한지는 나에게 아무 말도 하지 않았지만 나는 알았다. 한지가 나를 피하는 이유가 무엇이든 그건 중요한 게 아니었다. 한지는 이제 나를 피하고 있고, 내가 그 사실을 받아들이지 않는다면 그건 한지를 괴롭히는 일이 될 것이었다.

나는 그애를 괴롭히고 싶지 않았다.

내가 어떻게 사과를 하든, 어찌된 일이냐고 따져 묻든 그건 모두 잘못된 일이었다.

사람들은 떠난다. 할머니는 그렇게 말했었다.

그 사실을 있는 그대로 받아들이기만 하면 돼.

나는 나에게 속삭였다.

가끔 꿈을 꾼다. 밤에 산책을 하는 꿈이다.

원시지구처럼, 세상에는 어떤 생물도 없다. 민달팽이도, 보리수도, 파리도, 파리떼를 달고 있는 피터도, 낮잠을 자는 양도, 한지의 코뿔소들도, 젊은이도, 노파도, 대학원생도, 수사도, 인종차별주의자도, 그들이 쏟아놓는 쓰레기도 없다.

나는 그 텅 빈 어둠 속에서 '한때 지구는 이렇게 쓸쓸한 곳이었구나'라고 생각한다.

지구는 그저 융기하고 침식하며, 열심히 퇴적하고 있었구나.

참 열심히, 쓸쓸히도.

세상은 잿빛이고 멀리서 화산은 쿵쿵 소리를 낸다. 나는 그쪽으로 걸어간다. 한참을 걸어가다보면 수도원 근처의 채플이 나오고,

가족 숙소가 나오고, 한지와 함께 걸었던 마을이 나온다. 멀리서 냇가에 발을 담그고 있는 한지와 내가 보인다. 세상에는 그 둘밖에 없다. 빨리 다리에서 내려가서 저들에게로 가야 하는데, 나는 다리 아래로 갈 수 있는 길을 찾지 못한다. 아무리 발버둥을 쳐도 다리 아래로 갈 수가 없다.

갑자기 장면이 바뀐다.

나와 한지는 수돗가 옆 벤치에 앉아 있다. 어둠 속에서 그렇게 가만히 앉아 있다.

한지는 이런 이야기를 한다.

"우리는 다시 만날 거야. 다시 만나게 되면 내가 잃어버린 기억에 대해서 이야기해줘. 난 다 잊어버릴 테니까. 너도. 이 시간도."

한지는 그 말을 하면서 슬프게 웃는다.

나는 대답하고 싶지만 입이 열리지 않는다. 힘겹게 한지 쪽을 쳐다보면 한지 대신 커다란 망태기 하나가 입을 벌리고 있다. 한지가 집어넣은 페트병으로 가득한 망태기가.

나는 다른 사람들에게 내 고통에 대해 시위하고 싶지 않았다.

나는 그저 내 몫의 일을 하고, 하루 세 번 밥을 먹고 공동 기도에 참석했다. 한지와 산책을 하던 시간에는 숙소 거실에서 책을 읽거나, 다른 봉사자들과 함께 코코아를 마시면서 이야기했다. 밤에는 카드게임을 하거나 남미 애들과 털실로 팔찌를 만들고 거실 식탁에서 엉더리 탁구를 쳤다. 나는 눈물이 나도록 웃었다. 열두시쯤 방에 들어가면 룸메이트들은 다 자고 있었다. 나는 담요 속으로 기어들어가 소리없이 울다 잤다.

카로가 나를 찾아온 건 그런 밤들 중의 하루였다. 그녀는 방문을 열고 내 이름을 조용히 불렀다.

"영주."

나는 담요를 머리끝까지 뒤집어쓰고 자는 척했다.

"일어나, 영주. 잠깐이면 돼."

나는 눈물로 축축해진 얼굴을 베개에 비비고 일어났다. 우리는 창고 앞으로 걸어가서 바닥에 종이 박스를 깔고 앉았다.

"자는 걸 깨워서 미안해. 그런데 이렇게 하지 않고서는 너랑 얘기할 수 없을 것 같았어. 일하는 시간 말고는 계속 거실에서 다른 애들이랑 같이 있더라."

"그랬어."

"네가 나랑 일대일로 말하는 걸 피한다는 느낌을 받았었어."

"피한 적 없어."

"그렇다면 미안. 너도 내가 너에게 무슨 말을 하려고 하는지 알겠지."

"……"

"한지에 대해서야. 한지와 무슨 일이 있었던 거니?" 카로의 목소리가 가늘게 떨렸다.

카로의 아름다운 얼굴. 너는 아무것도 모른다. 갑자기 아무 잘못도 없는 카로에게 화가 났다.

"그걸 왜 네가 묻는 건데?"

"그냥 궁금했었어. 왜 매일 붙어 있던 너희가 이제 인사도 안 하는 사이가 됐는지. 애들이 너희 앞에서 말을 안 해서 그렇지 그런 얘기를 많이 해. 한지는 지쳐 보이더라. 이번 화요일에 있었던 아프리카 모임에도 안 나왔고, 숙소에서도 애들이랑 잘 어울리지 않는다고 해."

"그래서?"

"네가 왜 한지에게 그렇게 대하는지 모르겠어. 한지는 좋은 애야."

나는 할말을 잃었다.

"네가 한지에게서 무슨 이야기를 들었는지는 모르겠다." 내가 말했다.

"한지는 아무 말도 안 했어."

"그럼 왜 모든 걸 멋대로 추측해서 내가 일방적으로 잘못했다고 단정하고 이 시간에 자는 나를 깨워서 괴롭히는 거니?"

나는 내가 나쁘게 말하고 있다는 것을 느꼈다. 카로는 그저 한지가 걱정돼 묻고 있을 뿐인데 나는 감정적으로 반응하고 있었다. 나에게서 분리된 내가 그렇게 감정적으로 말하는 나를 무심하게 바라봤다.

"넌 웃고 떠들잖아. 다른 애들이랑 카드게임을 하고 탁구를 치고. 한지가 괴로워하는 동안." 카로는 조심스럽게 말했지만, 나는 그 말 속에서 나를 단죄하는 카로의 목소리를 들었다.

"그래. 그랬어. 그런데 그게 너랑 무슨 상관이야?"

나는 짧은 영어로 직설적으로 말했다. 아이가 뱉은 것처럼 유치하고 날카로운 말. 한지가 나를 어떻게 모른 척하는지, 그게 나를 얼마나 고통스럽게 하는지, 하지만 한지에게 왜 내게 그러느냐고 묻지 못하는지에 대해 설명하려고 해도 할 수가 없었다. 머릿속에서 떠다니는 영어 단어들이 질서를 이루지 못하고 엉켜서 뱉어지지 않았다. 카로. 내가 하고 싶은 말은 이런 게 아니었어. 잠시만 내게 시간을 줘봐. 생각을 하고 좋은 단어들을 선별해서 문장을 만들 시간을.

카로는 커다란 눈으로 나를 쳐다봤다. 내 직설적인 말은 카로를 상처 입힐 수 없었다. 그 눈빛에 담긴 감정은 실망감이었다. 너는 이것밖에 안 되는 사람이었구나, 라는 눈빛.

"난 그저 너희 사이가 걱정돼서 했던 말이었어. 내가 예전에도 너에게 이야기했었지. 한지는 너랑 지냈던 것처럼 누군가와 그렇게 가까이 지내본 적이 없는 애야. 영주, 한지는 좋은 애야. 나는 그애가 드디어 가까운 사람을 만나서 다행이라고 생각했었어. 보이지 않는 벽 같은 게 있는 애였으니까. 여기 와서 그걸 겨우 깨뜨렸다고 생각했는데, 걔는 상처 입은 것처럼 보여."

나는 잠시 침묵하다가 말했다.

"한지는 나를 피하고 있어. 말을 걸 수조차 없어."

"싸웠니?"

"아니. 나를 피하기 하루 전에도 같이 이야기했었어."

"정말이야?"

"그래."

"영주. 난 네가 이해가 안 돼. 그러면 한지에게 가서 따져 물어. 왜 너를 피하냐고. 이야기를 해서 풀어야 돼. 너처럼, 아무 일도 없는 것처럼 그렇게 지내는 건 너에게도 한지에게도 좋지 않아. 마음에 풀지 못하는 일을 두고 여기서 웃으며 지내는 건 널 속이는 일이야."

"난 이제 자러 갈게. 내일은 아침부터 일이야." 나는 카로의 말을 듣지 못한 것처럼 말했다. 카로. 나는 한지를 괴롭히고 싶지 않아.

그 주에 나는 다이어트 키친에서 일했다. 방문객 중에는 유당이나 글루텐을 소화시키지 못하거나, 콩, 견과류, 고기, 새우, 토마토 같은 음식에 알레르기를 일으키는 사람들이 있었다. 다이어트 키친은 그런 사람들을 위해서 따로 요리를 하는 주방이었다. 그 주방에서 우리는 감자, 당근, 계란을 삶고, 쌀로 밥을 짓고, 쿠스쿠스*를

* couscous, 밀가루를 손으로 비벼서 만든 좁쌀 모양의 알갱이.

찌고, 상추를 씻어서 샐러드를 준비했다. 개중에는 치즈를 먹을 수 있는 사람들도 있었으므로, 바구니에 치즈를 담아 내가기도 했다.

그날, 치즈가 다 떨어지자 다이어트 키친의 책임자는 나를 빅 키친으로 보냈다. 나는 그곳에서 한지가 일하고 있다는 걸 알았지만 빅 키친은 넓었고, 조리실 뒤편에 있는 냉장창고에 잠깐 들어갔다 나온다 해도 조리실에서 일하는 한지가 나를 볼 수 없을 거라고 생각했다.

냉장창고의 불을 켜고 그 안으로 들어가자 한지가 사과 박스를 들고 서 있었다.

그애의 얼굴을 잠깐 보고, 아무 말 없이 길을 비켜줬다. 그런데도 한지는 사과 박스를 든 채로 가만히 서서 나를 쳐다만 보았다.

낱개로 포장된 크림치즈를 바구니에 넣었다. 바구니에 치즈를 다 넣고 돌아봤을 때도 한지는 그 자리에 그대로 있었다. 냉장창고 천장에 달린 둥근 전등이 깜빡거렸다. 한지는 하려는 말이 있는 것처럼 나를 쳐다보면서도 한마디도 하지 않았다.

그애가 나를 피하지 않았다는 것만으로도 나는 안도했고 말을 건네볼 용기를 얻었다.

한지가 들고 있는 박스 속의 사과를 내려다보며 이야기했다.

"나를 피하지 않아줘서 고마워. 아주 잠깐이면 돼. 여기는 너무 추워서 오래 있을 수도 없잖아. 그러니 들어줘. 내가 없다는 것처럼 나가버리지 마." 나는 이 말을 끝내고 한지의 얼굴을 봤다.

한지는 울고 있었다.

"네가 왜 이러는지 묻지 않을게. 알게 된다면 마음은 후련해지겠지만 그게 무슨 소용이겠니. 내가 너에게 잘못한 게 있다면, 용서하고 용서하지 않고는 너의 자유야. 나의 잘못 때문도 아니라면, 너의 사정 때문에 이러는 거라면 그게 무엇이든 나는 이해할 수 있어. 하지만 누군가의 말 때문에 날 오해했다면, 내 진심을 보지 못했다면 그건 정말 안타까운 일일 거야."

나는 추위와 두려움 때문에 덜덜 떨면서 말했다.

"네가 나에게 아무리 못되게 해도 난 상관 안 해. 세상 어디에도 널 미워할 수 있는 방법은 없어. 이런 식으로라도 좋으니 너와 같은 공간에서 지내고 싶어. 일주일 뒤에 너를 여기서 볼 수 없다고 생각하면 걷다가도 눈물이 나. 이제 더이상 너에게 이렇게 말을 할 수는 없겠지. 한지, 제발 이렇게 내 인생에서 사라지지 마."

나는 울음을 참고 최대한 담담하게 이야기하려고 노력했다.

"한지. 더이상 너를 방해하지 않을게. 나이로비에서도 잘 지내. 넌 지난 일들을 잘 잊는다고 했으니 좋은 기억만 남기고 다 잊어. 아니, 좋은 기억도 잊어. 한지 네가 건강하길. 너의 가족도, 레아도."

"한지! 그 안에 한지 있어?"

밖에서 누군가가 문을 두드리며 한지를 찾았다.

한지는 손등으로 눈물을 닦고 냉장창고 밖으로 나갔다.

나도 곧 밖으로 나갔지만, 뼛속까지 스며든 한기가 쉽게 가시지 않았다. 그런데도 이마만은 뜨겁게 끓어오르고 있었다.

나는 침묵 주간을 신청했다.

숙소에 있는 모든 짐을 챙겨서 수도원 밖에 있는 침묵의 집으로 갔다. 침묵의 집은 오래된 이층집이었고, 큰 정원이 있었다. 말이 정원이었지 가꾸지 않은 풀들이 우후죽순 솟아 있어서 밤에는 뱀이라도 나올 것처럼 보였다. 침묵의 집에서는 혼자 방을 쓸 수 있었고, 매 끼니가 수도원에서 배달되어 왔다. 우리는 공동 기도 시간마다 삼십 분씩 걸어서 수도원으로 이동했고 침묵 주간 동안 노동에서 면제됐다.

노동이 없는 하루는 길고 고통스러웠다. 아무리 마음을 다잡고 책을 읽으려고 해도 눈에 들어오지 않았고, 그간 노동의 피로로 누르고 있던 불안과 망상들이 내 속에서 날뛰기 시작했다. 가장 한심한 생각은 내가 과거에 어떤 행동을 했다면 현재에도 한지와 잘 지낼 수 있었을까 하는 망상이었다.

한지가 밤중에 산책을 하자고 했을 때 거절하지 않고 같이 걸었다면 어땠을까. 한지가 내 노트에 자신의 이야기도 있느냐고 물었을 때, 그냥 솔직히, 내가 쓰는 이야기의 대부분은 너에 대한 것이라고 말했더라면 어땠을까. 그애가 살리지 못했던 동물들에 대해서 이야기했을 때, 당황해서 침묵하지 말고 '그건 네 탓이 아니야'라고 위로해줬더라면 어땠을까. 민달팽이의 기원 따위를 떠벌릴 시간에, 그애가 나에게 하고 싶었던 말을 할 기회를 줬더라면 어땠을까. 혹시 나의 그 단순함이 그애를 숨막히게 한 건 아니었을까. 어쩌면 내가 너무 자주 그애를 보려 했던 건 아닐까. 그애가 혼자 있고 싶어하는 시간을 내가 독점해서 나에게 질려버린 건 아닐까.

침묵은 나의 헐벗은 마음을 정직하게 보게 했다.

사랑받고 싶은 마음, 누군가와 깊이 결합하여 분리되고 싶지 않은 마음, 잊고 싶은 마음, 잊고 싶지 않은 마음, 잊히고 싶은 마음, 잊히고 싶지 않은 마음, 온전히 이해받으면서도 해부되고 싶지 않은 마음, 상처받고 싶지 않은 마음, 상처받아도 사랑하고 싶은 마음, 무엇보다도 한지를 보고 싶다는 마음을.

나는 냉장창고에서 한지를 본 이후로 한지를 보지 않으려 했다.

예배당의 봉사자석에 가서 앉거나 빅 키친 쪽으로 가면 그애를 볼 수 있었지만 의식적으로 나는 그애를 피했다. 이제 일주일도 안 되어서 그애는 나이로비로 돌아갈 것이었고, 차라리 그애가 이미 가버렸다고 생각하는 편이 덜 고통스러울 것이라고 생각했다. 내가 먼저 그애를 보지 않는 편이, 못 보게 되어버리는 편보다는 더 나을 거라고 생각했던 것이다.

한지가 생각날 때마다 나는 정원의 풀숲을 걸으며 지질시대 구분표를 암송했다. 하지만 그 암송도 한지에 대한 생각을 멈추게 할 수는 없었다. 그애는 지질시대의 모든 시기마다 숨쉬고 있었다. 지구가 처음 생겨났을 때에도, 지구에 단단한 지표면이 없었을 때에도, 육지 동물들이 나타나지 않았을 때에도, 그애는 그저 거기에 있었다. 내가 기억하는 한 그애는 영원 속에서 살아갈 것이다. 나는 그 사실을 받아들였다.

나는 정원 가장자리에 놓인 의자에 앉아 노트에 한지에게 하고 싶은 말을 써내려갔다. 처음에는 한국어로, 그다음에는 영어로 썼다. 철자법이 엉망진창이고 관사가 듬성듬성 빠진 영어로.

한지,

나는 지금 침묵의 집에 있어. 시간은 오후 다섯시이고 날씨는 조금 쌀쌀해.

오늘 저녁에 너는 다른 아이들과 함께 송별 모임을 할 거야. 거기서 누군가는 기타를 치며 노래할 테고, 또 누군가는 너와 함께 지냈던 시간을 추억하며 이야기하겠지. 너와 카로는 여기에서 지냈던 시간에 대해 이야기하고 모두에게 고맙다고 말할 거야. 나는 거기에 없을 테고 너는 내가 나타나지 않아 안심하겠지.

내일 너는 나이로비로 떠날 거고, 저녁 무렵에는 너의 집에서 가족을 만나게 될 거야. 레아는 널 보고 얼마나 기뻐할까. 그런 레아를 만날 너는 얼마나 행복할까. 너는 샤워를 하고 짐을 풀고 가족들과 함께 식사를 하겠지. 핸드폰으로 찍은 사진들을 가족들에게 보여주면서 여기에서는 좋은 일들만 있었다는 듯이 이야기할 거야. 그러면서도 마음속으로는 어디에도 가지 못하는 너희 가족들에게 미안해하겠지. 그래서 넌 가족에게 더 성실해질 테고, 머잖아 다시 동물병원에서 일을 시작하게 될 거야.

시간이 지나면 너는 조금 어리둥절해질 거야. 네가 한때 프랑스의 한 시골 마을에서 수도원 생활을 했고, 거기에서 조그마한 한국 여자애에게 네 이야기를 털어놓고 매일 만나 산책을 했다는 사실이 낯설게 느껴지게 될 거야. 그때가 되면 네가 내 인사를 피하고 내게 등을 돌린 이유도 옅어지겠지. 그때 나를 다시 생각한다면, 이미 나는 얼굴도 목소리도 사라진 사람이 되어 있을 거야. 나는 너의 인생에 아주 작은 흔적만을 남긴, 어쩌면 아무런 흔적도 남기지 못한, 너와 무관하게 살아가는 타인이 될 거야.

나도 언젠가는 너처럼 이곳을 떠나 내가 살던 곳으로 가게 되겠지. 다시 연구실에 출근을 하고, 암석을 상대하고, 일본과 중국의 동굴들로 출장을 떠날 거야. 나이에 걸맞은 옷과 표정을 걸치고서 누구와도 불화하지 않으려고 애를 쓰면서 아주 가끔씩, 지금의 시간들을 떠올리게 될 거야. 내가 가장 나다울 수 있었던 시간을. 그 시간 속의 너와 나를 기억할 거야.

내 적막한 마음에 함께 있어줘서 고마웠어.

한지,

네가 앞으로 살아갈 시간에 축복이 가득하길.

망각의 축복을, 순간순간마다 존재할 수 있는 힘을 낼 수 있기를.

영주

나는 그렇게 쓰고, 한국어를 영어로 옮겨 적은 페이지를 찢어서 버렸다. 나는 가방에 노트를 넣고 수도원으로 걸어갔다. 그 노트에는 그곳에서 지낸 일곱 달 동안의 시간이 하루도 빠지지 않고 한국어로 기록되어 있었다.

저녁 기도 시간이었다. 노래와 침묵, 다시 노래가 이어졌고 수사들은 예배당을 빠져나갔다. 한지는 봉사자석에 가만히 앉아서 예배당 기둥에 걸린 이콘을 보고 있었다. 얼마나 그러고 있었을까. 그애는 자리에서 일어나 예배당 앞쪽으로 걸어가더니 벽에 기대 눈을 감았다. 내가 마지막으로 보게 될 한지의 모습이었다. 나는 그애에게 다가갈 수 없었다.

사람들은 떠난다.

나는 자리에서 일어나서 예배당 밖으로 나갔다. 거기에 카로가 서 있었다.

"잘 가, 카로." 나는 카로의 귀에 대고 속삭였다.

"말하지 않아도 돼. 침묵 주간이잖아." 카로가 말했다.

나는 카로에게 쓴 엽서를 건넸다. 세 달간 고마웠고, 말하지 못했지만 너는 참 아름다운 사람이라는 이야기였다. 카로도 내게 엽서를 줬다. 나는 엽서를 가방에 넣고 카로에게 마지막 인사를 했다.

침묵의 집으로 가는 길에, 그곳에 음식을 배달하고 나오는 테오를 만났다. 나는 잠시 망설이다가 가방에서 노트를 꺼내서 테오에게 전했다.

"이걸 한지에게 전해줘. 이 노트는 한지 거야."

테오는 잠시 망설이다가 노트를 받아들었다.

"너는 한지가 나를 왜 피하는지 아니?" 내가 물었다.

테오는 고개를 저었다. 그애는 나를 미친 사람을 보듯 바라봤다.

"한지를 만나면 전해줄게. 걔는 내일 나이로비로 돌아가."

"알아."

"이따 송별회에는 안 올 거야?"

"나는 거기 안 가."

테오는 잠시 망설이다 말했다.

"내가 이런 말을 해도 될지 모르겠지만 너희가 끝까지 화해하지 못한 건…… 끔찍한 일이라고 생각해."

테오는 부정적인 감정을 표현할 때는 늘 '끔찍하다'라고 이야기했다. 그는 영어를 잘하지 못했고 특히 형용사를 많이 알지 못했다. 맛이 없는 음식도, 비가 많이 오는 날씨도, 자기의 여드름이나 곱슬머리도 그에게는 모두 '끔찍한' 것이었다. 그런데도 그애가 나와 한지의 관계에 대해 '끔찍하다'고 표현하자 그 말은 화살이 되어 내 정신을 관통했다.

관계가 이런 식으로 끝나버린 건 미화될 수 있는 일이 아니었다.

나는 천천히 걸어서 침묵의 집으로 향했다.

한지가 수도원에서 보낼 마지막 밤이었다. 나는 밤을 꼬박 새우고, 어둠 속에서 수도원 쪽으로 걸어갔다. 아침 일곱시 반 비행기였다. 아마 다섯시에는 떠날 거야, 라던 카로의 말을 기억하고 걸어갔지만, 이미 그애들이 탄 차는 떠나고 없었다. 그때는 몰랐지만, 나는 끝까지 용기를 내지 못했던 것 같다. 어쩔 수 없이 차를 놓쳐버렸어, 라고 말했지만, 그 말이 진실하지 않다는 것을, 깊은 마음은 알았을 것이다.

한지가 수도원을 떠나고 이틀 후에 나는 다시 숙소로 돌아왔다. 침묵의 집에 들어갈 때에는 여름옷 차림이었는데, 일주일 사이에 기온이 뚝 떨어져서 다들 후드티나 카디건을 걸치고 있었다. 제3세계에서 초대받은 봉사자들이 시나브로 모두 제 나라로 돌아가서 콜롬비아와 파라과이에서 온 아이들을 제외하고는 유럽 아이들밖에 남아 있지 않았다. 쉰다섯 명까지 불어났던 봉사자들이 삼 주 만에 열다섯 명으로 줄어든 것이었다. 늘 시끌벅적하던 거실은 황량해졌고, 아이들이 뜨개질을 하던 바닥에는 뜨개바늘과 털실만 굴러다녔다. 몇몇 애들은 이 변화를 받아들이지 못하고 차를 마시다가 훌쩍대기도 했다.

그 눈물에는 떠난 이들에 대한 감미로운 애정이 담겨 있었다. 다 큰 성인이 되어서 아무런 조건 없이 누군가를 좋아하고 생활을 함께했다는 행복. 그 지속될 수도, 반복될 수도 없는 시간 속에서 함께 존재했다는 행복. 그 눈물은 고독이 없었던 시간에 대한 애도였다.

그리고 노트는 다시 나에게로 왔다.

"한지는 이 노트를 받지 않았어. 이건 너에게 중요한 거라고 말하면서." 테오가 말했다. "일부러 읽어보려 한 건 아니었어. 하지만 노트를 우연히 펼쳐보니 전부 읽을 수 없는 문자로 적혀 있더라. 이게 한국의 알파벳이니?"

"응."

"한지가 이걸 읽을 수 있었어?"

"아니."

테오는 아무 표정도 읽을 수 없는 얼굴로 내게 노트를 건넸다.

이틀 후에 테오도 수도원을 떠났다. 나는 아직도 프랑스어 억양이 강했던 그애의 목소리를 기억한다. 테오는 한지와 내가 화해하지 못한 건 끔찍한 일이라고 말했었다. 우리가 서로에게 아주 나쁜 짓을 했다는 듯이. 그 말을 할 때 그애의 얼굴이 어떻게 일그러졌는지 나는 기억한다.

나는 노트를 둥그렇게 말아서 얼음을 캐낸 구멍 안에 넣고 깊이 밀어낸다. 노트는 별다른 저항 없이, 미끄러지듯 얼음 속으로 떨어진다. 그것은 적어도 일만 년간 썩지 않을 것이다. 나는 그 시간 동안 거듭해서 다시 태어나고 싶지 않다. 그 기억들이 나를 떠나 이 얼음에 붙기를.

레아의 얼굴.

괜찮아, 라는 말.

어둠 속에서 형체가 사라지던 몸과 가끔씩 깜빡이던 눈.

침묵하던 눈과 입.

검고 푸른 피부.

내게서 고개를 돌릴 때의 그 자연스럽지 않던 몸짓.

끝까지 그를 이해하지 못하는 내 단순함.

그 위로 흐르는 시간.

단절.

그 모든 것들, 얼음 속으로 떨어진다.

여기에 머물렀다 떠나간 많은 생명들처럼.

로버트 스콧처럼, 코노돈트처럼, 검치고양이처럼, 아르디피테

쿠스처럼,

　적막하고, 또 적막하게.

먼 곳에서 온 노래

봄학기 강의를 마치고 페테르부르크에 왔다. 미진 선배가 페테르부르크 대학원에 입학한 지 십 년 만에야 이 도시에 오게 된 것이다.

출국 전날 율랴에게 페이스북 메시지를 보냈다. 초록색 롱원피스를 입은 동양 여자가 보이면 나인 줄 알아달라고. '솔직히 내 눈에는 모든 사람이 다 똑같아 보이니까 율랴가 나를 찾아주세요'라고 부탁했다. 율랴는 입국 게이트에서 허둥대는 내 어깨를 잡고 웃어 보였다. 미진 선배가 보내오는 사진마다 선배 옆에서 별다른 미소 없이 카메라를 응시하던 폴란드 여자. 짙은 일자 눈썹, 회색 눈동자, 얇은 입술 때문에 꽤 차가운 얼굴로 기억했지만, 실제로 웃는 얼굴을 보니 마음이 놓였다.

주소만 알려주면 알아서 찾아갈 수 있다고 했는데도 율랴는 막무가내였다. '내가 가고 싶으니까 가는 거예요. 소은은 소중한 손님이니까. 그럴 수 있게 해주세요'라며 균이 마중을 나왔다.

"우리집에서 버스 타고 이십 분 정도 가면 미진 연구실이에요. 미진이 자주 가는 여름정원은 우리집에서 걸어다닐 수 있는 거리고. 미진이 좋아하는 베트남 음식점도 알려줄게요." 능숙한 영어는 아니었지만, 알아듣기 쉬운 발음으로 율랴는 천천히 말했다.

"그녀와 얼마나 같이 살았다고 했죠?"

"삼 년쯤. 내가 이 집에 들어오고 플랫메이트로 처음 구한 사람이 미진이었어요. 미진이 연구실 아파트로 들어가기 전까지 같이 살았으니까요."

플랫 건물은 미음자 모양이었다. 한국식으로 말하자면 복도식 아파트였는데, 도넛처럼 가운데가 뻥 뚫린 공간에 정원이 있었다. 율랴의 집은 그 건물 삼층에 있었다. 방 둘에 화장실 하나, 거실 하나, 세탁실 하나, 부엌 하나의 작은 공간이었다. 율랴는 현관문 앞에 신발을 벗어놓았다.

"미진과 함께 산 다음부터 집에선 신발을 벗어요. 습관이 되니 이게 편해서."

발바닥에 닿는 나무 바닥이 부드럽고 차가웠다.

"여기가 미진 방이었어요."

그녀가 방문을 열자 은은한 계피향이 났다. 싱글 침대 하나, 오크로 만든 커다란 책상 하나, 텅 빈 책장과 3단 장식장, 옷장 하나가 보였고, 커다란 창으로 늦은 저녁 햇살이 내려왔다.

"한동안 플랫메이트를 받지 않았어요. 이 방도 사람이 반가울 거예요. 필요한 거 있으면 언제든지 얘기하세요. 이제 여기가 소은 집입니다."

따뜻한 물로 샤워를 하고 미진 선배가 삼 년간 사용했을 침대에 누워 이불을 덮었다. 가만히 누워 미진 선배의 시선으로 벽과 천장을 응시했다. 잠을 이루지 못할 것 같았지만 바로 잠이 들어서 눈을 떠보니 이미 오전 열시였다. 모스크바 공항에서 여섯 시간 동안 환승 대기를 해서인지, 그 전날까지 학생들 시험지를 채점하느라 잠이 부족해서였는지, 율랴가 나가는 소리도 듣지 못한 채로 깊이 잔 것이었다. 부엌으로 가니 식탁에 토스트와 사과, 삶은 계란, 오렌지 마멀레이드가 있었다.

'냉장고에 우유와 주스가 있습니다. 커피메이커에 진한 커피가 있습니다. 즐거운 하루!'

율랴는 시내 지도에 현재 위치를 별 모양으로 표시하고, 지도 곳곳에 점을 찍은 뒤 설명을 달아놓았다. 미진의 연구실, 미진의 아파트, 베트남 음식점, 여름정원, 정교회 성당…… 그 옆에 몇 번 버스를 타야 하는지까지 적어놓았다.

*

미진 선배는 리넨 소재의 하늘색 선드레스를 입고 있었다. 헐렁

한 옷이 아닌데도 몸이 작아 자루를 뒤집어쓴 것 같았다. 그녀는 가느다란 담배를 한 손에 들고 골똘히 메뉴판을 들여다봤다. 짧고 가는 머리카락이 햇빛에 비쳐 반짝였다.

"나는 바닐라 아이스크림 먹을래. 너는?" 나도 같은 걸로 먹겠다고 하니 선배가 웨이터를 불러서 러시아어로 주문했다. 우리는 아이스크림을 먹으면서 서울과 페테르부르크의 날씨와 서로의 일에 대해 이야기했다.

"왜 이리 늦게 왔어? 금방이라도 놀러올 것처럼 얘기해놓고서."

"죄송해요."

"죄송하기는. 네가 덮어놓고 미안하다고 말할 때마다 무안해진다."

"정말 미안해서 미안하다고 하는 거예요."

"나는 지금이라도 네가 와줘서 좋기만 한데." 그렇게 말하는 선배의 얼굴 위로 나무 그림자가 일렁였다. 그 모습이 어느 때보다도 편안해 보였다.

"여기서 선배랑 있으니 마로니에 공원 담장이 생각나요. 담장 옆에 나무가 있었잖아요. 덕분에 여름에 그늘에 앉아 시원하게 공연할 수 있었고." 내 말에 선배의 얼굴에 부드러운 웃음이 퍼졌다. 처음 만났을 때 선배는 스물다섯 살, 노래패 고학번 선배였다.

우리는 매달 마지막 주 금요일 저녁에 마로니에 광장에서 공연을 했다. 마이크도, 스피커도 없이 그저 우리의 목소리만으로 노래했다. 광장의 나지막한 담장이 우리의 무대였다. 우리는 담장 위에 올라가 팔짱을 끼고, 가끔은 서로의 손을 잡고 흔들면서 노래를 불렀다. 차츰 어둠에 잠기는 공기 속에서 서로의 목소리가 섞이는 동안에는 자질구레한 생활로부터도, 몸으로부터도, 무거운 생각으로부터도 자유로워질 수 있었다. 살과 뼈가 점점 무게를 잃어가는 기분, 내 몸이 작은 열기로도 쉽게 상승할 수 있는, 속이 텅 빈 풍등이 된 기분이었다. 가는 끈만 끊어버리면 어디로든 날아갈 수 있어. 누구도 나를 속박할 수 없어. 그럴 때면, 내가 아마도 노래 부르기 위해서 태어난 것 같다고, 이렇게 노래하지 않고는 살아갈 수 없으리라는 확신이 들었다.

처음 야외 공연을 했던 4월의 저녁을 잊을 수 없다. 준비한 레퍼토리가 다 끝났을 때, 미진 선배가 계획에 없던 독창을 시작했다. 지나가던 사람들이 발걸음을 멈췄고, 나도, 다른 동기들도 선배 쪽으로 고개를 돌렸다. 맑고 여린 목소리에 강단이 있었고, 멜로디나 가사를 떠나서 목소리만의 이야기가 있었다. 선배의 노래가 날카롭고도 부드럽게 내 속으로 들어오자 내가 겨우 감추고 숨겨온, 모른 척하고 싶었던 내 속의 한 조각이 속수무책으로 떠올랐다. 그게 무엇인지는 정확히 몰랐지만, 선배의 노래는 나를 부끄럽게도, 슬프게도 했다. 선배의 가느다란 어깨를 두 손으로 누르고 그녀의 입술에 내 입술을 얹고 싶었다. 그 자그마한 입속으로, 어둠 속으로 흘러들어가고 싶었다. 어떻게든 선배의 세계에 한 발자국이라도 더 다가가고 싶었다. 선배와 가까워지기 전의 일이다.

우리는 여름정원을 함께 걸었다. 정수리 위로 따뜻한 햇살이 내렸다.

"러시아에서 살기 힘들지 않았어요?"

"처음에는 한국으로 가고 싶은 마음뿐이었어. 한국에서 학교 다닐 때는 똑똑한 축에 든다고 생각했는데, 여기 오니까 가장 뒤처지는 축이었지. 그게 당황스러웠어. 언어가 안 됐으니까. 율랴를 만나지 않았으면 중도에 포기했을 거야. 걔가 날 많이 도와줬어. 우린 여러모로 비슷했지. 성격이 불같은 것도." 선배의 창백한 팔 위로 푸른 정맥이 도드라졌다.

"가끔 햇빛도 좀 보고 그래요. 걸어다니는 백설기도 아니고." 내가 타박하자 "백설기 먹고 싶다" 하고 선배가 길게 하품을 하면서 중얼거렸다.

"그런데 너는 왜 아직도 나한테 말 안 놔? 수현이 같은 애들한테는 언니, 언니 하면서 반말하잖아." 강변까지 걸어갔을 때 선배가 물었다.

"모르겠어요. 그때는 학번 차이도 많이 나고, 선배가 저에게는 큰사람이었거든요. 어른처럼 보여서 함부로 말 놓고 그럴 수가 없었어요. 선배가 다감한 사람도 아니었잖아요."

다른 선배들은 나를 귀한 새내기로 대접해줬지만 미진 선배만은 예외였다. 선배는 내게 먼저 말을 걸지도 않았고, 내가 동아리방에 들어가면 안녕, 다음에 보자, 같은 말도 없이 가방을 싸서 밖으로 나가버렸다. 길을 걷다 마주쳐서 인사를 건네면 굳은 얼굴로 가벼운 목례만 하고 나를 피하듯이 걸어갔다. 시간이 지나고 나서 선배가 어떤 사람인지 알게 되었을 때, 나는 선배의 그런 행동이 그저 낯가림 심하고 말주변 없는 사람의 최선이라는 것을 이해했다.

"선배 그때 왜 그랬어요?" 내가 묻자 선배는 쑥스럽게 웃어 보였다. 내가 오래도록 사랑하고 미워하고 오해했던 선배의 얼굴. 우리는 한동안 말없이 벤치에 앉아 네바 강 위로 일렁이는 햇살을 바라봤다.

*

"미진 잘 만나고 왔어요?" 율랴가 물었다.

"네. 연구실 근처에 갔다가 여름정원에 들러서 강변까지 걸어갔다 왔어요."

자그마한 체구의 동양 여자가 메뉴판을 들고 와서 율랴와 러시아 말로 대화를 나눴다.

"누구냐고 묻네요. 미진 동생이냐고. 그래서 미진 친구라고 말했어요. 어제 서울에서 왔다고." 여자가 나를 보며 러시아 말로 이런저런 이야기를 했다. "미진과 닮아서 가족인 줄 알았대요. 페테르부르크 여행 잘하라고, 밤에는 지하철 타지 말라고. 위험하대요." 나는 고맙다는 말을 러시아 말로 전했다. 볶음국수와 스프링롤을 먹고 우리는 천천히 율랴의 플랫으로 걸어갔다.

"이젠 미진과 왜 싸웠는지도 기억이 잘 안 나요." 율랴가 말했다. "상처될 말 실컷 해놓고, 눈앞에서 그녀가 죽어도 눈물 한 방울 안 흘릴 자신 있다고 생각할 정도로 증오한 적도 있었어요. 이민 가방에 짐을 싸는 그녀더러 빨리 내 집에서 나가라고 소리쳤어요." 율랴는 거기까지 말하고는 목이 메어 말을 잇지 못했다.

"그럴 수 있어요. 누구나 그럴 수 있어요, 율랴. 그녀가 저더러 말했어요. 율랴 덕분에 러시아에 정착할 수 있었다고. 몇 번이나 그 말을 했어요. 정말 고맙다고." 그 말을 듣고 율랴는 희미하게 웃어 보였다.

"둘 다 모국어가 아닌 러시아어로 의사소통을 하다보니 오해가 많았어요. 문화도 달라서 미진이 농담이라고 한 말이 나에게는 모욕처럼 느껴진 적도 있었지요. 그건 미진도 마찬가지였을 겁니다. 둘 다 의지할 데가 없는 처지여서 날마다 붙어다녔어요. 그러다보니 기대하게 되고 그만큼이나 실망하게 된 것 같아요. 아무리 애를 써도 마지막에 왜 그렇게 싸웠는지 기억이 잘 안 나요. 작은 싸움들이 쌓여서 그렇게 된 것 같기는 한데, 왜 기억나지도 않을 일로 그녀를 그렇게 몰아세웠는지 모르겠어요."

"그녀도 그녀 나름대로 당신에게 미안한 게 많을 거예요. 나도 그녀를 알아요, 율랴. 다혈질이잖아요. 감정을 꾸며 말할 줄도 모르고."

"맞아요, 맞아." 율랴가 활짝 웃으며 고개를 끄덕였다. "힘든 일이 많았을 거예요. 한국어랑 러시아어는 완전히 다른 말이니까. 폴란드 사람이 러시아어를 배우는 거랑은 차원이 다른 문제였겠지요. 늦은 나이에 시작해서 더 어려웠을 테고, 자존심도 셌으니까. 그때는 그 자존심이 그렇게나 거슬렸는데 지금 생각해보면 그것 때문에 그녀를 좋아했던 것 같아요."

이번에는 내가 고개를 끄덕였다. 우리는 율랴의 부엌 식탁에서 오렌지주스에 탄 보드카를 몇 잔 나눠 마셨다. 대화가 자주 끊겼고, 우리는 서로 다른 곳을 바라보며 말을 이었다.

"넌 아무것도 아니야." 율랴가 말했다. "소은은 그런 얘기 들어본 적 있어요? 난 어릴 때부터 그런 이야기 자주 들었어요. 넌 아무것도 아니야. 다른 누구도 아닌 아버지가 그렇게 말하는 겁니다." 그녀는 벽에 걸린 말린 꽃을 가만히 바라보며 말했다. "소은. 어린애들은요, 어른이 한 말을 다 진짜로 믿고 받아들여요. 평생 동안 그 말과 함께 살아가는 거지요. 너는 아무것도 아니야. 너는 아무것도 아니야. 아버지가 내게 말했어요. 너는 쓸모없는 계집애야. 덩치만 큰 계집애. 눈에 띄고 싶지 않았는데도 자꾸만 몸이 커졌습니다. 웅크리면 조금이라도 작아 보일까 해서 구부정하게 다

넜지만 소용없었어요. 사라지고만 싶었습니다. 러시아 남자가 청혼했을 때, 도망치듯 그와 결혼해서 여기로 온 건 그런 이유였지요. 그가 나를 무시하고 이유 없이 욕을 해도 그 사람을 떠날 수가 없었어요. 아무것도 아닌 나와 결혼까지 해준 사람이라고 생각했었나봅니다." 율랴의 얼굴에 씁쓸한 미소가 어렸다.

"그와 헤어지고 정신 못 차리고 있을 때 미진이 집을 보러 왔어요. 같이 살기로 하고, 밤마다 이 식탁에 앉아 이야기했지요. 미진이 러시아에 온 지 일 년밖에 안 돼 어려운 점이 많을 때였습니다. 내게 도움을 청할 때마다 기꺼이 들어줬어요. 같이 이민국에도 가고 학교에도 가고, 미진이 러시아 말로 설명하지 못하는 부분을 대변인처럼 말해주고. 미진은 내게 고마워했어요. 나중에 생각해보니 그때 나는 나보다 약한 누군가를 도와주는 내 모습을 좋아했던 것 같아요. 말로는 친구라고 하면서도 내가 미진보다 더 위에 있는 사람이라고 생각했어요. 너는 나 없이 아무것도 못해, 라고. 미진이 점점 더 러시아 말을 잘하게 될수록, 저의 도움이 필요 없어질수록, 매력적인 친구들과 어울릴수록 미진에게 화가 났습니다. 미진이 내게 이렇게 말하는 것 같았어요. 넌 아무것도 아니야. 넌 아무것도 아니야. 그게 날 견딜 수 없게 하더군요. 이타심인 줄 알았던 마음이 결국은 이기심이었다는 걸 깨닫게 된 건 미진이 떠난 이후였습니다."

*

도스토옙스키 생가 앞에서 선배를 보았다. 선배는 군청색 반바지에 흰 라운드넥 티셔츠를 입고 검은 배낭을 멘 채 벽에 기대 있었다. 바람이 불었고, 그때마다 머리칼에 가려진 선배의 얼굴이 드러났다. 얼굴에 깃든 표정이 아이 같았다.

우리는 아무 대화도 나누지 않고 조용히 도스토옙스키의 집 안을 걸어다녔다. 탁상시계는 그가 죽었던 시각에 맞추어 멈춰 있었고, 벽에는 그가 그린 그의 자녀들 초상이 붙어 있었다. 그가 평생을 빠져 지냈던 룰렛 기구가 전시된 곳도 있었다. 선배는 아무 말 없이 도스토옙스키의 집기를 손가락으로 가리키다, 나를 한 번 보다 했다. 그의 초상화 앞에서 우리 둘은 한참 서 있었다. 우리가 함께 살 때, 선배의 책상 위에 있던 그 초상화였다. 도스토옙스키는 학번 차이도 많이 나고, 자의식이 강하고 예민해서 사람을 쉽게 사귀지 못했던 우리 둘을 친구라는 이름으로 묶어줬다.

선배가 도스토옙스키의 소설을 공부하러 러시아로 간다고 했을 때, 나는 선배가 다시는 한국으로 돌아오지 않으리라는 것을 직감했다. 길어봤자 칠 년 안에는 끝날 거라고는 했지만, 그 말이 말 그대로 들리지 않았다. 언제고 선배를 다시 볼 수 있다고 되뇌면서도 마음 깊은 곳에서는 이것으로 끝이라고 생각했다.

우리는 선배가 러시아에 가기 직전까지 삼 년을 같이 살았다.

선배가 집을 나가기 전날, 아르바이트비를 크게 헐어서 장을 보고 선배가 좋아하던 음식을 만들었던 일이 생각난다. 고기가 들어가지 않은 만두, 김밥, 콩나물국, 잡채, 두부샐러드에 고구마맛탕, 수박화채를 만들어 상에 내놓았다. 커다란 김밥을 입안에 넣고 우물거리는 선배를 보면서 이 사람이 타국에 가서 밥도 제대로 못 먹고 다니지는 않을지 걱정했던 기억이 난다. 선배가 떠난 텅 빈 방에 앉아 남은 잡채를 꾸역꾸역 먹으면서도 나는 울지 않았다. 슬픔을 느낄 수 없었다. 그저, 고기도 못 먹는 사람이 러시아에 가서 뭘 먹고 다닐지 막막하게 걱정했을 뿐이다. 그런 그럴듯한 걱정으로 나의 깊은 상심과 슬픔을 덮고 속이는 일에 나는 익숙했다.

5월 축제 기간까지도 선배와 직접적으로 대화한 적은 없었다. 노래패 사람들과 같이 밥을 먹으러 가게 되면 선배는 나와 꼭 다른 테이블에 앉았고, 홈커밍데이 때도 마찬가지였다.

홈커밍데이가 끝나고 뒤풀이를 하러 들어간 술집 지하에서 선배는 내 옆 테이블, 대각선 방향에 앉아 있었다. 선배 옆에 앉고 싶었지만 술집에 들어가는 순서대로 앉다보니 얼떨결에 80~90년대 학번 선배들 사이에 끼어 앉게 됐다. 내 앞에는 한눈에도 피곤해 보이는 선배 둘이 앉아 있었다. 피곤한 얼굴에서 이 자리에 대한 불만이 보였다.

"02학번이라고?" 그중 곱슬머리 선배가 물었다. 내가 고개를 끄덕이자 그는 주머니에서 명함을 하나 꺼냈다. 명함에는 '변리사 신경석'이라고 적혀 있었다. "난 86학번이야." 그 말을 하면서 그는 나를 뜯어보듯 바라봤다. 무안해진 내가 눈길을 피하다 다시 그를 봤을 때도 그는 시선을 거두지 않은 채였다. 무안함이 불쾌함으로 변하는 데는 많은 시간이 걸리지 않았다.

"새내기가 얼굴이 왜 그렇게 어두워? 너도 국문과라며? 나, 국문과 95학번이야. 이름은 김연숙." 변리사 선배 옆에 앉아 있던 여자 선배가 명함을 건네며 말했다. 그녀는 K신문 기자였다.

그날, 술자리의 분위기는 처음부터 이상했던 것 같다. 졸업생 선배들은 술을 빨리 마셨고 자기들끼리 날 선 농담을 주고받았다. 농담이 아니라 공격 같다고 느껴질 정도였지만, 말투나 분위기를 봐서 이해한 것이지 선배들이 주고받는 대화의 내용을 알아들은 건 아니었다. 노선이니 NL이니 PD니, 배반이니 하는 말들을. 나중에는 서로 쌍욕까지 섞어가면서 빈정대기 시작했는데, 99학번 선배들이 뜯어말려야 할 정도로 분위기가 격해졌다. 우리 테이블 선배들은 대수롭지도 않다는 듯 신경도 쓰지 않았다.

"원래 우리 노래패에 기 센 애들이 많이 들어와. 말도 많고 탈도 많고 술만 마시면 치고받고 싸우고." 기자 선배가 소리치듯이 말했다. "여기 너무 시끄럽지 않아요, 선배? 말을 하는 건지 소리를 치는 건지."

스피커에서 에미넴의 랩이 큰 소리로 흘러나오고 있었다.

"누가 뒤풀이 장소를 이런 데로 정했는지. 다른 애들도 아니고 노래패 애들이." 변리사 선배의 시선이 내 손에 머물렀다. 살구색 매니큐어가 칠해진 손톱을 그는 찬찬히 훑었다. 못마땅해 보이는 표정이었다. "예전에는 대학생이라면 지성인이었어. 요즘 애들, 머리에 물이나 들이고 손톱칠이나 하고 대중문화에 찌들어서 지들 선배들이 이룬 게 얼마나 대단한 건지도 모르지." 그는 벽에 등을 기대고 담배를 피웠다. 그와 기자 선배가 대화를 나눌 동안 나는 미진 선배를 바라봤다. 처음으로 미진 선배는 내 시선을 피하지 않았고, 나를 지지하는 눈빛을 보내줬다. 적어도 나는 선배의 눈빛을 그렇게 기억한다.

"야, 영재야. 사장한테 여기 노랫소리 좀 줄여달라고 해봐. 머리 아프다." 기자 선배가 내 옆에 앉은 99학번 선배에게 소리쳤다. 노랫소리가 줄어들자 소주를 연거푸 마신 변리사 선배가 후념하기 시작했다.

"내가 언제 선배 대접을 바랐냐? 난 그저 우리 노래패가 건강하게 이어지길 바랐을 뿐이야. 근데 이게 무슨 꼴이냐? 너네 동아리, 내가 볼 땐 미래가 없어, 미래가."

99학번 선배는 연신 선배들의 빈 잔에 소주를 채워넣으면서 변리사 선배의 말에 고개를 끄덕이고 있었다. 기자 선배가 그 말에 맞장구쳤다.

"그러게 말이에요, 형. 우리 학교 여자애들 보셨어요? 계집애들처럼 몰려다니면서 선배보고 오빠라고 하질 않나. 우리 노래패도 단단하게 이끌어줄 남자애들이 안 들어와서 결국 이렇게 된 것 같아요. 나도 여자지만 여자애들, 뭉칠 줄도 모르고 도무지 조직이라는 걸 이해 못하잖아요." 그 말을 끝낸 기자 선배가 나를 쏘아봤다. "소은이라고 했나?" 내가 고개를 끄덕이자 그녀가 말을 이었다. "너도, 우리 후배라면 그런 여성적인 태도는 좀 버려야 할 것 같다? 말투도 그렇고 옷차림도 그렇고…… 나도 여자지만, 사회에 나와보면 참 융화가 안 되는 여자들이 많아. 툭하면 삐지고, 불평불만에. 남자들은 안 그러거든. 우리 대학 여자들이 좋다는 게 뭐야. 제3의 성이잖아. 여자지만 다른 여자들의 열등함은 지양해야지. 네 선배니까 말해주는 거지 누가 너한테 이런 말 해주겠니? 이렇게 말해주는 사람 없으면 사회 나가서 욕먹는다, 너."

밝은 갈색으로 염색한 머리칼, 매니큐어가 칠해진 손톱, 가는 목소리, 낯가리고 내성적인 성격, 여자라는 성별까지…… 그 자리에 앉아 나는 나의 모든 것이 부정당하는 기분에 사로잡혔다.

"뭐야, 기분 나빠? 표정이 왜 그래?" 기자 선배의 물음에 나는 대답 없이 미진 선배를 바라봤다. 미진 선배는 나를 향해 엷게 웃어 보였다. 입은 웃고 있었지만 눈에서는 차가운 분노가 읽혔다.

"남자애들이 편하기야 하지. 우리 때는 후배가 마음에 안 들면 세워놓고 빠따로 두들겨 팼어. 그게 다 교육이었지." 변리사 선배가 입을 열었다.

"지랄." 미진 선배였다.

"너 지금 뭐라고 했어?" 변리사 선배가 낮은 소리로 물었다.

"지랄이라고 했습니다." 선배의 대답에 그때까지도 말싸움을 하던 옆옆 테이블 선배들도 우리 쪽을 보고 조용해졌다. 하, 변리사 선배가 헛웃음을 터뜨렸다.

"어디서 하늘 같은 선배한테."

"말도 못합니까." 그 말을 하는 미진 선배의 얼굴에 묘한 미소가 어려 있었다.

"미진아, 경석 형이 새내기 예뻐서 좋은 말씀 해주시는 거잖아. 형, 아시잖아요, 쟤 좀 예민한 거. 미진아, 사과드려. 경석 형께, 다른 형들께도 사과드려." 기자 선배가 미진 선배의 팔을 붙잡았다.

"이거 놓으세요." 미진 선배가 기자 선배의 손을 뿌리쳤다. "학번이 벼슬입니까? 해마다 나타나서 제일 어리고 만만한 여자애 붙잡고서 주정하는 인간도 제 선배입니까? 신경석씨, 민주주의 사랑한다고 하셨어요? 이 작은 집단에서도 자기보다 약한 사람 위에 서야 후련한 사람이 무슨 민주주의 운운이에요. 당신 같은 사람은 차라리 독재가 편할 거야. 인간이 평등하다는 개념 자체를 이해하지 못하잖아요, 솔직히. 씨발, 이 더러운 꼴을 꼭 쟤한테까지 보여야 합니까? 전 이제 그러기 싫어요, 싫습니다."

"넌 항상 이렇게 감정적이었어. 그게 네 약점이고, 그거 극복 못하면 너 사회생활 못해." 기자 선배가 말했다.

"김연숙씨나 잘하세요. 여자인 게 그렇게 부끄럽고 괴로운 일이었어요? 여자들은 감정적이고, 분란 일으키고, 이기적이어서 조직 배반하기 쉽고, 여자의 적은 여자고. 그런 자기부정이 김연숙씨가 말하는 건강함이었습니까? 여자 후배들 앞에서 부끄러운 줄 아세요." 그렇게 말하는 선배의 목소리는 심하게 떨리고 있었다. 선배는 떨리는 손으로 가방을 들고 나갔다. 나도 부랴부랴 책가방을 메고 선배를 따랐다.

길가로 나가니 선배는 이미 로터리 쪽 횡단보도 앞에 서 있었다.

"미진 선배."

선배는 고개를 돌리지 않았다.

"선배."

앞으로 가서 그녀의 얼굴을 올려다봤다. 선배는 이상한 표정으로 웃고 있었는데, 자세히 보니 웃는 게 아니라 우는 얼굴이었다. 책가방에서 휴지를 꺼내 건넸다. 선배는 휴지로 눈물을 닦고 길을 건너 앞으로 걸어갔다. 울고 있는 줄 알았더라면 말을 걸지 않았을 텐데. 의도하지 않았지만 선배의 기분을 상하게 한 것만 같아서 마음이 좋지 않았다.

시간이 지나고 나서야, 나는 선배가 우리 노래패의 학생운동 전통을 끊었다고 비난받는다는 사실을 알게 됐다. 이미 생명력을 잃어가고 있던 학생운동이 급속도로 무너지던 시기에 선배는 노래패 생활을 했다. 엄격한 선후배 문화, 남학생 중심으로 운영되는 집행부, 상명하복식 문화에 선배는 하나하나 문제제기를 했고 기존 구성원들은 그런 선배에게 질려버렸다. '형들'이 물려주신 전통을 하나가 되어 지켜나가기도 어려운 상황에서 자신들이 보기에는 문젯거리도 아닌 일을 붙잡고 기존의 운동 방식까지 비판하는 그녀를 고운 눈으로 봐주는 사람은 드물었다고 한다. 개인의 자율적 선택과 평등한 관계맺음, 여성주의 교육을 주장하는 선배가 동아리를 떠나주기를 바라는 사람도 있었다. 절이 싫으면 중이 떠나면 되지 않느냐는 식의 말을 들으면서도 선배는 동아리에 붙어 있었다.

지금 생각해보면 고집불통에 독한 인간이라는 소리를 듣던 선배도 고작 이십대 초반이었을 뿐이다. 여러 사람의 미움을 견디기로 마음먹었다고 하더라도 상처받을 수밖에 없었겠지. 자신을 지지하고 인정해주는 동료가 없는 내부에서의 투쟁이란 대체 얼마만큼의 용기가 필요한 일이었을까. 그날 로터리 횡단보도 앞에서 스물다섯 선배가 흘렸던 눈물은 분노가 아니라 그때까지 누적된 외로움이었는지도 모른다.

"아마 선배가 러시아 가고 나서 세 달 뒤였을 거예요. 노래패 문 닫은 게."

"그랬던 것 같다." 선배가 답했다.

"대놓고 우리를 책망한 선배도 있었어요. 대부분은 실망한 내색도 안 했지만. 그 사람들의 추억이 담긴 공간을, 제가 너무 손쉽게 없애버린 것 같았어요."

"어쩔 수 없었지. 그건 어쩔 수 없는 일이었어. 세상이 변했으니까." 선배는 바지 주머니에 손을 넣고 자기 그림자를 바라보고 있었다. 우리는 도스토옙스키 생가 뒤편 골목을 천천히 걸었다.

"5월의 광주에서 어떤 일이 있었는지, 우리가 사는 사회가 얼마나 병들었는지 대학에 와서야 토론할 수 있게 된 스물, 스물하나의 아이들이 그게 너무 아프고 괴로워 노래를 불렀어. 어떤 선배들은 노래가 교육의 도구이자 의식화의 수단이라고 했지만, 나는 우리 노래가 스스로에 대한 다짐이었다고 생각해. 나만은 어둠을 따라 살지 말자는 다짐. 함께 노래 부를 수 있는 행복. 그것만으로 충분했다고 생각해. 나는 우리가 부르는 노래가 조회시간에 태극기 앞에서 부르는 애국가 같은 게 아니길 바랐어."

선배의 목소리가 작게 떨렸다. 진심을 말할 때, 선배의 목소리는 언제나 조금씩 떨렸다. 선배는 말할 때 감정이 배어나오는 나약한 습관을 고치고 싶다고 말했었다. 마음이 약해질 때 목소리가 떨리는 버릇, 사람들과 잘 섞이지 못하는 성격, 느리게 걷고 느리게 먹고 느리게 읽는 기질, 둔한 운동신경, 사람들의 말과 행동에서 백 가지 의미를 찾아내 되새김질하는 예민함 같은 것들을 선배는 부끄러워했다. 그런 약점들을 이겨내고 새로운 사람이 되어야 한다는 말을 하기도 했다. 선배가 생각했던 자신의 장점이 무엇인지는 모르지만, 나는 선배가 스스로 약점이라고 여겼던 것들을 사랑했고, 무엇보다도 그것들 덕분에 자주 웃었다.

정교회 성당에 거의 다다랐을 때 갑자기 소나기가 내려서 성당 맞은편 카페로 들어갔다. 해가 쨍쨍할 때는 땀이 날 정도로 더웠는데, 비를 맞고 서늘한 실내에 들어서니 한기가 들었다.

"글은 잘돼가?"

"잘 안 되고, 무섭고."

"뭐가 무서워."

"한 번만 실수해도 기회를 영영 잃을 수 있으니까. 가장 두려운 건 변명도 못할 만큼 나쁜 작품을 쓰는 거예요." 얼마 전, 망친 소설을 발표하고 부끄럽고 두려워 울지도 못했던 일이 떠올랐다. 인터넷에는 바로 악평이 올라왔고, 그 단정적인 평가는 글을 쓰는 내게 달라붙어서 너는 여기서 조금도 나아질 수 없으리라고 말했다. 매 발표마다 적어도 안타를 쳐야 한다는 친구의 말이 떠올랐다. 나 나름대로 성실하게 책상에 앉아 있었지만 결과가 파울이면 아무런 변명을 할 수가 없었다. 공을 치기 전까지 내 공이 어디로 갈지 모른다는 생각이 나를 얼어붙게 했다.

"네가 보여줬던 소설 생각난다. 나 러시아 가기 전에."

"선배가 그거 보고 관두라고 했었죠. 굳이 어려운 길 찾아가지 말라고, 편하게 살라고. 자기는 19세기 소설 공부한다고 러시아로

가면서.” 내가 웃었다.

“네가 쓰는 글에 내가 나오니?”

“무슨 글을 쓰든 선배를 생각했어요. 잘 살펴봐요. 다 자기잖아.”

“건강은 어때?”

“이제 약 없이도 지내요. 햇빛 많이 보고, 잠 많이 자고. 이제 정말 괜찮아.”

내가 많이 아팠을 때 선배는 거의 매일 내게 메일을 보내왔다. 약이 잘 듣지 않아요, 라고 메일을 쓰면 나도 그 약을 먹고 이겨낸 사람 알아, 프로작은 좋은 약이야, 효과가 더디게 나타나는 경우가 있대, 라고 바로 답했다. 내가 메일을 확인하지 않으면 선배는 국제전화를 했다. 소은아, 라는 말 한마디에 참지 못하고 울기만 한 적도 있었고, 회복할 수 있다는 말에 그런 번지르르한 소리 할 거면 전화 끊으라고 덜덜 떨며 화를 낸 적도 있었다.

나는 내 병을 지독한 구취로 기억한다. 아무리 이를 닦고 샤워해도 그 냄새가 몸에서 떠나질 않았다. 아침에 침대에서 몸을 일으키기 힘들었고, 화장실까지 걸어가는 일이 불가능하게 느껴졌던 때도 있었다. 스스로에게 잔인하리만치 근면했던 삶의 태도도 그 병 앞에서는 일말의 도움이 되지 않았다. 샤워하고 머리 말리고 옷 입고 밖으로 나가는 것만으로도 하루치의 체력과 정신력이 소진되었다. 나는 내 몸의 주인이 아니었다.

병원 복도 창밖으로는 길 건너 마로니에 공원이 보였다. 마로니에 공원 담벼락 위에 앉아 여한 없이 노래를 부르던 스물, 스물하나의 나와, 약물 부작용으로 가만히 서 있다가도 무릎이 꺾여 주저앉는 스물넷의 내가 같은 사람인가. 마로니에 공원에서 노래를 부르던 기억, 그 노랫소리, 웃음을 나는 잃었다. 실수로 꼬리 칸을 자르고 앞으로 달려가는 기차처럼, 예전에 내가 나라고 알던 사람을 나는 잃어버렸다. 스물의 나는 스물넷의 나로부터 완벽하게 분리되어 내가 다시는 돌아갈 수 없는 어두운 레일 위에 우두커니 남겨졌다.

선배도 러시아에서 적응하느라 힘든 시기였지만 나에게 선배의 어려움은 말 그대로 남의 일일 뿐이었다. 세상 제일 아프고 괴로운 건 나였으니까, 내 눈에는 내 고통 말고는 아무것도 보이지 않았다. 그 이기심에는 선배에 대한 사랑뿐 아니라 나에 대한 사랑도 없었던 것 같다. 당시의 나는 사랑할 수 있는 힘이 없었다. 그런 나를 그치지 않고 사랑해준 선배에게 이제 와서 어떤 말을 해야 마땅할지 나는 알지 못했다.

*

성당 안에서는 미사가 진행중이었다. 회중석이 없는 정교회 성당이어서 거동이 불편한 이들 몇 명만 벽에 붙은 의자에 앉아 있었고, 다른 신자들은 모두 서서 미사를 봤다. 선창자가 노래를 시작하면 나머지 신자들도 함께 노래 불렀다. 작은 성당인데도 천장의 돔 때문에 노랫소리가 깊게 울렸다. 선배는 맨 뒤에 서서 신자들과 함께 미사곡을 불렀다. 고스포디 포밀루이, 고스포디 포밀루이, 고스포디 포밀루이. 정교회 신자도 아닌 선배가 어떻게 미사곡을 부를 수 있는지 의아했지만, 그들의 목소리 속에 선배의 목소리가 섞여 내 마음을 두드렸다. 우리를 불쌍히 여기소서, 우리에게 자비를 주소서. 선배는 내게 가까이 붙어 노래를 불렀다. 천둥 치는 소리, 굵은 빗줄기가 성당 지붕을 두드리며 떨어져내리는 소리가 들렸다. 고스포디 포밀루이, 고스포디 포밀루이, 고스포디 포밀루이. 나도 사람들을 따라 더듬더듬 그 노래를 불렀다. 선배와 내 목소리가 그 울림 속으로 아무렇지 않게 섞여들어갔다.

비가 그치고 성당을 나와서 우리는 폰탄카 운하까지 걸어갔다. 관광객들을 태운 유람선이 지나갔고, 우리는 서로를 향해 손을 흔들었다. 왜 배를 탄 사람들은 육지의 사람들에게 손을 흔드는 걸까. 우리는 운하 근처의 작은 담 위에 앉아서 운하의 맞은편, 이삭 대성당의 금빛 돔을 구경했다. 길가의 가로등이 켜지고, 지나가는 유람선도 전구의 불빛을 켰다.

"네가 다시는 그렇게 고통받지 않았으면 좋겠다." 선배가 말했다. "네가 인생을 너무 심각하게 살지 않았으면 좋겠어. 마음대로 되는 일이 아니라고 해도, 적어도 네가 노래를 부를 수 있는 사람이라는 걸 잊지 않았으면 좋겠어. 내가 너에게 해줄 수 있는 일은 없지만, 소은아." 선배는 선배가 가장 좋아하던 노래를 부르기 시작했다. 나를 슬프게도, 부끄럽게도 했던 목소리로. 나를 보며 노래를 부르는 선배의 얼굴이 예전처럼 환하게 빛났다.

선배는, 지금의 내 나이가 되지 못했다.

노래가 끝나고, 사람들의 박수 소리가 들렸다. 나는 카세트를 끄고, 귀에서 이어폰을 뺐다. 자동차가 지나가는 소리, 멀리에서 누군가 폭죽놀이를 하는 소리가 들렸다. 가로등 불빛이 운하 위로 흘러내렸다.

선배의 심장은 2009년 여름밤, 아무 이유 없이 정지했다. 논문 심사를 앞두고 있었고, 평소 만성적으로 피로했던 것을 제외하고는 특별한 건강상의 문제도 없었다. 서른두 살의 객사였다. 순간적인 심장마비로 사망했으므로 아무 고통도 없었으리라고 의사는 말했다고 한다. 고통 없는 죽음이었다는 사실이 아무런 위안이 될 수 없을 만큼 선배의 죽음은 많은 사람들에게 상처를 남겼다. 선배는 적이 많은 사람이었다. 선배의 이름을 말하는 것만으로도 치를 떨고 선배를 미워했던 사람들이 하나둘씩 장례식장에 와서 고개를 떨궜다.

내 손에는 율랴가 준 선배의 사진 몇 장이 들려 있었다. 여름정원에서 아이스크림을 먹는 선배, 네바 강변 벤치에 앉아 눈을 감고 웃고 있는 선배, 도스토옙스키 생가 벽에 기대어 율랴를 기다리는 선배, 어느 카페 테라스에 앉아 무언가 말하려는 듯한 선배, 폰탄카 운하 옆 길가에 서서 유람선을 탄 관광객들에게 웃으며 손을 흔드는 선배. 율랴의 시선으로 본 선배의 모습을 나는 이리저리로 좇았다.

잘 가요, 선배. 나는 언젠가 횡단보도 앞에 서서 어떻게든 눈물을 참으려던 선배의 얼굴을 떠올렸고, 선배를 보내고 나 또한 그 얼굴로 살아왔다는 것을 깨달았다. 최대한 무미건조한 인간이 되기를 바랐던 마음도.

안녕, 소은아. 선배를 마지막으로 만났던 날, 나에게 인사하는 선배에게 나는 웃어주지 못했다. 인생을 너무 심각하게 살지 말라는 선배의 말이 나를 어린아이 취급하는 잔소리처럼 들렸다. 내가 겨우 병에서 벗어나고 있을 때, 무리를 해서 한국에 왔던 선배에게 나는 고맙다는 말조차 하지 않았다. 선배는 언제나 어른스러운 사람이고, 나는 미숙한데다 아프기까지 한 덜떨어진 인간이라는 자격지심 때문이었다. 선배의 애정 없이는 그 시간을 건너올 수 없었다는 것을 머리로는 알고 있었으면서도 그랬다.

나에 대한 선배의 끝없는 관심과 조언이 고마웠지만 그 고마움만큼이나 불쾌감도 커졌다. 선배가 '나'의 테두리를 짓밟고, '나'라는 공간을 무례하게 침입하는 것 같았다. 선배는 멀리에 있으면서도 내게 너무 가까웠다. 나는 나의 가장 추한 얼굴까지도 거부하지 않는 선배의 마음을 견딜 수 없었다. 나는 애초부터 사랑받는 것을 두려워하는 인간이었으니까.

*

"이런 얘기 하면 이상하겠지만," 율랴가 말문을 열었다.

"내가 미진을 처음 만났을 때, 그녀는 유학 온 걸 후회한다고 했어요. 자기가 떠나고 얼마 지나지 않아 같이 살던 친구가 아프게 됐다고. 저는 그건 그녀 탓이 아니라고 했지만 그녀는 자책했습니다. 버스비 아끼고, 외식도 최대한 하지 않으려고 하고, 돈을 모아 뭘 하려나 했더니 어떻게든 방학에 한국에 들어가려고 그랬다더군요. 그냥 친구 만나서 밥도 해주고, 이야기도 들어주고, 곁에 있어야겠다는 생각만 들었대요. 한국에 다녀오더니 친구가 많이 좋아졌다고, 그 좋아진 모습 보고 돌아와서 마음이 덜 힘들다고 했습니다. 그 친구가 소은이지요?"

나는 고개를 끄덕였다. 나아지는 중이기는 했지만 나는 그때까지도 엄연한 환자였고, 웃는 얼굴로 선배를 대할 수가 없었다. 다음 여름에는 페테르부르크로 놀러오라는 선배의 말에 나는 아무 대답도 하지 않았다.

"미진이 저에 대해서는 뭐라고 했어요?" 율랴가 물었다.

"율랴 당신이 특별하다고 했어요. 당신이 미진을 도와줘서도 아니고, 능력이 있어서도 아니라, 그냥 특별했대요. 당신 같은 사람

본 적 없대요, 그녀는. 그리고……"

"그런 말을 했나요."

"그리고 율랴는 그 사실을 모른다고, 그게 마음 아프다고 했어요. 당신이 저번 밤에 저에게 이야기했었죠. 자기가 아무것도 아니라는 생각과 함께 산다고. 그 이야기 듣는데 그녀가 바로 제 옆에 앉아 있는 것 같았어요. 아니야, 율랴, 그렇게 이야기하며 한숨 쉬는 것 같았어요."

율랴는 붉어진 눈으로 고개를 숙이고 식탁보를 만지작거렸다.

"곧 다시 만날 줄 알았어요. 버스 타고 이십 분만 가면 미진 집이니까. 그냥 전화 한 통 하고, 저녁이나 같이 먹어야지 생각했습니다. 그런데도 아직 그녀 마음이 풀리지 않았을까봐 두려웠어요. 조금만 더 용기 냈다면 그녀가 죽기 전에 먼저 연락할 수 있었겠지요. 다시 예전 같은 친구가 되진 못했더라도, 적어도 이렇게까지 후회하지는 않았겠지요. 그녀가 내 연락을 기다렸을까, 그렇게 헤어져버려서 내내 슬프지는 않았을까, 그런 생각 하면 고통스럽습니다."

"그녀는 율랴가 지난 일에 매여서 고통받길 원하지 않아요."

"미진이라면 그렇겠지요."

율랴는 식탁 위에 놓인 선배의 사진을 물끄러미 바라봤다.

"미진, 네가 보고 싶어." 율랴는 선배 사진을 가슴에 품고 조용히 말했다. "너를 자꾸만 잊어가. 이제 네 모습, 잘 기억나지 않아,

미진." 나는 선배의 이름을 부르는 율랴를 안았다. 율랴의 몸은 크고 따뜻했다. 그 품에서 나는 율랴를 안아주는 선배를 느꼈다. 율랴, 율랴, 그렇게 가버려서 미안해, 라고 내 몸속에서 율랴를 위로하는 선배의 목소리를 들었다.

가방에서 테이프를 꺼냈다. '97학번 김미진'이라고 적힌 테이프였다. 오디오에 테이프를 넣고 재생 버튼을 눌렀다. 멀리서 자동차 클랙슨을 울리는 소리가 들렸다. 선배가 헛기침하는 소리, 도레미파솔, 음계를 고르는 소리가 났다. 율랴가 오디오에 가까이 다가가 앉았다.

"아, 아, 저는 노문과 97학번 김미진입니다. 선배님들이 이번에 우리 노래패에 녹음기를 사주셨습니다. 녹음해서 들으면 자기 목소리가 어떤지 잘 알 수 있다고 하시더라고요. 저도 더 연습해서 노래, 잘 불렀으면 좋겠습니다." 선배가 말을 끝내자 노래패 사람들이 깔깔대는 소리가 들렸다. 그래, 새내기, 노래 한번 불러봐, 네가 제일 좋아하는 노래로.

스무 살, 나의 어린 선배가 아무것도 모르는 투명한 목소리로 〈녹두꽃〉을 불렀다. 페테르부르크의 어느 작은 플랫 한 귀퉁이에서, 여전히 내 마음을 울리는 소리로 노래했다. 나와 율랴는 오디오 앞에 나란히 앉아서 선배가 전하는 이야기에 귀기울였다. 노래가 끝나고, 사람들의 박수 소리와 선배의 웃음소리가 들렸다.

선배는 노래를 찾는 사람들, 꽃다지, 장사익의 노래를 불렀고

밥 말리와 빌리 홀리데이의 노래도 불렀다. 마이클 잭슨의 노래나 라틴어로 부르는 성가도 들어 있었는데 무슨 노래를 부르든 누구의 노래를 부르든 그 노래는 그대로 선배의 노래가 됐다. 말할 때는 허스키하던 목소리가 노래만 부르면 맑고 부드러워졌다. 선배의 노래에는 아무런 기교가 없었다. 어느 한 부분을 강조하기 위해서 힘을 써서 노래하지도 않았고, 그 흔한 바이브레이션도 붙이지 않았다. 선배는 호소하지 않았다. 슬픈 노래를 부르면서도 건조했고, 뜨거운 노래를 부르면서도 담담했다.

자제심이 무너질까봐 그동안 차마 그 노래들을 듣지 못했다. 선배가 죽었던 페테르부르크에 발을 딛는 것도 두려웠다. 잘 쌓아올린 접시처럼 내 감정이 흔들려도 무너지지 않기를 바랐다. 그것들이 다 무너져서 내 속을 찌르고 어지럽히지 않기를 바랐던 결벽이 있었다. 그때 내 손을 잡아주었던 사람이 율랴였다. 율랴는 내 이메일 주소를 알아내서 내게 메일을 쓰기 시작했다. 내가 나와 함께 살 때의 선배에 대해 쓰면, 율랴는 자신과 함께 살 때의 선배에 대해 썼다. 둘 다 선배에 대해 말하고 있었지만, 결국 나는 나에 대해서, 율랴는 율랴에 대해서 이야기할 수밖에 없었다. 한 번도 본 적 없는 폴란드 여자에게 나는 일기를 쓰듯 지난 일 년간 메일을 써왔다.

오토바이가 차도를 긁고 지나가는 소리가 났고 가끔씩 냉장고가 웅웅 돌아가는 소리가 들렸다. 서로 눈을 잘 마주치지 못하던 율랴와 내가 언제부턴가 서로의 얼굴을 보고 있었다. 마지막 노래는 선배와 내가 함께 부른 〈녹두꽃〉이었다. 스물셋의 나와 스물여덟의 선배가 우리 안에 있는 가장 곱고 가장 뜨거운 마음을 그 시에 담아 부르고 있었다. 내가 병자도, 선배가 망자도 아니었던 그때, 우리가 아직 그렇게 아무것도 아니었던 그때. 우리는 그렇게 이별했다.

율랴와 내가 마주앉은 거실 바닥으로 부드러운 맞바람이 불었다. 율랴처럼 나도 선배를 잊어가고 있다. 이 노래를 선배와 함께 불렀을 때의 마음이라는 것도 이제는 희미하기만 하다. 선배가 떠나고 반년 동안은 제정신이 아니었지만, 시간이 지날수록 안타까운 마음도, 선배에 대한 분노에 가까운 그리움도 옅어졌다. 노래가 끝나고 테이프가 회전하는 소리를 잠시 듣다가 정지 버튼을 눌렀다. 얼굴이 붉게 상기된 율랴가 나를 보며 애써 웃고 있었다. 노래는 끝났고, 우리에게는 선배에게 주어지지 않았던 시간이 남아 있었다.

우리는 다음날 유람선을 타기로 했다. 유람선 난간에 기대서 다리와 길가를 지나가는 사람들을 향해 힘껏 손을 흔들어주기로 했다. 그건 율랴와 나의 첫번째 여행이 될 터였다.

미카엘라

1

그녀는 창밖의 사람들을 내려다봤다. 평소 같았으면 버스와 자동차들이 지나갈 찻길에서 천주교 신자들이 앉아서 미사를 보고 있었다. 교황은 저멀리 보이는 광화문 광장에서 미사를 집전하고 있었고, 미사를 드리는 인파가 광화문과 종로 일대에 가득 들어찼다.

"우린 새벽 다섯시에 모여 출발해. 서울에 도착해서도 자리잡으려면 시간이 꽤 걸린대."

엄마는 소풍 나가는 어린애마냥 들떠 있었다. 어쩌면 그녀가 일하는 건물 쪽에서 미사를 드릴지도 모른다면서 창밖으로 자기를 잘 찾아보라고도 했다. 그녀는 창에 이마를 대고 사람들을 관찰했지만, 십오층 아래로 보이는 거라곤 흰 미사포의 물결뿐이었다.

"교황 얼굴도 제대로 볼 수 없을 텐데, 차라리 텔레비전으로 보는 게 더 잘 보이겠다. 새벽부터 무슨 고생이야."

"네가 아직 뭘 모르는구나. 그렇게 많은 사람들이랑 같이 교황님이 집전하시는 미사를 드리는 거야. 어쩌면 엄마 인생 마지막이 될지도 몰라. 얼마나 감사한 일이니, 미카엘라야."

이십오 년 전, 그녀는 엄마를 따라 폴란드 출신 교황이 집전했던 미사를 보러 서울에 왔었다. 지금은 사라진 여의도 광장에서 열린 그 미사에는 육십오만 명의 신자들이 참석했었다고 한다. 그날에 대해 그녀가 기억하는 건 엄마가 그녀의 입속에 넣어준 자두사탕의 맛이다. 엄마는 사탕이 행여 그녀의 목에 걸릴까봐 이로 사탕을 깨물어서 그 조각조각을 그녀의 입속에 넣어주었다. 따뜻하면서도 선선한 가을 날씨였고, 그녀는 엄마의 가슴팍에 달콤한 침을 흘리면서 잠들었다. 볼에 닿은 엄마의 공단 한복은 꺼슬꺼슬했다.

엄마는 그날 찍은 기념사진을 거실 벽에 걸어놓았다. 사진 속에서 엄마는 꽃분홍색 한복을 입고 흰 미사포를 쓰고 웃고 있는데 그녀는 그 옆에서 얼굴을 잔뜩 찡그리고 서 있다. 엄마가 동네 친구들에게 일일이 연락해서 겨우 빌린 흰 드레스를 입고 하얀 타이츠를 신고서, 잠에서 덜 깬 채로 엄마의 치맛자락을 붙들고 있다.

엄마는 그 사진을 보면서 그날 날씨가 얼마나 좋았는지, 흰 예복을 입은 신부님들의 행진이 얼마나 아름다웠는지, 그녀의 가족이 받은 은총이 얼마나 컸는지에 대해서 말했다. 가고 싶어도 가지 못한 사람이 많았다면서 하느님이 그녀를 얼마나 사랑하시는지 알아야 한다고도 했다. 그녀가 하느님으로부터 받은 것들이 얼마나 많은지 알아야 한다면서 슬픈 일에도 감사하는 마음을 가져야 한다고 했다.

엄마는 매사가 그런 식이었다. 김치가 잘 익었다고 감사, 돼지고기 가격이 내려 마음껏 먹을 수 있음을 감사, 발가락에 난 사마귀 치료가 잘된 것을 감사, 일을 할 수 있는 건강을 허락해주심에 감사, 외식할 수 있다는 것에 감사, 일이 잘 안 풀리면 일이 잘 풀릴 때에 감사해야 한다는 것을 알게 되었음을 감사.

엄마의 감사 타령 속에서 그녀는 오히려 엄마의 초라한 현실을 봤다. 언제든 외식할 수 있는 사람이라면 굳이 그런 일에 감사할 필요가 없을 테니까. 언제든 양껏 돼지고기를 먹을 수 있는 사람이라면, 돼지고기 가격이 내렸다고 감사할 필요가 없을 테니까. 돈이 있다면, 부유한 부모나 남편이 있다면 통증을 견뎌가며 매일 열 시간씩 서서 일할 수 있음을 감사할 필요가 없을 것이므로. 그녀는 차라리 엄마가 스스로의 처지에 솔직해져서 불평하기를 바랐다. 초라한 현실에 대한 엄마의 감사가 얼마간은 기만처럼 느껴졌기 때문이다.

일을 마치고 창밖을 보니, 사람들은 다 사라지고 차들만 다니고 있었다. 그녀는 인도를 지나가는 사람들을 가만히 쳐다보다가 문득 엄마가 어디에 있을지 궁금해졌다.

"아는 언니네 갈 거야. 우리 동네 살다가 서울로 올라간 언니가 있거든. 넌 말해도 몰라. 얼마나 감사한 일이니."

엄마는 2박 3일 동안 미용실 문을 닫고 서울을 구경할 계획이었다. 토요일엔 교황이 집전하는 미사를 드리고, 일요일과 월요일엔 명동이며 남산타워, 63빌딩에 가능하면 한강 유람선도 타보고 싶다고 했다. 그녀는 바쁜 자신의 처지는 생각하지도 않고 무턱대고 서울에 올라온 엄마가 원망스러웠다.

그녀는 엄마가 언급한 '아는 언니'라는 말에 희망을 걸었다. 어쩌면 아는 언니와 함께 구경을 나갈지도 모른다. 엄마가 그녀에게 같이 다니자고 말한 것도 아니니까. 미사가 끝나고도 전화가 오지 않은 것으로 봐서는 이미 아는 언니와 만나서 그 집으로 갔을 공산이 컸다.

엄마가 서울의 그녀 집에 온 건 한 번뿐이었다. 스물일곱이 될 때까지는 같이 사는 룸메이트가 있어서 오지 못했고, 그녀가 혼자 살게 되자 그때야 그녀의 집을 보러 온 것이었다. 엄마가 가지고 온 아이스박스에는 재운 고기, 코다리조림, 깻잎장아찌, 고춧가루, 열무김치, 참기름이 들어 있었다. 엄마가 그 돌덩어리 같은 것을 들고 버스와 기차, 지하철을 갈아타며 자신을 보러 왔을 생각을 하니 그녀는 고마운 마음이 들기는커녕 가슴이 답답해졌다.

"무슨 냉장고가 이렇게 작아."

캔맥주로 가득찬 미니 냉장고 앞에서 엄마는 한숨을 내쉬었다.

"이걸 다 어쩌니. 고춧가루도 냉장고에 안 넣으면 벌레가 꼬이는데."

엄마는 고기가 담긴 밀폐용기의 뚜껑을 열어 냄새를 맡고는 말했다.

"오늘 안에 먹어치워야겠다, 미카엘라야."

그녀와 엄마는 점심 저녁으로 줄창 고기를 구워먹었다. 이미 배가 부른데도 엄마는 상하기 전에 빨리 먹어치워야 한다면서 억지로 더 먹게 했다. 엄마는 미니 냉장고에서 캔맥주를 다 꺼내고는 코다리조림, 깻잎장아찌, 고춧가루, 열무김치를 봉지에 싸서 넣었다. 내용물이 많아서 냉장고 문이 닫히지 않자 코다리 몇 토막을 꺼내서 먹으라고 했다. 그녀는 그것도 먹었다.

엄마는 하룻밤 자지도 않고 다시 기차를 타러 나갈 준비를 했다. 엄마는 쉬는 법을 몰랐다. 가게 월세는 오르는데 커트비, 파마비를 십 년 전과 똑같이 받고 있으니 남는 게 없는 장사였다. 서울역까지라도 바래다주겠다고 해도 그 시간에 부족한 잠이나 자라고, 혼자 가겠다고 고집을 피웠다. 엄마가 가고 그녀는 급체를 했다. 먹은 것을 다 토해냈는데도 오한이 나고 온몸이 땀으로 젖어 결국 응급실에 갔다.

엄마는 정말 배려를 몰랐다.

2

미카엘라에게서는 전화가 오지 않았다. 많이 바쁜가. 여자는 한복 소매로 이마에 난 땀을 누르고서는 그제야 이 한복이 빌린 것임을 떠올렸다. 어쩌면 저고리값을 지불해야 할지도 모른다고 생각한 건 미사를 기다리면서부터였다. 깨끗하게 입어야 할 저고리에 겨드랑이 땀이 줄줄 흘러내리더니 정오가 지나고는 급기야 흉한 무늬를 그렸다.

같은 레지오 자매로부터 빌려 입은 한복은 보통 한복이 아니었다. 그 자매가 아들을 결혼시키면서 사돈으로부터 받은 것이었는데 쪽빛 치마에 병아리색의 저고리가 어우러진 고급품이었다. 그 자매는 대축일 미사가 아니고는 꺼내지도 않는다는 한복을 교황님 집전 미사 때 입으라고 선뜻 빌려줬다. 세탁소에 맡겨도 깨끗해지지 않는다면 배상해야 한다고 생각했다. 여자의 어깨에는 농구가방이 메여 있었다. 이제 잘 곳을 찾아야 한다.

성당 사람들에게는 서울에 사는 미카엘라네 집에서 잔다고 했다. 난생처음으로 서울 구경을 제대로 할 거라면서, 남산타워에도 가보고 유람선도 탈 거라고 말했다. 사람들은 미카엘라가 겉으로는 쌀쌀맞아 보여도 속정이 있는 아이라고 했다. 자매님이 평생 고생한 것을 보상해줄 만한 딸이라고도 했다.

사람들의 말이 맞았다. 미카엘라는 언제나 든든한 딸이었다. 고

생해서 제힘으로 서울에 뿌리를 내린 딸이 여자는 고맙고도 안쓰러웠다. 남들 다 보내는 학원 한 번 보내지 못했고 비싼 메이커 교복 대신 시장 교복을 사다 입혔던 여자였다. 통장에 부어놓았던 돈으로 미카엘라의 대학 입학금과 첫 학기 등록금을 냈지만 그것으로 끝이었다. 첫 여름방학에 고향에 내려온 아이가 이제부터 학비는 제 손으로 벌어 낼 테니 몸을 그만 혹사시키라고 했다.

그런 딸 앞에서 여자는 언제나 면목이 없었다. 엄마로서 제대로 해준 것이 없다는 생각이 들 때면 짐이라도 되지 말자고 다짐하게 됐다. 여자는 한 달에 삼십만원씩 적금을 부어서 미카엘라의 결혼자금을 마련중이었다. 미카엘라가 결혼한 뒤에도 계속 돈을 모아서 노후를 대비해야겠다고 생각했다.

"나는 결혼 안 할 거야, 엄마."

미카엘라는 어릴 때부터 그런 얘길 했었다.

"그런 얘기 하는 애들이 먼저 시집가게 돼 있어."

여자는 뾰로통한 얼굴로 그런 얘기를 하는 딸이 귀여웠다. 그러던 애가, 나이 서른이 되어서도 같은 얘기를 하는데 그 말이 진심인가 싶어서 여자는 슬그머니 겁이 나기 시작했다.

여자는 미카엘라만한 신붓감은 없다고 생각했다. 서울에서 대학을 나오고 직장을 잡은데다가 생활력도 강해서 벌써 제가 살고 있는 방의 보증금까지 모았다. 싹싹하지는 않았지만 예의바르고 말도 조리 있게 잘했다. 평소에 하는 말만 들어봐도 서울에서 공부한 태가 났다. 부잣집 도령을 잡아도 벌써 잡았을 것이고, 애를 낳아도 벌써 둘은 낳았을 미카엘라였다.

여자는 미카엘라가 왜 쉬운 길을 놔두고 어렵고 힘든 길을 가려고 하는지 이해할 수 없었다. 그 생각의 끝에는 '나 때문인가'라는 일말의 죄책감이 깃들어 있었다. 하긴, 자신은 미카엘라에 대면 너무 처지는 엄마였다.

여자는 걸음을 옮겨서 지하철을 탔다. 딸이 사는 망원동으로 가서 숙소를 찾아볼 요량이었다. 어쩌면 미카엘라가 내일 아침에 전화를 할지도 모르고, 같이 점심을 먹을 수 있을지도 모른다. 미카엘라에게 먼저 전화를 걸 용기는 나지 않았다. 광복절 날에도, 토요일에도 회사에서 일을 하는 아이가 아닌가. 바쁜 아이에게 부담을 주고 싶지는 않았다. 그저 얼굴이라도 한번 보면 좋겠다 싶었지만 그것도 욕심이라는 생각이 들어서 애써 마음을 가라앉혔다.

딸이 보고 싶을 때면 언제든 볼 수 있던 때도 있었다. 일을 끝내고 집에 가면 "엄마!"라고 기쁘게 부르며 달려오던 딸이었다. 딸을 품에 안으면 모든 통증이 누그러졌고 다음날 다시 일을 할 수 있는 힘이 났다. 세상의 누가 그만큼 자신을 사랑해줄 수 있을까. 그렇게 밝고 예쁜 얼굴로 한달음에 달려와 품에 안길 것인가.

그 시절은 갔지만 여자는 미카엘라에게서 받은 사랑을 잊지 못했다. 세상 사람들은 부모의 은혜가 하늘 같다고 했지만 여자는 자식이 준 사랑이야말로 하늘 같은 것이라고 생각했다. 어린 미카엘라가 자신에게 준 마음은 세상 어디에 가도 없는 순정하고 따뜻한 사랑이었다.

중식당처럼 생긴 모텔의 숙박료는 팔만원이었다. 데스크에 앉은 남자는 여자를 수상쩍은 눈으로 쳐다보고 다시 말했다.

"팔만원이라니까요. 주말 요금요."

여자는 데스크 옆 유리창에 붙여진 요금표를 훑어봤다. 남자의 말대로 주중은 육만원, 주말은 팔만원이었다. 서울 물가가 사람 잡는다더니 과연 옳은 말이었다. 여자는 근방의 모텔 두 곳을 더 찾아가봤지만 가격은 첫번째 모텔과 동일하거나 오히려 더 비쌌다. 꽃신 속의 발이 부어오르고 있었다. 여자는 축 풀어진 저고리의 고름을 다시 바짝 묶고 근처 버스정류장으로 걸어갔다. 겨드랑이를 적셨던 땀이 이제 소매까지 내려와 있었다. 배상해야 할 것이다. 저고리의 가격이 얼마나 나갈지 가늠조차 되지 않았다.

여자는 버스정류장 벤치에 앉아서 옆에 앉은 중년 여자에게 말을 걸었다.

"여기서 가까운 찜질방이 어디 있나요?"

"제가 타는 버스 따라 타세요. 제가 나중에 내리니까 알려드릴게. 어디 결혼식 오셨어요? 어디서 오셨어요?"

서울 사람들은 다 깍쟁이들이라고 생각해서 경계했는데, 말을 받아주고 도움을 주는 사람을 만나자 마음이 풀렸다. 여자는 중년 여자에게 오늘 교황님이 집전하는 미사를 드렸노라고 자랑했다. 실은 교황님을 알현한 것이 이번으로 두번째라고도 말했다. 자랑스러운 마음에 어깨가 으쓱 올라갔다.

"89년도에 여의도 광장에서 미사를 드렸었지요. 그때 요한 바오로 2세 교황님께서……"

"아니 그런데 왜 성당 분들이랑 같이 안 내려가시고요?" 중년 여자가 여자의 말을 끊고 물었다. 교황님에게는 별다른 관심이 없어 보이는 말투였다.

"만날 사람이 있어가지고요."

"서울에 사는 자제분들이 없으신가보구나. 그래도 그렇지, 이 차림으로 찜질방에 가셔요?"

"아니 그게 아니고요……"

"여기예요, 여기서 내리셔요." 중년 여자는 여자의 등을 밀다시피 해서 버스 밖으로 내보냈다. 여자는 떠나는 버스를 보고 손을 흔들었다. 서울 사람들이 다 깍쟁이는 아닌 모양이라고 생각하면서.

3

엄마에게서는 전화가 오지 않았다.

어제 엄마는 얼마나 기뻐했을까. 눈에 보이지도 않는 교황과 함께 미사를 드렸다는 이유로 감사 감사를 얼마나 외쳤을지 생각하니 웃음이 나왔다. 엄마는 단순한 사람이었다. 벌어진 일들을 꼬아 생각하거나 사람을 나쁘게 보지 않았다. 그런 우둔할 만큼의 단순함이 엄마의 삶을 힘들게 했다. 엄마는 무능한 남편을 부양하고 가장 노릇을 하면서도 그것을 당연하게 여겼다. 십대 때는 집에서 빈둥대는 아빠와 손이 발이 되도록 일하는 엄마의 모습이 기생충과 숙주의 관계로 보이기도 했다.

아빠의 인생은 끊임없는 구직과 퇴직으로 점철되었다. 약골 주제에 젊은 시절에는 이 땅의 노동운동에 투신하겠다며 공장에 위장 취업을 하고 밤에는 야학 교사로 일했다. 아빠는 수업을 하면서 코피를 왈칵 쏟아대는 일이 많았고, 아빠의 학생이었던 엄마는 그런 아빠가 한없이 불쌍해서 눈물이 핑 돌았다. 누가 누구를 돕겠다는 건지, 엄마는 아무데서나 픽픽 쓰러지는 선생님을 업고 도움을 구하러 다니기도 했고, 데이트할 때는 모아놓은 돈을 전부 털어서 보약을 지어주기도 했다. 결혼식도 신혼여행도 없었다. 신혼 기간에 아빠가 교도소에서 징역을 살았기 때문이다. 신혼의 즐거움이라고는 일주일에 한 번 교도소에서 만나 말을 섞는 것이 고작이었다.

"참으로 감사한 시간이었지."

엄마는 그 시간에 대해서 그렇게 말했다. 면회를 앞두고 그 전날 아침부터 기분이 좋아져서 잠을 설쳤다는 이야기를 엄마는 자주 했다. 퇴근 후 매일 엄마가 아빠에게 쓴 엽서는 오백 장이 넘었다.

아빠는 출소한 후에 아는 사람들의 소개로 몇몇 작은 회사에 들어갔지만 조금 다니다가 곧 관두었다. 출판사에서 외주를 받아 교정을 보고 번역을 하기도 했다. 물론 큰돈이 되지 않았고, 책을 한 권 마무리할 때쯤에는 크게 앓아서 병원 신세를 졌다. 그녀에게 아빠는 병원에서 링거를 맞으며 누워 있거나, 뼈밖에 안 남은 손으로 숟가락을 들고 묽은 죽을 휘휘 젓던 사람이었다. 아빠는 그런 부실한 몸으로 서울에서 큰 시위가 있으면 빠지지 않고 참여했고 중학생이던 그녀에게 김대중 옥중 서신과 함석헌의 책들을 읽으라고 권유했다.

대체 이게 무슨 짓인가, 라고 그녀는 생각했다. 김대중이 대통령이 되든 이회창이 대통령이 되든 그게 우리의 삶과 무슨 상관이란 말인가. 엄마는 그녀의 수학여행비를 마련하기 위해서 손이 발이 되도록 아줌마들의 머리를 말고 있었다. 밥상머리에서 아빠는 말했다. 자본이 가난한 사람들을 소외시키고 있다고, 앞으로는 중산층 붕괴가 가속화되고 더 많은 사람들이 빈곤 속으로 떨어지게 될 거라고.

어쩌라는 건가. 아빠, 지금 이 집안을 빈곤 속으로 떨어뜨리는 주범은 세상도 자본도 아니고 아빠 자신이다. 자기 밥벌이도 제대로 하지 못해서 아내를 일곱 평도 안 되는 미용실에 하루종일 세워두는 사람이 그런 말을 할 자격이 있나. 하지만 그녀는 아빠보다도 엄마를 더 이해할 수가 없었다. 엄마는 일을 다녀와서 옷을 갈아입고는 아빠의 하루를 살폈다. 오늘 하루 피곤하지는 않으셨느냐, 읽고 있는 책은 어떠냐…… 그녀는 엄마가 아빠를 다 받아주기 때문에 아빠가 세상에 정착하지 못하고 헛꿈만 꾸고 있는 거라고 생각했다. 엄마가 엄마 자신을 충분히 사랑하지 못해서 아빠 같은 사람에게 이용당하고 있는 거라고. 이건 사랑도 뭣도 아니라 일방적인 착취라고 말이다.

그녀는 엄마에게 전화를 걸었다. 전화기가 꺼져 있다는 안내가 나왔다. 충전기를 안 가지고 온 것이 분명했다. 평소 같았으면 전화기가 꺼졌다고 먼저 전화했을 엄마였다. 다른 사람의 전화기라도 빌려서 미사 소감을 얘기하고 하루의 계획을 말했을 사람에게서 아무 소식이 없는 것이 이상했다. 그녀는 스콜라스티카 아줌마에게 전화를 걸었다.

"난 어제 서울에 못 갔어. 제비뽑기에서 떨어졌거든. 자매님 걱정은 마라. 그 양반 매번 핸드폰 충전하는 거 깜빡하고 그래. 있어봐, 너 엘리사벳 아줌마 전화번호 아니? 그래, 그 성가대 하는 양반."

그녀는 엘리사벳 아줌마에게 전화를 걸었다.

"응? 그게 무슨 말이야? 너희 집에서 주무신다고 하던데. 너희 집에 안 오셨어? 전화도 안 왔고? 아이고, 이게 무슨 일이니. 아는 언니네 집? 자매님이 서울에 아는 사람이 있어? 그래, 우리한테는 너희 집에서 잔다고 했거든, 분명히."

엘리사벳 아줌마와 통화를 하는 동안, 텔레비전 뉴스에는 광화문 광장의 전경이 나왔다. 카메라는 세월호특별법 제정을 위한 서명운동 부스를 비추고 있었다. 그 부스 뒤로 텐트가 있었는데, 어느 노파 한 명과 중년 여자 한 명이 그 아래 붙어앉아 있었다. 짧은 순간이었지만, 그 중년 여자가 엄마라는 것을 그녀는 단번에 알아봤다. 여자 옆에 놓인 농구 가방까지 엄마의 것이 분명했으니까. 엄마는 대체 왜 저기에 앉아 있는 것인가. 그녀는 세수도 하지 않고 밖으로 뛰어나갔다.

4

버스정류장에서 만난 여자가 알려준 찜질방은 생각보다 작은 곳이었다. 여자는 갑갑한 한복을 벗어버리고 시간을 들여 온몸의 때를 밀었다. 휴일을 맞아 찜질방으로 놀러온 모녀들이 눈에 띄었다. 강아지 새끼마냥 종종거리며 뛰어다니는 어린애들을 보니 절로 웃음이 났다. 젊은 엄마들은 목욕탕 의자에 아이들을 앉혀놓고 구석구석 비누칠을 하고 있었다. 아이들도 제 딴에는 열심히 엄마의 등에 비누칠을 했다.

나도 언젠가 할머니가 될 수 있을까. 여자는 언젠가 제 품에 안길지도 모를 손주 생각으로 가슴이 벅찼다. 아직도 인생은 여자에게 새로운 꿈을 열어 보여줬다. 희박한 가능성에 불과한 꿈이었지만 그 꿈이라는 것을 마음에 품고 있으니 생활에 활기가 돌고 밥맛이 좋아졌다.

지금 이 순간을 사는 것이 큰 행운처럼 느껴질 때면 십삼 년 전에 소천한 남편이 생각났다. 남편을 생각하면, 무거운 추 하나가 마음 바닥을 긁고 지나가는 것 같았다. 남편은 미카엘라가 대학에 들어가는 것도 보지 못했고, 어엿한 숙녀가 된 모습도 보지 못했다. 교황님이 광화문에서 미사를 드리는 것도 보지 못했고, 그래…… 너도나도 가는 제주도도 한번 가보지 못했다. 그렇게 딱한 사람이 있나 싶다가도 이제 그 영혼이 더이상 아프지 않을 곳에서 잘 쉬고 있다고 생각하면 뜻 없는 눈물이 났다.

동네 사람들은 가장 노릇을 못하는 남편과 살고 있는 여자를 동정했다. 미카엘라는 그의 무능함이 여자를 힘들게 했다고 말했다. 맞는 말이었다. 그와 만나고부터 인생은 그녀에게 두 배, 세 배의 복종을 요구했다. 여자는 누구보다도 숨 돌릴 틈 없이 살았고, 단풍 구경조차 가본 적이 없었다. 팔자에도 없는 교도소와 병원을 다녔고, 구멍난 통장을 메우기 위해 휴일 없는 노동을 했다.

하지만 여자는 남편이 노력하지 않았다는 사람들의 말에는 동의할 수 없었다. 책을 읽고 글을 쓰고, 자신이 도울 수 있는 현장에가 있는 것이 그의 업이었고, 그 부분에 있어서 그는 누구보다도 근면한 사람이었다. 그가 하는 일들이 돈이 되지 않는다고 해서 그를 무능하고 가치 없는 사람이라고 단죄할 수는 없었다.

세상에는 여러 사람이 필요하다고 여자는 생각했다. 헤어롤을 마는 사람도 필요하지만, 그와 같은 사람도 필요하다. 돈을 벌어 가족을 부양하는 남편이 있는가 하면 집안일을 하며 아이를 돌보는 남편도 있다. 여자는 세상을 살며 그처럼 다정하고 섬세한 사람을 본 적이 없었다. 깨끗한 샘물 같은 그에게 더러운 욕탕이 되라고는 할 수 없는 일이었다. 그가 세상에 소용없는 사람처럼 보였을지도 모른다. 하지만 여자는 세상의 그 많은 소용 있는 사람들이 행한 일들 모두가 진실로 세상에 소용 있는 것은 아니라고 생각했다.

찜질방 휴게실에서 삶은 계란을 까먹으며 여자는 종아리 피부 위로 구불구불하고 불룩하게 튀어나온 정맥을 봤다. 부어오른 정맥 다발이 초록색 혹처럼 보일 지경이었다. 여자는 그 모양이 신경 쓰여서 양반 다리 위로 수건을 펴놓았다. 미용 일을 시작한 지 일 년이 조금 지났을 때부터 시작된 증상이었는데 치료받을 시간이 없어서 방치했다가 이제는 꽤나 악화됐다. 언젠가 다섯 살 먹은 꼬마 손님이 "엄마, 저 아줌마 다리 무서워" 하면서 앙 울음을 터뜨린 이후로 여자는 아무리 더운 날에도 긴바지만 입었다.

텔레비전 뉴스에 오늘 열렸던 미사 관련 소식이 나왔다. 대략 백만 명의 사람들이 모였던 모양이었다. 여자는 종로3가에 자리를 잡아서 교황님의 모습을 직접 보지 못했다. 교황님이 카퍼레이드를 할 때에도 인파에 밀려서 보지 못했다. 키가 큰 몇몇 형제들은 멀리서라도 지나가는 모습을 봤다고 했는데, 키가 작은 여자는 그저 사람들의 등과 머리만 실컷 구경하고 말았다.

스크린 속에서 교황님은 자주 멈춰 섰다. 어린애들의 머리에 손을 얹어 축복해주기 위해서였다. 그러다 어느 코너에서, 교황님은 자신을 간절히 부르는 남자를 보고는 그가 서 있는 길로 내려왔다. 그러고는 남자의 손을 잡고, 고개를 숙이고 그의 말을 가만히 듣고 있었다. 교황님 옆에 있는 신부님이 남자의 말을 통역해서 전달하는 모양이었다. 스크린을 통해서 그 모습을 보던 사람들이 곳곳에서 환호했다. "유민이 아버지잖아요." 옆에 앉은 수산나 자매가 말했다.

교황님에게 간절하게 말하는 남자의 마른 얼굴이 여자의 마음에 파문을 그렸다. 교황님이 그 자리를 떠서 다시 행진을 하는 모습을 보면서도 남자의 얼굴이 마음에 찍힌 듯이 남았다.

그는 교황님에게 무슨 말을 했던 걸까. 그 짧은 시간 동안 자신의 억울한 사연을 전하기 위해서 그는 어떤 말을 해야 했던 걸까. 교황님에게 자신을 좀 봐달라고 소리치던 마음은 어떤 것이었을까. 내 말을 들어달라고, 지구 반대편에서 온 이에게 애원해야 하는 마음은 어떤 것이었을까.

교황님이 집전하는 미사를 드리는 은총을 받고도, 그 큰 기쁨을 누리면서도 여자의 마음은 온전히 즐겁지 않았다. 마음 같아서는 그 인파를 헤치고 남자에게로 가서 그를 한번 안아주고라도 싶었다. 남자의 아픈 마음을 나눌 재간이 없는 자신의 처지가 서글퍼졌다. 텔레비전 뉴스는 남자와 교황님의 대화를 보여주지 않았다.

여자가 텔레비전을 보는 동안, 휴게실에 누워 있던 사람들이 하나둘 밖으로 나갔다. 매점 아주머니는 매점과 식당의 형광등을 껐다. 작은 찜질방이어서 여러 사람이 휴게실에 모여 밤을 새우거나 잠을 자는 분위기가 아닌 듯했다. 주변을 둘러보니 자리를 잡고 누워 있는 세 명이 모두 남자였다. 삼십대 총각, 중노인, 백발의 노인이 누워 있었고, 열한시가 되니 그중 하나가 텔레비전까지 껐다. 남자들 사이에 끼어 잘 수는 없는 노릇이었다. 수면실을 찾아봤지만 이 작은 찜질방엔 수면실도 없었다. 여자는 수건으로 종아리 뒤쪽을 가리면서 탈의실로 갔다.

디귿자 모양으로 배치된 사물함과 일자 모양의 사물함 하나, 평상 하나가 전부인 탈의실이었다. 환갑이 넘어 보이는 여자가 널찍한 평상 위를 선점한 채 침을 흥건히 흘리며 자고 있었다. 바닥은 따뜻했지만 에어컨 바람 때문인지 공기가 찼다. 에어컨 온도 조절 버튼을 눌러봤지만 고정된 것인지 움직이지 않았다. 여자는 디귿자 모양의 사물함 쪽으로 걸어갔다. 사물함들 사이에서 자는 수밖에 없어 보였는데 방금 목욕을 마친 노인 하나가 그곳에 자리를 잡고 누웠다. 그 자리를 포기하고 통로 쪽에서 자려고 누웠더니 노인이 와서 자기가 통로 쪽에서 자겠다고 했다.

"애기 엄마가 안쪽으로 들어가서 자요. 난 아무데서나 잘 자니까."

아니라고 손짓을 해도 노인은 막무가내로 통로에 눕더니 자는 척을 했다. 여자는 노인 옆에 쭈그리고 앉아서 그 얼굴을 봤다. 백발의 커트머리에 치아가 없어 앙다문 입, 백오십 센티미터가 될까 말까 한 작은 키의 할머니였다. 뼈밖에 안 남아서 오 분만 바닥에 누워 있어도 온몸이 다 배길 것처럼 보이는데도 태연하게 찜질방 바닥에 누워 잠을 청하는 모습이 인생 내공을 짐작게 했다. 선수는 선수를 알아본다고, 보통 고생한 이가 아닌 듯했다.

"할머니, 좀 일어나보세요."

노인은 계속 자는 척을 하는 것 같았다.

"이 할머니 보통 분이 아니시네. 할머니, 그러고 주무시면 몸 다 배겨요. 춥지도 않으신가, 이 할머니. 저 에어컨은 왜 저 모양이래. 노인네 주무신다는데."

여자는 사물함에 넣어둔 농구 가방에서 수건 두 장을 꺼냈다. '프란치스코 교황님 시복 미사 기념. 일월동 성당. 2014. 08. 16.'이라는 문구가 푸른 글씨로 새겨진 흰 수건이었다. 미국 영화에나 나올 법한 넓고 긴 수건이었다. 성당 사무장이 사이즈를 잘못 주문해서 다들 커다란 수건을 받고 난감해했었다. 젬마 자매가 이런 건 쓰지도 않고 짐만 된다면서 여자에게 넘기는 바람에 여자는 큰 수건을 두 장이나 지니고 있었던 것이다.

"할머니, 이거라도 좀 깔고 주무세요."

노인은 여전히 맨바닥에 웅크리고 누워 꼼짝도 안 했다. 여자는 노인의 그 자그마한 몸 위로 큰 수건을 덮어줬다. 그리고 사물함 사이로 가서 남은 수건을 덮고 잤다. 여자도 아무데서나 잘 자는 데는 도가 튼 사람이었다. 여자는 깊은 잠 속으로 빠져들어가며 아침 미사에서 본 남자의 얼굴을 떠올렸다. 내가 만약 그처럼 미카엘라를 잃었다면 나는 어떻게 살 것인가…… 생각만으로도 여자의 눈에는 눈물이 고였다. 그는 무슨 말을 했던 것일까. 들리지 않았던 그의 목소리를 여자는 듣고 싶었다.

드라이어 소리 때문에 눈을 떠보니 바닥에 우유팩이 하나 보였다.

"그 우유, 애기 엄마 마시라고 둔 거야. 내 거 사는 김에 같이 샀어."

입가에 주름이 자글자글한 노인이 평상에 앉아서 웃고 있었다.

"어제 덮어준 수건 참 따뜻하데. 일월동 성당에서 온 거야? 그 먼 데서 왔어? 어제 미사 드렸어? 근데 왜 안 내려가고 여기서 잤나?"

여자는 눈곱을 떼고 평상 쪽으로 걸어갔다. 노인은 틀니를 끼워서인지 눈을 감고 있을 때보다 다섯 살은 더 젊어 보였다.

"애기 엄마. 나도 교황님을 뵌 적이 있었어. 1989년에 말이야, 여의도에서. 참으루 영광된 시간이었지."

"그때 저도 거기에 있었어요!"

여자는 아는 사람이라도 만난 것 같은 반가움을 느꼈다. 여자와 노인은 평상에 앉아서 89년, 그 빛나던 가을날의 추억을 공유했다. 반가운 자매님들끼리 만난 기념으로 조식이나 같이하자고 노인이 제안했고, 여자는 노인과 함께 밖으로 나와 찜질방 근처의 콩나물국밥집으로 향했다.

뜨거운 국물에 새우젓과 청양고추, 깍두기 국물까지 넣어 먹었더니 속이 풀리고 정신이 들었다. 허겁지겁 먹느라 국밥 반그릇을 비우도록 여자와 노인은 자신들이 왜 찜질방에서 잤던 것인지, 이름은 무엇인지도 이야기하지 않았다. 어느 정도 배가 채워졌을 때 여자가 물었다.

"근데 할머니는 왜 찜질방에서 주무셨어요? 어디 가셔요?"

"애기 엄마, 난 말이지…… 동무가 별로 없어. 원래도 내 성격이 둥글지가 못해가지구 그랬었는데 살다보니 다들 죽어가지고 살아남은 이들이 별로 없더군."

노인은 국물을 훌훌 불어 떠 마시더니 말을 이었다.

"내 마음으로 아끼는 동무가 이제 하나 남았어. 환갑도 훨씬 넘어 만났는데 그이가 참 나랑 달라. 나는 괴팍하구 성깔두 있는데, 그이는 그저 허허실실이야. 뭔 일이 생겨도 웃고 넘어가고 참 고와. 남덜 숭도 볼 줄 모르는 이거든. 내가 동네로 이사 간 지 얼마 안 돼서 손녀 놀이터에서 만났어. 같은 또래의 손녀를 키웠거든.

알고 보니 같은 성당 자매이기도 했지. 그래서 가까워진 거야. 우리 둘 다 서방이 먼저 가고, 자식들 집에 얹혀사는 처지였으니까. 매일을 만났지. 살아온 얘기도 하구, 서럽던 얘기도 하구. 있지, 그인 내 얘길 들으면서 같이 울어주더군. 내 살며 그런 이를 만나본 적이 없었어. 내 아들 가족이 서울로 떠나고, 나는 그대로 동네에 남아서 혼자 살았지. 그인 내게 자매가 되어줬어. 딸이 맞벌이를 해서 늘 그 손녀아이를 끼고 다녔지. 그이가 하나뿐인 손녀를 얼마나 애지중지 키우는지, 그 손녀도 제 할머니를 닮아 그렇게 곱구 착할 수가 없었어. 성당 마당에서 만나면 반갑게 인사도 하고, 손에 과자도 쥐여주고, 할머니 진지는 잘 드시냐고 물어보구, 그런 애였단 말이야……"

노인은 그 말을 마치더니 갑자기 애처럼 소리를 내서 울었다. 입에서 밥풀 몇 톨이 흘러나왔다. 아침부터 해장국집에서 소리를 내서 우는 노인을 사람들은 말없이 바라봤다. 노인은 얼마간 그렇게 울다가 눈물을 닦고 코를 풀고는 물을 마셨다.

"내 팔십을 살아오면서 흘릴 눈물은 이미 다 흘린 줄 알았어. 아니더군. 아니었어. 그이가, 그 고운 동무가 혼이 다 나가서 가슴을 쥐어뜯는데 내가 해줄 수 있는 일이 없어. 그 생때같은 손녀가 그렇게 가버렸는데 그이라고 무슨 수로 견디겠나. 그애 마지막 모습을 보고 그이 딸은 하던 일도 다 팽개치고 여기저기 다니기 시작했지. 자기 딸이 왜 죽었는지는 알아야 할 거 아닌가. 그이도 그이 딸과 함께 광화문으루, 시청으루, 여의도루 다니기 시작했어. 연락이 잘 닿질 않아. 어제도 그일 찾으러 광화문에 갔다 차가 끊겨 거기에 갔던 거라우."

노인이 말을 다 끝냈을 때, 여자도 같이 울고 있었다.

"오늘두 그일 찾으러 가."

5

엄마의 핸드폰은 여전히 꺼져 있었다. 그녀는 광화문으로 가는 버스에 올라타서, 조금 전 텔레비전에서 봤던 여자의 모습을 떠올렸다. 여자는 물이 다 빠질 대로 빠진 감색 마바지에, 그녀가 저번 생일에 선물해준 꽃분홍색 카라티를 입고 있었다. 숱이 별로 없는, 갈색으로 염색한 파마머리까지. 텔레비전에 나온 여자는 그녀의 엄마가 분명했다. 엄마는 대체 거기서 뭘 하고 있는 걸까. 엄마의 끝 간 데 없는 오지랖에 그녀는 할말을 잃었다.

광화문역에서 내려 횡단보도를 건너려고 하는데, 횡단보도 앞에 '1일 단식 동참'이라고 쓰인 피켓을 목에 건 사람들이 뙤약볕을 맞으며 서 있었다. 사십대 아저씨 하나, 이십대 초반으로 보이는 여자 둘이었다. 남자는 세월호 사건의 진상을 규명하라는 호소문을 등뒤에 써붙이고 지나가는 이들을 쳐다보고 있었다. 여자애 둘은 지나가는 사람들에게 유인물을 나눠주고 있었는데 그녀는 그들을 피해 횡단보도를 건넜다.

광장에서는 많은 사람들이 서명운동을 하고 있었다. 몇 달 전, 교보문고에 가는 길에 그녀도 서명을 했다. 사고가 일어난 지 네 달이 되어가는데도 그날 있었던 일들의 사실관계조차 밝혀지지 않은 상황이었고, 유족들은 수사권, 기소권을 보장하는 특별법을 상정할 것을 요구중이었다. 야당 의원들이 손바닥 뒤집듯이 유족들과 유족들의 요구사항을 제외한 합의안을 여당과 함께 발표했을 때, 그녀는 텔레비전을 꺼버렸다.

그런 식이었다. 서명운동을 하고 길거리로 나와서 시위를 한다고 해도 그 목소리는 점점 소수의 것이 되어가는 듯했다. 세상은 참으로 빨리도 그 일을 잊어버리고 없던 일로 덮어두자 했다. 점심시간에 누군가가 특별법의 필요성에 대한 이야기를 입에 올렸다가 "지겹지도 않냐"라는 말을 듣고 입을 다물었을 때 그녀는 입술을 깨물었다. 그녀 나이 서른하나, 그녀 또래의 이들은 함께 힘을 모아 무엇 하나 바꿔보지 못했다. 세상은 그녀가 온몸을 던져도 실금 하나 가지 않을 것처럼 견고해 보였다. 무엇이 잘못된 것인지 안다고 해서 바꿀 수 있는 건 아니라는 걸 그녀는 그녀의 이십대를 통해 깨쳤다.

다수의 선한 사람들의 세상에 대한 무관심이 세상을 망친다고 아빠는 말했었다. 아빠의 말은 맞았지만 그녀는 이런 세상과 맞서 싸우고 싶지 않았다. 승패가 뻔한 링 위에 올라가고 싶지 않았다. 그녀에게 세상이란 마음에 들지 않더라도 수그리고 들어가야 하는 곳이었고, 자신을 소외시키고 변형시켜서라도 맞춰 살아가야 하는 곳이었다. 부딪쳐 싸우기보다는 편입되고 싶었다. 세상으로부터 초대받고 싶었다.

광화문을 지날 때에는 되도록 걸음을 빨리했지만 오늘은 그럴 수가 없었다. 그녀는 광장을 천천히 걸어가면서, 뉴스에서 봤던 것으로 짐작되는 텐트를 찾아 두리번거렸다. 서명운동을 진행하고 유인물을 나눠주는 이들 중에는 생각보다 젊은 사람들이 많았다. 그녀는 할 수 없이 유인물을 건네받고, 서명은 예전에 했다고 말했다.

문득, 이 투쟁이 언제까지 지속될 것인지 궁금해졌다. 여론은 나날이 냉랭해져갔다. 이대로 싸움이 길어진다면, 나쁜 쪽은 오히려 피해자들이 될 것이었다. 국가에 고분고분하게 굴지 않는다는 죄목이 뒤집어씌워질 것이고 유세 떨고 있다는 괘씸죄가 더해질 것이다. 대통령도 말하지 않았는가. 과거는 잊어버리고 이제 미래로 나아가야 하지 않느냐고. 햇빛이 너무 따가워 그녀는 눈을 제대로 뜨지 못했다.

텐트 앞에 감색 바지를 입고 꽃분홍색 티셔츠를 입은 여자가 서 있었다. 그녀는 여자의 어깨에 손을 얹었다.

"엄마."

뒤를 돌아본 여자는 하지만 그녀의 엄마가 아니었다.

"누구세요?" 그녀가 물었다.

"아가씨. 내 딸도 그날 배에 있었어요." 여자가 말했다. 여자는 얼굴만 다를 뿐, 모든 면에서 엄마를 닮아 있었다. 감색 바지는 그물 빠진 정도까지 같았고, 꽃분홍색 티셔츠는 상표와 디자인까지 같은 것이었다. 여자가 신은 베이지색 샌들도, 여자 옆에 놓인 농구 가방도 모두 엄마의 것과 같았다. 오른쪽 검지에 낀 묵주반지와 왼쪽 손목에 찬 묵주팔찌도 엄마의 것과 똑같았다. 목에 난 북두칠성 모양의 점들도, 이마의 흉터도 같았다. 부드러운 중저음의 목소리까지 엄마의 목소리 그대로였다.

"내 딸을 잊지 마세요. 잊음 안 돼요."

여자는 그 말을 하고는 광장을 지나가는 다른 사람들에게로 발걸음을 옮겼다. 그녀는 무언가에 얻어맞은 듯이 그 자리에 박혀 서 있었다. 한 무리의 관광객들이 가이드를 따라서 이순신 장군 동상 쪽으로 걸어갔다. 왁자하게 터지는 웃음소리를 들으며, 그녀는 인파 속으로 섞여들어간 여자의 모습을 찾았다.

'내 딸도 그날 배에 있었어요.' 그 목소리는 분명 엄마의 것이었다.

그 목소리가 그녀의 가슴을 깊이 찔렀다.

6

여자는 노인과 함께 광화문으로 가는 버스에 올라탔다. 차창 밖으로 보이는 서울 풍경은 꽤나 아름다웠다. 일요일을 맞아 나들이 나온 젊은 부부와 아이들, 희고 매끈한 다리를 드러내고 걸어가는 젊은 여자들의 모습이 참으로 싱그럽고 예뻐 보였다. 텔레비전에서 걸어나온 것 같은 예쁘고 잘생긴 사람들이 서울에는 거리마다 널려 있었다. 누구보다도 예쁜 딸 미카엘라 생각이 났다. 어떻게든 미카엘라 얼굴 한 번을 보고 가려고 했는데 그럴 수 없으리라는 예감이 들었다.

그 일이 나고, 여자는 자주 눈물을 훔쳤다. 미용실 손님들과 이야기를 하면서, 장을 보면서, 서울에 사는 딸을 생각하면서 그녀는 소리없이 눈물을 흘렸다. 마음이 불에 덴 것처럼 따갑고 욱신거렸다. 그들이 살 수도 있었던 쇠털 같은 시간들을 생각했다. 살릴 수 있는 생명들이었고 살릴 수 있는 시간도 충분했는데, 모두 다 무사할 수 있었는데, 거짓말처럼, 눈앞에서 그들을 놓쳐버렸다.

여자는 깊은 가책을 느꼈다. 그들이 가엾다는 생각이 들 때도 여자는 괴로웠다. 그들을 불쌍하다 여기면서 저 깊은, 마음의 가책을 털어내고 싶지는 않았기 때문이다. 사고가 난 지 얼마 되지 않아 부활절을 맞았다. 여자는 일 년 중에 가장 좋아하던 부활절 주간을 예전처럼 보내지 못했다. 예수님이 다시 살아나셨다는 기쁜

메시지도 가슴에 닿지 않고 밀리로 부유할 뿐이었다. "기뻐하세요, 자매님. 부활절입니다"라는 말조차도 그들에 대한 애도를 가로막는 폭력처럼 느껴졌다. 여자는 처음으로 부활절 미사에 참례하지 못했다.

언제나처럼 시간은 흘렀고, 마음의 통증도 무뎌졌다. 그 일에 대해서 화를 내고 눈물을 짓던 손님들도 더이상 그 일을 언급하지 않았고, 어떤 손님들은 도리어 이 일을 빨리 잊지 못하는 사람들에 대한 피로를 토로했다. 여자는 그이들의 말을 들으면서 재차 마음을 다쳤다. 입을 다물고, 헤어롤을 말고 커트를 했다. 그이들에게 커피를 줬다. 여자는 진심으로, 그 누구도 증오하고 싶지 않았다.

여자는 옆에 앉아서 꾸벅꾸벅 조는 노인을 바라봤다. 이 노인은 얼마나 여러 번 사랑하는 사람들을 잃어버렸을까. 여자는 노인들을 볼 때마다 그런 존경심을 느꼈다. 오래 살아가는 일이란, 사랑하는 사람들을 먼저 보내고 오래도록 남겨지는 일이니까. 그런 일들을 겪고도 다시 일어나 밥을 먹고 홀로 길을 걸어나가야 하는 일이니까.

여자는 부모와 남편의 죽음을 겪으며 자신의 일부가 죽어버리는 경험을 했다. 마음속에서 죽어 없어진 그 부분은 죽은 사람들과 함께 세상에서 사라져버렸다. 한동안은 제대로 숨을 쉴 수도, 잠을 잘 수도, 먹을 수도 없었다. 뜬눈으로 밤을 새우고 오래도록 울고 나니 그들이 없는 삶과 그들이 여자에게 남겨놓고 간 세상이 남았다. 그 모든 것들이 여자에게는 소중했다. 여자는 여자 안에 여전히 살아 있는 그들에게 보다 좋은 세상을 보여주고 싶었고, 전보다 나아진 자신을 보여주고 싶었다. 슬픔으로 깨끗해진 마음에 곱고 아름다운 것들만 비춰 보여주고 싶었다.

여자는 자신의 어깨에 기대 졸고 있는 노인을 깨워 버스에서 내렸다. 중국인 관광객들이 무리를 지어 광화문 광장으로 걸어가고 있었다. 나무와 나무 사이에 걸어놓은 빨랫줄에 때가 탄 노란 리본들이 매달려 나부끼고 있었다. 젊은 사람들 몇이 서명운동을 하고 있었다. 더운 날이었다. 여자는 농구 가방에서 물병을 꺼내 노인에게 건네고 자기도 마셨다. 등이 굽은 노인은 다섯 발자국 걷다가 서서 잠시 쉬고, 또 다섯 발자국 걷다가 서서 잠시 쉬었다. 여자는 노인의 상태가 걱정됐다.

"애기 엄마, 미안해. 내가 원래는 잘 걷는데, 오늘은 이 모양이네."

"쉬엄쉬엄 걸으세요. 경주 나온 거 아니잖아요."

"서울 구경 와서 나 때문에, 고생만 하고, 애기 엄마가."

횡단보도 앞에 서 있는데 '세월호특별법 제정 촉구 서명'이라고 쓰인 팻말을 목에 건 젊은 여자 둘이 다가왔다. 한 명은 유인물을 들고 있었고, 다른 한 명은 볼펜과 서명 용지 파일을 들고 있었는데 둘 다 햇볕에 얼굴이 빨갛게 달아올라 있었다. 그들은 횡단보도를 건너는 노인을 부축했다.

"고마워요." 횡단보도를 다 건너고 여자가 말했다.

"유인물 좀 읽어보세요. 서명은 하셨나요?"

노인은 고개를 끄덕였고, 여자는 그녀가 건네준 용지에 서명했다.

"우리가 찾는 사람이 있어요. 김입분 할머니라고. 이분 친구분이신데, 그분 따님 성함이 어떻게 된다고 했죠?" 여자가 물었다.

"이명순이야. 이명순 마리아." 노인이 답했다.

"이명순씨라고 유족이세요." 여자가 말했다.

"제가 그렇게 성함만 들어서는 잘 알지 못해요. 혹시 희생자가 학생이었나요?"

"네."

"그럼 학생 이름을 알 수 있을까요? 보통 학생 이름을 따다 누구 어머니, 누구 아버지, 이렇게 부르거든요."

노인은 가만히 눈을 감더니 입을 열었다.

"그애 이름이 잘 기억이 안 나. 어릴 때부터 미카엘라라고만 불렀으니까. 아주 꼬맹이였을 때부터 지금껏 이름으로 불러본 적이 없어요. 그애 할머니도 그냥 미카엘라라고만 불렀어. 가만히 앉아 있다가도 미카엘라야, 혼잣말하고."

여자는 미카엘라, 라고 발음하는 노인의 입술을 가만히 바라봤다.

미카엘라는 여자아이들의 흔한 세례명이었다.

여자는 세 번의 계류유산 뒤에 지금의 딸을 임신했다.

"미카엘라 천사에게 기도해줄게요."

지금은 얼굴도 기억나지 않는 미용실 손님이 여자에게 그런 말을 했다. 그이는 세상 모든 어두움을 물리치는 미카엘라 천사가 여자의 속에 뿌리내린 작은 생명을 지켜줄 것이라고 장담했다. 딸애는 여덟 달 뒤에 무사히 세상으로 내려왔고, 여자는 그애를 미카엘라라고 불렀다. 수진이라는 이름이 있었지만, 어쩐지 미카엘라 쪽이 더 부르기 좋았다. 그 이름이 아이를 지켜줄 수 있으리라고 믿었던 것이다.

딸이 태어난 후로는 그늘진 마음에도 빛이 들었다. 마음속 가장 차가운 구석도 딸애가 발을 디디면 따뜻하게 풀어졌다. 여자가 애써 세워둔 축대며 울타리들, 딸애의 손이 닿기만 했는데도 허물어지고, 그애의 웃음소리가 비가 되어 말라붙은 시내에 물이 흘렀다. 있는 마음 없는 마음을 다 주면서도 그 마음이 다시 되돌아오지 않을까봐 불안하지도 두렵지도 않았다. 그저 그 마음 안에서, 따뜻했다.

아이는 저만의 숨으로, 빛으로 여자를 지켰다. 이 세상의 어둠이 그녀에게 속삭이지 못하도록 그녀를 지켜주었다. 아이들은 누구나 저들 부모의 삶을 지키는 천사라고 여자는 생각했다. 누구도 그 천사들을 부모의 품으로부터 가로채갈 수는 없다. 누구도.

여자는 노인을 부축하고 미카엘라의 엄마와 할머니를 찾아 광장을 가로질러 걸어갔다. 그리고 그이들이 걸어가야 할 길이 너무 멀고 힘들지 않기를 바랐다. 다친 마음을 마음껏 짓밟고도 태연한

이 세상에서 그이들이 더이상 상처받지 않기를 원했다.

"엄마!"

미카엘라가 여자를 불렀다. 여자는 흐르는 눈물을 닦고 마음으로 딸애를 불러봤다.

미카엘라.

비밀

1

말자는 간판에 적힌 글자를 속으로 읽었다. 이천이 안경점, 원조 소문난 쭈꾸미, 오다리집, 이은미 한의원, 대성 문화사…… 적어도 육 개월마다 한 번은 이 길을 지나갔지만 어쩐지 볼 때마다 거리의 모습이 바뀌어 있는 것 같았다. 벌써 팔 년째 딸의 차를 타고 이 길을 지나고 있다. 어떤 날은 웃었고, 어떤 날은 울었고, 어떤 날은 말문이 막혔다. 그 모든 순간 말자는 차창 밖으로 보이는 거리의 글자들을 읽었다.

의사의 말대로라면 칠 년 전에는 죽었어야 했을 목숨이었다. 짧으면 육 개월, 길면 일 년에서 일 년 반 정도 더 살 수 있다고 의사는 말했었다. 어떻게 나에게 이런 일이 생길 수 있는가 통곡도 해봤고, 죽음을 의식하지 않고 사는 모든 건강한 사람들을 시기하기도 했다. 다행히 수술과 항암 치료 결과가 좋았다. 말자는 의사가 하라는 대로 했다. 새벽 여섯시에 일어나서 현미밥과 채소 위주로 아침을 챙겨 먹고 두 시간씩 걸었다. 표고버섯 우린 물을 마시고 고구마는 매일 껍질째 쪄 먹었다. 굶으면 죽는다는 생각으로 구역질이 치받칠 때도 억지로 음식을 떠먹었다. 자고 일어나는 시간, 먹는 시간, 운동하는 시간을 칼같이 지켰다.

오 년 뒤, 그녀는 완치 판정을 받았다. 그 이야기를 듣고 가장 기뻐한 건 손녀 지민이었다. 그애는 아기 때처럼 말자의 치마폭에 엎드려서 펑펑 울었다. 항암 치료를 받는 동안에는 한 번도 눈물을 보이지 않던 애였다. 말자는 그제야 그애의 마음고생이 어땠을지 짐작했다. 육 개월 뒤, 암세포는 다른 쪽으로 전이되었고, 상황은 계속 악화되었다. 그리고 오늘, 말자는 의사로부터 다시 한번 비관적인 검사 결과를 들었다.

운전하는 딸 영숙의 얼굴이 예전보다 더 수척해진 것 같아서 말자는 마음이 쓰였다. '너 어디 아프냐?' 묻고 싶었지만 '그게 지금 엄마가 할 소리유?'라고 따져 물을 게 뻔해서 아무 말도 하지 않았다. 딸은 손등으로 볼에 흐르는 눈물을 훔치면서 운전하고 있었다. 이럴 땐 그저 아무 말도 하지 않는 게 좋은 법이다. 지난 팔 년간 자기 때문에 딸이 마음고생한 걸 생각하니 그 미안한 마음을 어떻게 갚을 수 있을지 막막해졌다. 하필이면 자기 딸로 태어나 안

해본 고생이 없었던 영숙 앞에서 말자는 늘 할말을 잃었다.

지난 일 년 반 사이에 영숙은 전혀 다른 사람이 된 것 같았다. 눈에 띌 정도로 살이 빠졌고 통화를 해도 횡설수설할 때가 많았다. 일주일에 한 번 전화를 할까 말까 했던 애가 수시로 전화해서 박서방 욕을 하고 직장 사람들, 고객들 욕을 했다. 쌍욕을 섞어가며 살기가 담긴 말을 하는 영숙의 낯선 모습이 말자는 걱정스러웠다. 가끔은 술을 마시고 밤에 전화해서 엄마! 엄마! 하고 내내 울음을 터뜨릴 때도 있었다. 말자는 영숙아, 영숙아, 하고 딸의 이름만 부를 뿐, 무슨 말을 해야 할지 알지 못했다. 그런 통화를 하고 나면 영숙의 감정이 그대로 느껴져서 명치가 답답하고 이마에서는 진땀이 흘렀다. "너 그날 전화해서 왜 그리 울었어?" 물으면 영숙은 "엄마, 나 기억이 하나도 안 나. 갱년기가 심하게 왔나봐"라고 석연찮은 변명을 했다.

생각해보니 지민이 중국에 간 지도 일 년 반이 되었다.

말자는 딸네 집에서 시외버스로 두 시간 거리에 살고 있다. 딸네 집에서 같이 살다가, 지민 아빠의 일자리가 서울에 잡히는 바람에 분가했다. 지민도 중학교 삼학년이었고 더는 돌봐야 할 아이가 아니었다. 맞벌이하는 딸네의 요청으로 말자는 지민을 맡아 키웠다. 젖먹이 때부터 항상 붙어 지내던 지민과 떨어지는 일이 자기 살을 도려내는 것처럼 힘들었지만 집 평수까지 줄여가며 서울로 올라가는 딸네를 따라가는 건 짐이 되는 일이라고 생각했다.

이사 가는 날 아침, 지민은 신문지 한 장과 손톱깎이를 들고 와서 말자 앞에 앉았다. 말자는 어느 때보다도 정성스럽게 지민의 손톱과 발톱을 깎았다.

"넌 손이 가늘고 길어서 곱게 살 거여. 할미처럼 고생 안 하구."

"맨날 그 소리."

"선생님 돼서 말이여, 지민아. 학생덜 가르치구."

무슨 말을 더 하려 했는데 눈물이 나서 말이 콱 막혀버렸던 것이 기억난다. 시야가 흐려져 지민의 그 예쁜 손이 잘 보이지 않았다. 마음이 약해진 말자를 보면서 지민도 울었다. 슬픈 기억이지만 되돌아보면 행복한 추억이기도 하다. 그때부터 매일같이 말자는 지민을 그리워했다. 자다가도 그애의 이름을 불렀고, 교복을 입고 지나가는 또래 애들 사이에서 지민을 찾아보기도 했다. 어쩌다 그 애를 만나기로 하면 그 전날부터 잠이 오지 않았다.

말자는 지민을 오냐오냐 키웠다. 소고기를 갈아 만든 이유식을 먹이고 예쁜 천을 떼다 재봉틀을 돌려 세상에 하나뿐인 옷을 입혔다. 부모는 맞벌이에 외동이었으니 쉽게 외로움을 탈까봐 있는 정 없는 정을 다 줬다. 딸 영숙에게는 해주지 못했던 일이었다.

영숙이 다섯 살에 영숙 아빠가 저세상으로 갔다. 말자는 엄마, 엄마 부르는 예쁜 것을 동서 집에 맡기고 식당 일을 나가기 시작했다. 그 작은 것이 일찍 철이 나서 어른 노릇을 해내던 모습이 말자는 두고두고 아팠다. 그런 이유로 말자는 지민을 철없는 아이로 키우고 싶었다. 제 손으로는 손톱 하나 제대로 깎지 못하고 어리광부리는 철딱서니 없는 애로 키우고 싶었다.

학교에 들어간 지민은 한글로 자기 이름도 쓰고 한자로 일이삼사오도 쓸 줄 알게 됐다. 깍두기 노트에다 큰 글씨로 글자를 쓰는 지민을 위해 말자는 예쁘게 연필을 깎아놓았다. 한글을 뗀 지민은 눈에 들어오는 글자란 글자는 죄다 읽어댔다. 삼호연립! 중앙유치원! 일방통행! 잡부 구함! 글자를 읽는 즐거움으로 재잘대는 그애를 보는 건 참 흐뭇한 일이었다.

지민이 처음으로 받아쓰기 백 점을 맞은 날, 말자는 한 손에는 시험지를 들고, 다른 한 손으로는 지민의 손을 붙잡고 시장에 가서 한바탕 자랑을 했다.

"이것 좀 보소. 얘가 내 손년데 이 시험지 좀 보소."

"아이고, 할매가 장한 손녀 두셨네."

"얘가 원체 똘똘혀요. 내 손녀라 그런 건 아니고."

말자는 청과물가게에서도, 생선가게에서도, 건어물가게에서도 묻지도 않는 사람들을 붙들어놓고 자랑을 했다. 신발가게에 가서도 마찬가지였다. 지민에게 예쁜 운동화 하나 사주려고 들른 참이었는데 자랑 끝에 공연히 싸움이 붙었다.

"조여사도 호들갑은. 정식시험도 아니잖아. 익해야 받아쓰기 백 점 갖구 그래 자랑하면 사람들이 욕해여."

"아니 이게 정식시험이 아니면 뭐여?"

"아이고, 알았어. 그래, 조여사니까 그렇게 생각할 수 있지."

"지금 김사장 뭐라는 거여? 조여사니까라니?"

"조여사가 글자를 모르니까 그게 대단해 보이는 거지, 뭐가 대수라구."

"김사장 지금 말 다 혔어?"

한바탕 싸움을 하고 말자는 지민의 손을 끌고 나와서 시장을 벗어났다. 신발가게 여자는 반반한 얼굴로 아무렇지 않은 척 사람 속 뒤집어놓기를 잘했다. 그 시절에도 고등학교를 나왔다고 하얀 블라우스에 검정 월남치마를 입은 사진을 자랑스레 보여주곤 했다. 담담한 척했지만 학교라고는 문턱도 밟아본 적 없는 말자는 그럴 때마다 속이 쓰렸다. 동네 여자들이 학창 시절 이야기를 할 때면 말자는 그이들이 자기만 쏙 빼놓고 따돌린다는 소외감과 괜한 자격지심을 느꼈다. 큰 도시에는 다 큰 어른에게 한글을 가르쳐주는 학원도 있다고 하던데 소읍에 사는 말자로서는 그림의 떡 같은 얘기였다.

지민이 책받침 하나를 내민 건 그날 저녁이었다.

"이거 봐봐, 할머니."

“이게 뭐여?”

“이것만 공부하면 할머니도 나처럼 다 읽을 수 있다.”

“참말이냐?”

말자는 지민이 내민 책받침을 가만히 바라봤다. 어지러운 그림들이 정신없이 흩어진 모양새였다.

“나랑 열 밤만 연습해, 할머니.”

지민은 작은 손가락으로 그림 하나를 가리키면서 말했다.

“이건 ‘ㅏ’야. 따라 해봐, 할머니. 아.”

말자는 지민이 ‘이’ 하면 ‘이’ 했고, ‘오’ 하면 ‘오’ 했다. 지금 생각해도 이상한 일이었다. 고작 여덟 살짜리 애가 어른을 앉혀놓고 가나다라를 가르쳤다는 사실이. 말자의 귀에 쏙쏙 들어오도록 지민은 설명을 잘했다. 틀렸다고 무안 주지도 않았고 빨리 이해하지 못한다고 재촉하지도 않았다. 틀린 것은 기억해뒀다가 다시 묻고, 답이 맞으면 칭찬해줬다. 지민의 말대로 열 밤을 자고 나자, 책받침에 적힌 모든 한글을 다 읽을 수 있었고, 시간이 더 지나자 신문과 광고지에 적힌 글자들도 더듬더듬 읽을 수 있게 됐다. 진정한 무선전화기는 꺾어져야 한다! 맥슨전자. 이십사 시간 편의점 써티하우스. 체인 가맹점 모집 안내!

세상은 글자 천지였다. 의미 없던 그림들이 이제 글자가 되어 말자에게 와서 말을 걸었다. 지민이 받아온 가정통신문을 읽고 소풍 날짜를 체크하면서 말자는 어깨를 으쓱했다. 깍두기 노트 표지에

'조말자'라고 자기 이름을 쓰고는 지민과 같이 숙제를 했다. 말자는 그런 지민에게 어떤 말로 고마움을 전해야 할지 알지 못했다.

지민 나이에 얼마나 학교에 가고 싶었는지 말자는 아직도 기억하고 있다. 오빠를 졸라서 몰래 교실에 따라 들어갔을 때, 오빠의 담임 선생님은 말자 몫의 의자를 하나 마련해줬다. 너 이름이 뭐니? 묻는 목소리와 눈빛이 따뜻했다. 조말자요, 말하고 고개를 푹 숙이자 선생님은 갱지 한 장에 연필 한 자루를 주고 그림을 그리라고 말했다. 선생님에게서는 생전 처음 맡아보는 좋은 냄새가 났다. 이야기 속에서 나온 선녀인지도 몰라. 새하얀 피부에 좋은 옷을 입고 풍금을 치던 그녀의 모습을 말자는 일흔이 된 지금도 기억한다. 그때 느꼈던, 구름을 탄 것처럼 제 몸이 부드럽고 가벼워졌던 느낌도, 갱지 위에 그렸던 강아지, 호두나무, 집과 담장 그림도.

집에 돌아오자마자 말자는 제 어미에게 따귀를 맞았다. 기집애가 주제도 모르고 감히 학교 구경을 했다는 게 이유였다. 5월의 볕이 따가웠다. 길게 늘어선 배추밭 고랑에 앉아서 말자는 훌쩍대다가 눈물을 삼켰다. 그리고 다시는 학교 근처에 얼씬거리지 않았다. 학교를 지날 일이 있으면 멀리 돌아서라도 피해 갔다. 허나 그 모든 사정을 지민에게 말할 수는 없는 일이었다. 네가 나에게는 첫 선생님이었다고, 처음으로 나를 따뜻하게 칭찬해준 사람이었다고.

2

딸은 거실에 이불을 깔고 머리를 대자마자 코를 골며 잠에 빠졌다. 말자는 잠든 영숙의 얼굴을 가만히 쳐다봤다. 검게 염색한 머리가 무색하게 흰머리가 빼곡하게 올라와 있었고, 정수리는 보기 민망할 정도로 휑뎅그렁했다. 처녀 시절에는 고무줄로 두 번만 감아도 팽팽해질 정도로 숱이 많은 아이였다. 젊어 고생을 많이 한데다 산후조리를 할 새도 없이 일을 나간 탓으로 서른이 넘어서부터 영숙은 안 아픈 데가 없었다.

사위 박서방은 아들만 셋인 집의 첫째 아들이었다. 영숙이 지민을 낳고 나서 아이를 갖지 못하자 사돈 여자의 원성이 대단했다. 그 여자는 걸핏하면 전화를 걸어 애먼 영숙을 쥐 잡듯이 잡았다. 사위의 집에 얹혀사는 형편이었으므로 말자는 사돈과 마음놓고 싸워보지도 못했다. 성질머리대로였다면 단박에 코를 눌러줄 수 있었을 테지만 영숙을 생각해서 그럴 수가 없었다. 가끔씩 그 여자가 고까운 소리를 하면서 속을 박박 긁어놔도 말자는 네, 네, 사부인, 하면서 사돈의 기분을 풀어줘야 했다.

영숙은 서른둘에 자궁 적출 수술을 받았다.

"네가 우리집 대를 끊어놨다."

그 큰 수술을 마치고 병실에 누워 있는 영숙더러 사돈 여자는 할 소리 못할 소리 가리지 않고 말했다.

"다른 집 며느리들은 아들 두셋 잘도 낳던데. 너 같은 게 들어와서."

마음 같아서는 너 죽고 나 죽자고 때려눕히고 싶었지만 말자는 아무 말도 하지 않았다. 내 딸 영숙을 위해서, 그애의 편안한 결혼생활을 위해서 친정엄마가 참아야 한다고 믿었다. 흥분한 사돈을 진정시키려고 사돈 쪽으로 걸어가니 사돈 바로 옆에 지민이 쪼그리고 앉아 있었다.

"너 언제부터 여기 있었냐?"

지민은 말자 쪽으로 고개를 돌리지 않았다.

"아가야, 너 언제부터 여기 있었어?"

지민은 고개를 숙인 채로 울고 있었다. 어떻게 애가 듣는 데서 그런 소리를 지껄일 수 있는지 말자는 분노로 머리가 다 타버릴 것 같았다. 영숙의 시어머니라는 이유로 영숙의 편 한 번 들어주지 못하고 늘 사부인에게 잘하라는 소리만 했던 말자였다. 그것이 현명한 친정엄마 노릇인 줄 알았다. 허나 딸이 오늘 같은 수모를 당하는데도 침묵하고 있던 것이 현명한 일이었을까. 딸을 지켜주지 못해서 금쪽같은 손녀까지 상처 입지 않았나.

"사부인, 이제 그만하시지요. 애가 듣고 울지 않습니까."

경우를 지켜서 말한다고 했는데도 목소리의 떨림까지는 숨길 수가 없었다.

"대를 끊었다니요. 여기 사부인 손녀딸은 하늘에서 떨어졌답니까? 저는요, 열 손자 데려와도 우리 지민이 하나랑은 못 바꿉니다요, 사부인."

"지금 잘한 게 뭐가 있다고 큰소리예요?"

"몸 아파서 자궁까지 떼어낸 게 잘못입니까. 아픈 사람 앞에서 막말하는 거 아닙니다. 저같이 무식한 여편네도 그건 아니라고 배웠습니다."

더 많은 말을 하고 싶었지만 혀가 굳은 것처럼 말이 나오지 않았다. 감히 내 새끼 마음에 비수를 꽂고, 그따위 말을 내 손녀 듣는 곳에서 하다니. 더 있다가는 무슨 말이 나올지 몰라 말자는 지민의 손목을 낚아채서 병원 복도로 끌고 나갔다. 지민의 작은 손은 차갑고 축축했다. 차마 그애의 얼굴을 쳐다보지 못하고 말자는 병원 일층 매점으로 내려갔다.

"뭐 먹을래? 암꺼나 말해봐. 할미가 다 사줄게. 봉봉 먹을까 쌕쌕 먹을까?"

말자는 지민의 손을 잡고 병원 바깥으로 걸어갔다. 지민이 울 때면 말자는 그애와 같이 산보를 했다. 바깥공기도 쐬고, 변하는 풍경도 보고 하면 서러운 마음이 잦아든다는 것을 말자는 알았다. 말자는 지민이 서러움을 모르는 아이로 살기 바랐다. 흘릴 필요가 없는 눈물을 흘리지 않았으면, 겪지 않아도 될 고통을 겪지 않았으면 했다. 삶에 의해 시시때때로 침해당하고 괴롭힘당하지 않기를 바랐다. 지민은 삶을 견디는 사람이 아니라 삶을 기꺼이 누리는 사람이 되어야 했다.

"야야, 지민아, 너 마음 쓰지 말어."

어느새 눈물을 그친 지민이 말자의 팔에 기댔다.

"너가 어른 되면 남자고 여자고 없다. 너가 여자여서 안 된다는 소리 듣거들랑 무식한 소리구나 하구 비웃어버려. 넌 뭐든 다 되고 뭐든 다 할 수 있다. 너 땐 남자구 여자구 마음 바른 사람이 잘 살 거여."

병실에 가니 사돈 여자는 돌아가고 없었다. 말자는 부은 얼굴로 누워 있는 영숙에게 다가갔다. 영숙은 말자를 보고 미간을 찌푸린 채로 미소지었다. 영숙이 잠들 때까지 말자는 영숙의 머리를 쓰다듬고 또 쓰다듬었다. 지민은 간이침대에 앉아서 그런 엄마와 할머니를 가만히 바라보고 있었다.

3

영숙이 자는 동안 말자는 지민의 방으로 갔다.

방은 그애가 중국으로 떠났을 때의 모습 그대로였다. 깔끔한 박서방이 매일 쓸고 닦아서 모든 것이 깨끗하고 반짝였다. 5단 책장에는 책이 빽빽하게 꽂혀 있었고, 책상 위에도 시험공부할 때 보던 책들이 그대로 있었다. 말자는 지민의 책상 의자에 앉아서 지민이 벽에 붙여놓은 메모와 사진들을 봤다. '해가 뜨기 전이 가장 어둡다' '미치지 않고서는 이르지 못한다' '정신 차려, 지민아'라고 쓴 메모들은 햇빛에 바래 있었다. 교생실습을 나갔을 때 제자들과 함께 찍은 사진도 붙어 있었다. 교탁 앞에 서 있는 지민 옆에서 손으로 하트를 그리고 있는 아이들의 모습이었다. 지민은 가뜩이나 작은 눈이 보이지 않을 정도로 활짝 웃고 있었다.

일반 기업에 들어갈까도 생각해봤지만 교생실습을 하고 나서 교사가 되기로 마음을 정했다고 지민은 말했었다. "할머니, 난 애들이 좋아. 애들이랑 같이 있으면 힘이 나." 그런 이야기를 하면서 눈을 반짝이던 지민의 얼굴이 생각났다. 그 옆에는 처음 배정받은 학교에서 아이들과 찍은 사진이 있었다. 벚꽃나무 앞에서 아이들과 함께 브이자를 하고 웃고 있는 지민. 지민에게 팔짱을 끼고 있는 애들의 표정도 밝았다.

말자는 책상 유리판 아래에 끼여 있는 사진들도 봤다. 대부분이 학교에서 애들이랑 찍은 사진이었다. 분홍색 도화지에다 여러 애들이 함께 써준 편지도 있었다. '쌤들 중에 지민 쌤이 제일 좋아요.' '지민 쌤 넘 웃겨요. 딴 시간에는 잠만 자는데 쌤 시간에는 잠도 안 자요. 칭찬해주세요, 쌤.' '지민 쌤 저번에 매점에서 빵 사주셔서 감사했어용. 힘내서 다음 시험 대박 잘 볼게요.' '우리 호빵맨 지민 쌤 사랑해용.ㅋㅋㅋ'

애들이 지민의 얼굴을 만화 캐릭터처럼 그린 그림도 있었다. 언젠가 "호빵맨이 뭐냐?" 묻자 핸드폰에서 그림을 찾아 보여주면서 지민은 웃었다. 얼굴이 빵인 남자가 망토를 두르고 하늘을 날고 있었다. "아이고야, 지민이 너가 어딜 봐서 이 대머리랑 닮았다는 겨." 말자는 불쑥 화를 냈고 지민은 깔깔대며 웃었다. 문득 말자는 이 방에서 지민과 이런저런 이야기를 하던 그 시절이 사무치게 그리워졌다.

말자와 지민이 함께 찍은 사진도 있었다. 한 장은 지민이 유치원에 입학하던 날 유치원 정문 앞에서 찍은 사진이었다. 지민은 새로 산 울코트에 하얀 타이츠를 신고 코딱지를 파고 있었다. 말자는 지민에게 무슨 말을 하는 모양새인데 분명 '코딱지 자꾸 파면 코피 난다' 같은 말이었을 것이다. 시간이 이렇게 흘러 말자는 일흔이 되고 지민은 스물여덟이 되었다. 매일매일을 제 몸처럼 붙어 있던 지민이 이제는 먼 땅으로 가버려 소식 한 통이 없었다.

시간은 모든 것을 바꿔버렸지만 사진 속 그 풍경은 손에 잡힐 것만 같았다. 목욕을 시키고 내복을 입히고 머리를 빗겨주고 고 작은 발에 양말을 신겨주던 일, 툭하면 엎어져서 무릎이 깨지는 아이가 염려되어 지민이 달리면 말자도 뒤따라 달렸던 일, 잠투정을 하는 지민을 자리에 눕혀놓고 토닥토닥 재우다가 자기도 모르게 같이 잠들어버렸던 일이 모두 어제의 일만 같았다.

다른 사진은 이 년 전 가을에 제주도에 놀러가서 찍은 것이었다. 말자의 암 완치 기념으로 지민과 영숙, 말자 세 모녀가 3박 4일로 여행을 갔던 때였다. 말도 타보고 곰 인형 박물관에도 가보고 큰 폭포도 두 개나 봤다. 흑돼지 삼겹살도 먹고 땅콩 아이스크림도 먹고 오메기 떡도 먹었다. 영숙이 운전을 하고 지민이 숙소와 음식점, 가볼 곳을 미리 알아놔서 말자는 그애들을 따라다니기만 하면 되었다.

사진은 우도의 백사장에서 찍은 것이었다. 처음으로 보는 하얀 모래에 하늘빛 물이었다. 산호가 부서져서 흰 모래가 됐다고 지민은 말했다. 물에 발을 담가보고 싶다고 말하니 지민이 양말을 벗고 먼저 바다에 들어갔다. 둘 다 발목까지 바다에 담그고 웃고 있었는데 그 모습을 영숙이 찍었다.

말자는 자기의 팔짱을 끼고 종알대는 지민의 얼굴을 보면서 가슴이 뻐근해졌다. 우도에서 배를 타고 성산항으로 가는 길에 말자는 지민을 바라보다 말했다.

"지민아."

"응?"

"이게 마지막이다."

"뭐가?"

"너가 나 데리구 다니는 거 말여."

"그게 뭔 소리래, 할머닌."

"시간 있고 돈 있음 너 좋은 거 혀."

"할머니."

"응."

"내가 진짜 선생님 되면 그땐 더 좋은 구경 시켜줄게."

"너가 진짜 선생님이 아니면 뭐여. 세상에 가짜 선생님도 있냐."

"나 아직 기간제 교사잖아."

"기관제가 뭐냐."

지민은 티슈 위에 펜으로 '기간제 교사'라고 썼다.

"내가 선생님 되는 시험 아직 못 붙었잖아."

말자는 '기간제 교사'라는 글자를 뚫어져라 쳐다봤다. 아무리 봐도 그게 무슨 소린지 알 수 없었지만 그냥 아는 척 고개를 끄덕였다. 선생님이면 선생님이지 기관젠지 기간젠지 뭐가 그렇게 복잡한지 알 수 없었다.

지민의 책상에 앉아 말자는 성산항으로 가던 여객선 위의 풍경을 그렸다. 강풍에 지민의 긴 머리칼이 이리저리 날리던 모습이, 얼굴에 붙은 머리칼을 넘기던 그 작고 통통한 손이 보이는 듯했다. 자기 딴에는 어른이라고 했지만 말자의 눈에 지민은 그저 물가에 내놓은 어린아이였다. 언젠가는 너를 두고 떠나야 하겠지, 하지만 걱정되지는 않아. 갑판 위에 서서 말자는 그렇게 생각했었다. 힘든 일도 있겠지만 너라면 잘 이겨낼 수 있을 거야, 네 몫의 행복을 누리는 사람이 될 수 있을 거야. 그때, 말자는 그렇게 믿었었다. 맑게 웃고 있는 지민의 투명한 얼굴을 보며 말자는, 정말 그렇게 믿었었다.

4

오랜만에 본 박서방의 얼굴이 눈에 띄게 말라 있었다. 하품을 할 때 입속을 무심코 봤는데 어금니 몇 개가 빠져서 듬성듬성했다.

"박서방, 내가 잘못 봤나? 이가 빠진 거여?"

박서방이 별 대답을 안 하는데 영숙이 나서서 말했다.

"나이들어서 그래."

"박서방……"

"장모님이 지금 제 걱정 하실 때예요? 지금은 제발 당신 생각 좀 하세요!"

박서방은 욱하는 버릇이 있었다. 보통은 화가 나면 욱하는 법인데 박서방은 부끄러워도 욱하고 기뻐도 욱하고 놀라도 욱했다. 처음 같이 살 때는 그때마다 깜짝깜짝 놀라곤 했는데 살다보니 아무렇지도 않게 됐다. 괜히 한마디 큰소리를 치고 밖으로 나가 담배 한 대 피우고 들어와서는 세 여자의 눈치를 살피는 식이었다. 키가 크고 몸집도 좋은데다 생김새도 무서워 보여서 박서방은 사람들에게 오해를 많이 샀다.

담배를 챙겨서 밖으로 나가는 박서방의 뒷모습이 예전 같지 않았다. 허리와 허벅지가 가늘어져서 바지가 너무 커 보였고 전체적으로 몸집이 작아진 것 같았다. 짧은 시간에 어떻게 저렇게 몸이 상할 수 있는지 말자는 마음이 아렸다.

한번은 병원에 다녀왔다가 지민의 방에서 잠을 자는데 현관문이 열리고 뒤이어 뭔가가 바닥에 쿵 떨어지는 소리가 들렸다. 놀라 밖에 나가보니 고주망태가 된 박서방이 신발도 벗지 않고 현관 입구에 쓰러져 있었다. 박서방은 술을 마시고 좀처럼 흐트러진 모습을 보이지 않았었다. 그러던 이가 제 몸도 가누지 못하고 허우적대는 모습에 말자는 놀란 가슴을 쓸어내렸다.

"영숙아, 영숙아!" 박서방은 큰 소리로 영숙의 이름을 부르더니 조용히 흐느꼈다.

"여보. 울려면 그냥 크게 울어. 바보같이. 그냥 차라리 내 앞에서 울어. 자기가 왜 내 눈치까지 보고 살아야 돼?"

영숙은 박서방의 등을 주먹으로 몇 번이고 내리쳤다. 그애들만의 공간을 침입한 것이 민망해져서 말자는 방으로 들어갔다. 영숙이 박서방을 데리고 방으로 들어가는 소리를 듣고 자리에 누웠지만 말자는 잠이 쉬이 오지 않았다.

"지민이 중국에 갔어요. 중국 시골에서 선생님 한다구." 그 말을 하던 박서방의 붉은 얼굴이 자리에 누운 말자의 눈앞에 어른거렸다.

이번 지민의 생일날 말자는 잡채를 무쳐서 딸네를 찾았다. 소고기미역국과 잡채, 꼬막무침, 무생채, 지민이 좋아하는 음식들로 식탁이 차려졌다. 작년 지민의 생일에는 어디론가 여행을 간다고 했다. 어차피 주인공도 없으니까 따로 생일상을 차리지 않기로 했다고 영숙은 말했었다.

다 모여 앉아 생일상을 차리고 보니 모두 헛일이라는 생각이 들었다. 셋 다 약속한 것처럼 아무 말도 하지 않았고 박서방은 국이나 몇 술 뜨다가 방으로 들어갔다. 말자는 국에 밥을 말아 꾸역꾸역 입에 넣고 있는 영숙의 얼굴을 봤다.

"국물 더 주랴? 목 안 맥혀?"

영숙은 국그릇만 내려다보며 밥을 먹더니 사레가 들려 식탁 위로 입안의 밥풀을 쏟아냈다.

"엄마, 미안해."

당황한 영숙이 식탁의 밥풀을 치우면서 말했다. 미안해, 미안해, 엄마.

뭐가 그렇게 미안한 건지, 말자는 작은 일에도 매번 미안하다고 말하는 딸의 모습에 짜증이 났다. 그러니까 천천히 꼭꼭 씹어 먹어야 한다고 말하려고 했는데 말이 잘 나오지 않았다. 영숙아, 라고 이름이라도 부르고 싶었는데 그마저도 잘 되지 않았다. 대신에 말자는 영숙의 국그릇에 국물을 더 부었다. 영숙은 국물을 훌훌 불어가며 천천히 밥을 먹기 시작했다. 말자도 최대한 천천히 부드러운 미역 줄기를 씹어 삼켰다.

밥을 다 먹고 영숙은 빵을 사러 밖에 잠깐 나갔다 오겠다고 했다. 설거지를 하고, 빨래를 개키고, 청소기를 돌리도록 영숙은 집으로 돌아오지 않았다. 한 시간쯤 소파에 앉아 텔레비전을 보다가 말자는 제집으로 돌아갔다. 지민의 생일에 눈치도 없이 내리는 가을비가 찼다. 영숙이 어디서 이 차가운 비를 맞고 다니는 건 아니겠지, 싶은 마음에 터미널로 걸어가는 발걸음이 무거웠다. 집에 가서 전화했지만, 영숙은 전화를 받지 않았다.

지민이 중국에 간 지 반년이 되도록 별다른 소식이 없을 때였다. 중국으로 떠날 때도 급하게 가느라 말자에게 작별 인사를 못했다고 했다. 그러던 중 영숙이 전화를 해서 지민의 소식을 알렸다. 지민과 겨우 전화가 닿았다고 했다.

"엄마, 지민이 사는 데는 산골짜기래. 그래서 전화도 편지도 안 된다네."

"……"

"중국은, 엄마, 땅이 넓어서 집배원이 못 들어가는 시골도 있대."

"크지, 중국이."

"학교도 많이 바쁜가봐. 거긴 방학도 없대."

"그렇구나."

"그러니까 엄마 걱정하시지 말라구, 자긴 잘 있다구……"

"잘 있을겨."

"……"

"암, 우리 지민이 잘 있을겨."

5

말자는 지민의 옷장 문을 열었다. 겨울 코트, 봄가을 잠바, 일 나갈 때 입던 재킷 몇 벌, 카디건, 정장 치마, 그 옆으로는 여름 원피스들이 보였다. 작은 옷장이라 옷들이 빽빽하게 걸려 있어서 카디건 하나를 빼자 여름 원피스 두 벌이 옷걸이에서 미끄러져 떨어졌다. 앞 단추가 세 개 달린 쥐색 카디건이었다. 따뜻하지 않은 재질에 보풀도 심한 옷이었는데 지민은 이 옷을 주구장창 입었었다. 그 옷 좀 갖다버리라고 아무리 이야기를 해도 지민은 도무지 말자의 말을 듣지를 않았다.

싸구려 합성섬유로 만든 무겁고 오래된 옷. 말자는 그것이 사람이라도 되는 것처럼 두 손으로 들어보고 품에 안아봤다. 지민이 집에 없으니 이 흉한 옷을 버릴 좋은 기회였는데도 말자는 그럴 수가 없었다. 언젠가 돌아올 지민이 그 옷 어디 있는 거냐고 따져 물을 것 같아서였다. 말자는 영숙과 박서방이 잠자리에 들고 난 뒤면 지민이 좋아하던 옷을 몰래 걸쳐보곤 했다. 대부분은 방에서만 입었지만 마음이 내킬 때는 그 옷을 입고 밖을 나돌아다니기도 했고 그중 몇 벌은 자기 집으로 가져와서 잘 때 안고 자기도 했다.

말자는 지민의 카디건을 입고 옷장 거울에 비친 자기 모습을 봤다. 꼬챙이처럼 마른 노인네 하나가 구부정하게 서 있었다. 눈은 옴폭 들어간데다 눈썹도 없어서 가만히 쳐다보고 있는 건데도 의뭉스러운 표정을 짓는 것만 같았다. 거울에 비친 자기 모습을 보는 건 꽤 오랜만의 일이었다. 살이 빠지기 시작한 이후부터는 얼굴 보기가 두려워서 거울을 정면으로 본 적이 없었다. 말자는 지민의 베이지색 스카프를 꺼내서 목에 둘렀다. 단지 지민의 옷을 입고 스카프를 둘렀을 뿐인데도 온몸에 힘이 다 빠져나가는 것 같았고 다리가 후들거렸다. 말자는 지민의 침대 위에 누웠다.

수술을 한다고 해도 별 가망이 없으리라고 의사는 조심스레 말했다. 예전 같았으면 마음이 무너졌을 말이었지만 말자는 오히려 편안했다. 더이상의 수술도, 항암 치료도 싫었다. 무엇을 위해 생을 연장해야 하는지 이유도 알 수 없었고 어떤 미련도 없었다. 차라리 잘됐지 싶었다. 그렇다고 해서 죽음이 두렵지 않은 건 아니었지만, 살아 있다는 것도 두렵다는 점에서는 죽음과 진배없었다. 그 마음을 숨기고 영숙 앞에서 무슨 표정을 지어야 할지 말자는 알지 못했다. 말자는 침대 위에서 몸을 뒤척였다. 잠이 오지 않았다.

할머니.

지민이 그곳으로 가고 나서, 말자는 지민의 목소리를 환청으로 여러 번 들었었다. 다른 말도 아니고 꼭 할머니, 라고 부르는 소리였다. 세상에서 말자가 가장 듣고 싶은 목소리와 말이었다. 그러던 것이 시간이 지나면서부터 더는 지민의 목소리가 들리지 않았다. 이제는 그애의 목소리도 정확하게 기억나지 않는다. 어떻게 지민의 목소리를 기억하지 못할 수 있는지, 그게 무슨 조홧속인지 벌을 받는 것만 같았다. 지민의 목소리가 흐려질 때, 그애가 자꾸 멀어지는 것만 같을 때 말자는 연필을 잘 깎아서 지민에게 편지를 쓰곤 했다.

말자는 자리에서 일어나서 지민의 책상으로 갔다.

지민아,

거기선 잘 있는겨. 거기서두 애들 잘 가르치구 있냐. 우린 걱정 말어. 다 잘 지내고 있어.

너는 많이 우는 아가였지. 살며 너처럼 자주 우는 애는 못 봤다. 첨엔 나이 먹구 다시 딸네 애를 보는 게 억울혔어. 너가 빽빽 울 때마다 내가 뭔 죄로 널 떠맡게 된 건지 싶었잖여. 너가 보채는 밤이 길기두 했구나, 지민아. 난 딴사람들처럼 애를 예뻐하는 사람이 아니었었어. 근데 어쩌다 이리되었을까. 누가 물어도 뭐라 할말이 없어여.

할민 사람 좋아하는 게 무서웠다, 지민아. 사람 좋아하믄 맘이 아프구 힘들잖여. 할미는 겁이 많아선가 언제부턴가 그런 게 무섭드라. 그래두 늙음 안 그럴 줄 알았어여. 근데 아니잖여. 눈도 늙구 귀도 늙구 손발이 나무 껍데기만치 딱딱해져두

맘은 안 그렇드라.

지민아, 이런 거 입구 다니믄 춥지 아녔어? 너 추위 타는 거 알면서두 좋은 옷 하나 사 입히지도 못혔네. 너가 있는 곳은 산골이라는데, 바람두 많이 불 텐데 너 거기서 뭐 입구 다니냐. 겨울 되믄 너 생각이 더 나드라. 이런 옷 입구 벌벌 떨고 있을까봐 할미가 걱정이 많아여.

넌 궁금한 게 많은 아이였잖여. 할머니! 부르곤 재미난 소리들을 잘혔어. 개미들두 나처럼 이불 덮고 자? 하늘의 스위치는 누가 켜고 꺼서 아침이랑 밤이 와? 할민 그런 소릴 하는 너가 어디서 왔는지 신기혔었어. 너라는 애를 모르구 사십 년 넘게 살았었는데 그때 넌 어디 있었냐. 어디서 와서 이런 신기한 얘길 하는 거여.

할미 독감 걸려 입원했을 때 기억나냐. 학교 끝나구 책가방멘 너가 혼자 날 찾아왔잖여. 체육복 바지 무르팍에 풀물이 들어 있더구나. 너 여기가 어디라구 온겨, 하니까 너가 손에 든 걸 주더라. 네잎 크로바 세 개였어. 너가 그걸 내 손바닥에 올려놓구 할머니 죽지 말고 아프지도 말라고 했잖여. 할민 그런 너가 귀여워서 웃었는데 네 눈에는 눈물이 꽉 차 있더구나. 지민아, 이상허지, 그땔 생각하믄 아직두 가슴이 먹먹혀. 내가 뭐라구 바지에 풀물이 들 정도로 그걸 찾구 있었냐. 내가 뭐라구 네 눈에 눈물이 꽉 차 있었냐. 나의 귀염둥이, 나의 아가야.

손에 힘이 빠져서 글씨는 갈수록 알아보기 어려워졌지만 그래도 말자는 편지 쓰기를 멈추지 않았다. 아무리 글씨가 엉망이라도 지민이라면 다 알아볼 수 있을 테니.

집배원이 들어갈 수 없다는 그곳으로, 어떤 편지도 배달되지 않는다는 그곳으로, 말자는 지민에게 직접 전할 그 편지를 접어 가슴에 품었다.

해설 | 서영채(문학평론가)

순하고 맑은 서사의 힘

1

이 책의 표제작 「쇼코의 미소」는 최은영 작가의 등단작이자 제5회 젊은작가상 수상작이기도 하다. 이런 점에서 「쇼코의 미소」는 작가에게 매우 각별한 작품일 것이다. 거기에 비길 수는 없겠지만, 나 역시 「쇼코의 미소」에 대해 남다른 느낌을 지니고 있다. 「쇼코의 미소」가 수상작으로 결정되었을 때 나는 심사위원 중의 한 명이었고, 또 그 작품을 통해 작가 최은영을 알게 되었기 때문이다.

물론 그런 인연 자체는 언제든 있을 수 있는 일로 그렇게까지 특필할 만한 것이 아니다. 젊은작가상으로 말하더라도, 작가 최은영은 7인의 수상자 중 한 명이었고, 나는 또 6인의 심사위원 중 한 명이었을 뿐이다. 그럼에도, 최은영 작가의 첫 소설집이 나오는 마당에 이런 이야기를 꺼내는 것은, 당시 젊은작가상 심사에서 「쇼코의 미소」로부터 받은 강렬한 인상 때문이다. 그 인상의 일단에 대해 말함으로써 이 글을 시작해볼까 한다. 미리 말하자면, 그 작품 「쇼코의 미소」는 이 책 『쇼코의 미소』 전체의 축도였다. 물론 이런 사실을 그때는 알기 어려웠지만.

2

2014년의 젊은작가상 심사에서 「쇼코의 미소」는 일단, 발표된 지 얼마 안 된 신인의 등단작이 수상작으로 선정되었다는 점에서 사람들에게 특별한 인상을 주었다. 심사를 진행하던 심사위원들에게도 사정은 마찬가지였다. 젊은작가상은 그 전해에 발표된 신인 작가들의 중단편을 대상으로 하여 연초에 심사를 진행한다. 2014년 1월에 진행되었던 심사 당시 최은영 작가는, 세상에 나온 지 아직 한 계절이 지나지 않았고 또 발표한 소설도 오직 등단작 한 편밖에 없는, 그야말로 '따끈따끈한' 신인이었던 셈이다. 그런 작가의 작품이 수상작이 되었다는 것은 누구에게나 인상적이지 않을 수 없었다. 물론 이런 경우가 전례 없는 일은 아니어서, 바로 직전 해인 2013년, 제4회 젊은작가상 대상을 받은 김종옥 작가의 단편 「거리의 마술사」도 신춘문예 당선작, 즉 그의 등단작이었다.

이것은 등단 십 년 이내의 작가를 대상으로 하는, 말 그대로 '젊은' 작가상이기에 가능한 것이겠지만. 어떻든, 유사한 예가 없었던 것은 아니지만 등단작인 「쇼코의 미소」가 발표된 지 채 두 달이 지나지 않아 수상작으로 결정된 것은 누구에게나 특별한 모습으로 다가올 수밖에 없었다.

심사과정에서 또하나 인상적이었던 것은 「쇼코의 미소」에 대한 심사위원들의 반응이었다. 그런 반응들은 대개 심사평에 반영되어 있지만 그중에도 도드라졌던 것은 임철우 작가의 다음과 같은 언급이었다. "최은영의 「쇼코의 미소」는 소설이 주는 감동이란 무엇인가를 나로 하여금 새삼 생각해보게 만들었다. 모처럼 만나본, 작가의 진정성과 뜨거운 가슴을 확인할 수 있었던 감동적인 소설이었다."[1] 신형철 평론가의, "'진실하다'라는 느낌을 주고 읽는 이의 마음을 움직인다"(같은 책, 337쪽)라는 심사평 역시 이런 반응의 또다른 표현으로 다가왔거니와, 나 역시 「쇼코의 미소」를 읽으며 마음이 움직였던 대목이 있었다. 서울의 원룸에서 혼자 사는 손녀를 할아버지가 찾아왔다 돌아가는 일련의 장면들, 그러니까 비를 맞으며 돌아가는 할아버지에게 우산을 받쳐주고 싶은데 고장난 우산이라 제대로 펼쳐지지 않았다든지, 나중에야 할아버지의 진심을 알게 되는 장면 같은 대목들에서였다. 하지만 조손간에서

1) 『제5회 젊은작가상 수상작품집』, 문학동네, 2014, 342쪽.

펼쳐지는 이런 정서의 드라마는 그 자체로 감정이 뭉클거리지 않을 수 없어 자칫 소설을 망칠 수 있는데도, 그런 감정을 스스럼없이 드러내면서도 서사가 잘 버텨내고 있어 신통하다 싶었다. 신인의 등단작인데도 그럴 수 있다는 것이 대단해 보였고, 또 심사평에도 그렇게 썼다.

그러니까 나는 지금 「쇼코의 미소」가 뛰어난 소설이라는 말을 하고 있는 것인가. 여러 사람이 지지해서 상을 받은 소설이니까 작품이 좋다는 것은 당연한 말이 아닌가. 물론 대강은 그렇지만 그게 다는 아니다.

앞에서 나는 심사위원들의 반응이 인상적이었다고 썼는데, 그것은 심사위원의 반응이라서 그랬다는 것은 아니다. 심사위원이라 해서 대단한 존재일 수 없음은 당연한 말이다. 보통 독자들에 비해 조금 더 많이 읽어왔고, 또 책임을 맡았으니 매우 꼼꼼하게 읽을 수밖에 없는 독자가 심사위원이다. 그런 사람들에 의해 선정된 것이니 일단 독자들의 좋은 반응을 받았음에 틀림없지만, 그렇다고 해도 독자들의 입에서 감동이라는 단어를 이끌어낼 수 있는 것은 쉬운 일이 아니다. 「쇼코의 미소」가 내게 인상적이었던 것은, 심사위원이라는 좀 유별난 독자들에게서 감동적이라는 흔치 않은 반응을 이끌어낸 소설이었다는 점 때문이었다.

그런 게 그렇게 특별한 것이냐고 묻는다면 그렇다고 대답할 수밖에 없겠다. 작품에 대한 찬사는 직접적인 것에서부터 우회적인 것까지 다양하지만, 그중에서도 감동적이라거나 마음을 움직이게 했다는 말은 좀 특별한 지위를 지닌다. 그것은 말하자면 어떤 작품이 독자의 마음에 와 닿았다는 뜻인데, 따지고 보면 그런 뜻에서의 감동받음이란 모든 예술이 지향하는 종국적인 것이 아닐 수 없다. 어떤 방식으로건, 결국 수용자의 마음에 다가가고 공감하게 만들고 그리하여 그 마음을 움직이게 하는 것이란, 현저하게 자기 충족적인 계기도 있으므로 예술의 전부라고까지 할 수는 없겠지만 최소한 예술작품의 절반 이상의 존재 이유 혹은 핵심에 해당하는 것이겠기 때문이다. 따라서 감동적이라는 말은 어떤 작품에 대한 상찬의 말 중에서도 최상급의 것이며, 그것도 『백년여관』의 작가에게 그런 찬사를 듣는 것은 쉬운 일은 아니다. 인상적이지 않을 수 없었던 장면이었다.

「쇼코의 미소」가 주었던 특별한 인상은 여기에 또하나가 추가된다. 그것은 조금은 특이하다고 해야 할 작풍과 관련이 된다. 심사를 했던 하성란 작가는 이에 대해 이렇게 썼다.

> 이 소설의 미덕은 바로 이 작품이 이 작가의 등단작이라는 데 있을지도 모른다. 그 나이의 작가라면, 첫 소설이라면, 소설을 쓰기 위해 습작을 해온 작가라면, 작가는 아마도 심사위원의 시선을 빼앗을 만한 소재와 문장으로 소설 도입부부터 공을 들였을 것이다. 그런데 이 소설은 아무런 기교도 없이 마치 주인공의 일기장을 보

여주듯 담담하게 흘러갈 뿐이다. 조금은 싱겁다 생각했는데 어느새 그 담담함에 매료되고 말았다.(같은 책, 347쪽)

이런 평가라면 물론 칭찬이기는 하지만 그렇게 단순하지만은 않다. 등단을 원하는 예비 작가라면 누구나 자기가 지닌 기량을 보여주고 싶어하기 마련인데, 이 작가는 그러지 않았다는 것이고 그것이 미덕으로 보였다고 했다. 그것이 미덕으로 보였던 것은 말할 것도 없이 「쇼코의 미소」라는 작품에 대한 호의가 있었기 때문에 가능한 말이다. 그러나 신인에게서 발견되는 기교 없는 담백함이라면 그 자체로는 양날의 칼일 수 있다. 기교란 종국적으로는 치워버려야 할 사다리 같은 것이라서 어떤 단계에 도달하면 불필요한 것일 수 있다. 그러나 신인들에게도 그렇다고 말하기는 쉽지 않기 때문이다.

예술이란 기본적으로 기술적 숙련과 도야를 통해 높은 단계에 도달하게 되는 것이다. 그러므로 야심 있는 신인들이라면 그 자신이 상당한 수준에 도달했음을 증명하고 싶어하는 것이 당연할 터이다. 더욱이 등용문을 통과하는 일과 관련이 되어 있다면 그런 점에 신경쓰지 않을 수 없다. 소재나 문체나 기법 같은 것들, 통칭하여 이른바 감각의 새로움이라 할 만한 것들을 보여주기 위해 애쓰는 게 당연하다는 것이다. 그런데 그런 점에 무신경해 보이는 신인이라면 어떻게 보아야 할까. 그런 점에 신경쓰지 않으면서도 호감을 얻어낼 수 있는 신인이라면 그건 정말로 대단한 수준이거나 혹은 어쩌다가 한 번 얻어걸린 경우일 수도 있다. 그러니까 그럴 만한 능력이 없을 수도 있는 것이다. 물론 어느 쪽이건 간에 「쇼코의 미소」라는 작품에 대한 평가가 달라지지는 않겠지만, 한 신인 작가가 지닌 앞으로의 가능성에 대한 것이라면 평가는 전혀 달라질 수도 있다.

최은영 작가가 한 권의 책을 내는 시점이니 이제는 좀더 분명하게 말할 수 있겠으나, 「쇼코의 미소」라는 등단작 한 편만 놓고 봤을 때는 어느 쪽이라고 분명하게 말하기는 어려워 보였다. 「쇼코의 미소」에 대해, "요즘 보기 드문 정통적인 단편의 미덕"을 지니고 있으며, "서사는 언뜻 보면 교과서적인 틀을 벗어나지 못하는 듯하다. 그러나 조근조근 타박타박 꾸준히 이야기를 이어나가는, 신인답지 않은 힘은 어떤 새로운 감각의 소설보다 드물고 소중하다"(같은 책, 327쪽)라고 썼던 권여선 작가의 심사평에서도 그런 애매함 같은 것을 볼 수 있다. '새롭지 않은 좋은 소설'이라는 일종의 아이러니가 놓여 있다.

어떤 장르에서건 현대 예술에서 가장 으뜸가는 평가 기준은 참신함이다. 남과는 달라야 한다는 것, 자기만의 개성과 독창성이 있어야 한다는 것이다. 최악의 경우는 어디서 많이 본 것 같다거나 다른 사람을 흉내냈다는 평가이다. 전통적 미학에서 가장 중요한 척도였던 아름다움과 추함 같은 것은 문제가 안 된다. 진부한 아름다움은 추함이 아니라 그 이하이고, 참신한 추함은 아름다움이 아니라 그 이상이다. 그것이 전통적인 것과는 구별되는 현대적인 미의식이며, 비단 예술만이 아니라 상품이나 아이디어를 비롯, 일상적인 생활 감각의 수준에서도 통용되는 감각적 평가의 기준이다. 그것이 우리가 사는 감각세계의 으뜸가는 척도인 것이다.

서사의 감각도 기본적으로는 이와 마찬가지라 해야 할 것이다. 우리 주변에는 수많은 이야깃거리가 있지만, 문제는 어떤 이야기를 골라 어떻게 표현하느냐이다. 한 작가나 작품의 수준은 그런 차원에서 결정된다. 그런데 문제는 이런 감각이라는 것이 유행처럼 유동적이고 수시로 변화한다는 점이다. 낡음은 참신함의 반대말이지만 복고는 구식이라도 참신함일 수 있다. 일 년 단위로 변화하는 패션이 이런 감각의 최첨단에 있다면, 감각적 유동성이라는 점에서 소설은 그 반대편에 있다고 해야 할 것이다. 서사예술에서 감지되는 감수성의 변화가 포착 가능한 것이 되려면 어느 정도의 시간이 필요할까. 아마도 최소 십 년 단위 정도는 잡아야 하지 않을까. 우리가 고전이라고 칭할 만한 작품들의 경우는 오십 년이나 좀 심하게는 백 년 단위라고 해도 좋을 것이다. 소설이라는 장르 자체가 매우 큰 덩치를 지니고 있어서 느리고 둔하게 변하며, 그 때문에 감수성의 변화를 예민하게 반영하는 매체라 하기는 어렵기 때문일 것이다.

이런 사정에도 불구하고, 「쇼코의 미소」를 통해 최은영 작가가 만들어낸 앞서와 같은 반응들, 정통적이랄지 기교 없는 싱거움 같은 평가는 인상적이라 하지 않을 수 없다. 좀더 정확하게 말하자면, 그런 평가를 받으면서도 그의 소설이 수상작이 되었다는 것, 그뿐 아니라 심지어는 감동적이라는 소리까지 들었다는 점이라 해야 하겠다. 수사를 걷어내고 나쁜 쪽으로 말하자면, 정통적이다라는 것은 진부하다는 말이고, 기교가 없다는 것은 미숙하다는 말이다. 그러니까 진부하고 미숙한데도 감동적이라고? 그건 참 대단한 일이 아닐 수 없다. 이렇게 말하고 보니, 어쩌면 감동이란 세련됨이나 참신함을 통해서가 아니라, 진부함과 미숙함을 통해서만 다가오는 것일지도 모르겠다는 생각이 든다. 어떻든 간에, 「쇼코의 미소」가 만들어낸 풍경은 그 자체가 참 대단한 일이 아닐 수 없다.

지금 생각해보면, 최은영 작가가 진설해놓은 서사의 바탕에 놓여 있는 어떤 힘, 권여선 작가가 "꾸준히 이야기를 이어나가는, 신인답지 않은 힘"이라고 표현했던 동력이 있어서 그런 결과가 가능했던 것이겠지만, 그런 힘은 당시에는 분명하게 말하기는 힘든 것이었고 한 권의 책을 내는 이 시점에야 좀더 분명해지는 것이라 하겠다.

3

중편 「쇼코의 미소」는 삼 년 가까운 시간이 지나 이제 단행본

『쇼코의 미소』가 되었다. 이 책 전체를 통해 가장 두드러져 보이는 것은 서사를 감싸고 있는 순하고 맑은 힘이다. 그 힘은 이를테면 열기라기보다는 온기에 가까워서 힘보다는 기운이라고 함이 좀더 적절할 수도 있겠지만, 비유하자면 그 힘은 추운 겨울에 따뜻한 실내로 들어갔을 때 갑작스럽게 몰려오는 온기와도 같다. 힘은 힘이되 누구도 해칠 수 없어 보이는 부드럽고 따뜻한 힘, 압도적이지만 위압적이지는 않은 힘이다. 책 전체를 한 호흡에 읽는다면 누구라도 그런 힘을 느낄 수 있을 것이다.

그런 힘은 기본적으로 서사의 결 자체로부터 비롯되는 것인데, 좀더 직접적으로는 최은영 작가가 만들어낸 인물들의 성격에서 기인하는 면이 많아 보인다. 그들은 대체로 희미하고 조용한 사람들이고, 삶 속에 있을 수밖에 없는 우울과 슬픔 속에서도 서로 간의 유대와 공감의 끈을 놓지 않으며 무엇보다도 정감의 깊이를 지니고 있는 사람들이다. 그들의 이야기가 한데 모이니 그것이 힘으로 느껴진다는 말이다. 그러니까 최은영 작가는 이들의 이야기를 통해, 거칠고 단단한 것만이 아니라 순하고 맑은 것도 힘이 될 수 있음을 보여주고 있는 셈이다.

이런 생각을 지니고 소설 안으로 조금 들어가면, 최은영 작가의 소설이 바탕하고 있는 핵심적인 정감을 어렵지 않게 찾아볼 수 있다. 인물들 사이의 정서적 공감을 통해 만들어지는 유대감이 그것이다. 이런 유대감은 가족들이나 여성 인물들 사이에서 잘 표현되

논데, 사적 친밀성의 형태로 만들어지고 있다는 점에서 그 자체로 여성적인 것이라 하겠다. 물론 정서나 유대감에 대해 성차를 구분하는 것은 지나친 것일 수도 있겠지만, 논리와 정의에 입각하여 어떤 대의를 앞세우는 강력하고 전투적인 유대와, 우연한 계기에 사람들 사이에서 만들어지는 정서적 공감 및 그것의 지속으로서의 유대 정도를 구분해서 말한다면 그래도 좋지 않을까 싶다.

정서적 공감을 통한 유대의 형성은 이 책에 실린 거의 모든 소설들에서 중심적인 것으로 표현된다. 때로 그것은 「한지와 영주」에서처럼 중심인물들 사이에서 부정적이거나 혹은 공감 형성의 정점에 도달하지 못한 상태로 드러나기도 하지만, 이런 예외적인 경우에서조차도 서사의 초점은 여전히 사람들 사이의 공감과 유대에 놓여 있다. 그러니까 그 정점에 도달하지 못한 경우는 있을 수 있으나 그런 초점이 만들어지지 않은 서사는 없다고 해도 좋을 정도이다. 그래서 좀 심하게 말한다면, 최은영의 세계에서 단 하나의 가치 있는 것이 바로 그 공감의 유대라 해도 좋을 것이다. 기쁨이건 슬픔이건 간에, 마음을 나눈 사람들이 함께하는 것, 서로에게 기대고 기댐을 받는 것, 최은영의 세계에서 중요한 것은 오직 그것뿐이라 해도 크게 지나친 말은 아닐 것이다.

앞에서 「쇼코의 미소」가 심사 당시에 불러일으켰던 특별한 반응들에 대해 언급했지만, 그런 반응을 만들어낸 힘의 상당 부분은, 이런 관점에서 보자면 이 작품이 지닌 정서적 중량감 때문이라

해야 하지 않을까 싶다. 「쇼코의 미소」에 자리하고 있는 그런 중량감은, 인물들 사이의 공감과 유대의 선이 몇 겹으로 겹쳐짐으로써 만들어진다. 그것은 기댐과 기댐 받음의 변증법이라 할 수 있을 터인데, 이런 점에 대해 조금 자세히 말해보자.

「쇼코의 미소」는 중편이지만 서사의 틀 자체는 장편의 구성을 지니고 있다. 고등학교 일학년 때 한국의 자매학교에 방문한 일본인 여학생 쇼코와 한국측 파트너 소유가 어른이 되어가는 동안 때론 엇갈리고 때론 함께 가며 공유했던 시간들이 서사의 기본 틀이다. 여기에 각자의 할아버지가 합세한다. 두 여학생은 모두 아버지가 없는 가정의 딸들로서 할아버지와 특별한 정서적 유대를 지니고 있다. 두 여학생이 알고 지냈던 십삼 년여의 시간은 모두 각자의 할아버지와 이별하는 시간이기도 했다. 소설은 소유의 시선으로 기술되므로, 소유와 그 할아버지 사이의 관계라는 선이 훨씬 더 부각되어 있기는 하지만, 쇼코와 그 조부가 지니고 있는 관계의 드라마도 만만치가 않다. 멀리 있어 희미한 모습이기는 하지만, 서로에 대한 마음의 기댐과 기댐 받음 사이에서 만들어지는 전도의 드라마가 그 핵심에 자리잡고 있기 때문이다.

쇼코와 조부 사이에서 만들어지는 드라마의 개요는 이러하다. 예쁘고 똑똑한 쇼코는 할아버지의 지나친 사랑을 못 견뎌해 빨리 고향을 떠나 도쿄로 가고 싶어한다. 소유에게는, 조부가 자기를 여자친구처럼 생각하는 것이 견디기 힘들다고까지 했다. 그런 쇼코였지만 도쿄의 명문 대학에 합격하고도 결국 고향을 떠나지 못하고, 고향에서 대학을 나와 그 지역 병원의 물리치료사가 된다. 할아버지의 병이 문제였다고, 병든 할아버지 옆에 있어줘야 할 사람이 쇼코였기 때문이라고 했다. 그러나 그 안을 들여다보면 오히려 치명적인 상태였던 것은 우울증에 시달리다 자살 시도까지 한 쇼코였고, 신부전증을 앓고 있던 할아버지가 쇼코의 생명을 부지해주었다는 사실이 성숙해진 쇼코의 편지에 의해 밝혀진다. 그러니까 자기에게 너무 기대는 할아버지를 못 견디겠다고 했던 쇼코였지만, 사실은 그 반대였다는 것, 세계의 우울 속에 내던져진 소녀를 지탱해주었던 것은 늙고 병든 육신을 지닌 조부였다는 것이다. 이것이 소설을 관류하는 드라마의 첫번째 층위이다.

두번째 층위는 소유와 그 할아버지와의 관계 속에서 펼쳐진다. 아버지는 일찍 세상을 뜨고 소유는 어머니와 외조부로 이루어진 가정에서 성장했다. 그런데 그 외조부는 쉰 살에 돈 버는 일의 세상에서 떠나와 둔세의 삶을 사는 사람이다. 대단한 철학이 있어서가 아니라, 물려받은 가게를 운영하다 마음을 다쳐서 세상으로부터 도망쳐 나온 경우이다. 할아버지는 상처한 후 사십여 년 동안을 홀아비로 지냈다. 자기처럼 홀로된 딸과 또 그 딸의 딸과 함께. 자기 마음을 잘 표현하지 않는 무뚝뚝하고 퉁명스럽기까지 한 노인이었다. 그런 외조부의 손녀인 소유는 서울에 있는 대학으로 진학해서 영화감독의 꿈을 가지고 혼자 객지생활을 한다. 이런 조손 사이의 대화가 이루어지는 것은 쇼코 때문이었다. 일본어를 할 수 있는 외조부는 쇼코가 그 집에 머물고 간 이후로 쇼코와 펜팔 친구가 된다. 자신의 손녀에게는 무뚝뚝한 사람이었던 할아버지가 손녀의 외국인 친구와는 친구가 된 것이다. 일본으로 돌아간 다음 쇼코는 소유에게는 영어로, 소유의 외조부에게는 일본어로 편지를 보낸다. 소유에게는 그런 할아버지의 모습 자체가 놀랍기도 했다. 퉁명스럽고 말이 없던 할아버지가 쇼코에게 속내를 털어놓는 것을 확인하게 되면 착잡한 심정이 들 정도였다. 그랬던 할아버지가 이제 세상을 떠나게 된다. 영화를 만드는 일이 뜻대로 되지 않고 자기가 만든 단편영화에 대한 평가도 좋지 않아 우울한 삶을 사는, 이제는 서른이 된 손녀가, 자기를 사랑하고 자기 삶을 인정해주었던 할아버지의 속마음을 접하게 된다. 쇼코와 주고받았던 할아버지의 편지를 통해서.

이렇게 보면, 열일곱 살 때 만나 서른 살의 여성으로 성장해가는 두 인물의 삶이 현해탄을 사이에 두고 도플갱어처럼 서로를 마주보고 있는 셈이다. 소설의 기저에 놓여 있는 것은 조손간의 마음속에서 펼쳐지는 이같은 두 개의 드라마이지만, 여기에 또하나의 드라마가 겹쳐진다. 두 여성 간에 만들어지는 공감과 유대의 드라마가 그것이다. 그것이 세번째 층위이다.

동갑내기 소유와 쇼코는 공통점이 많았다. 비슷한 풍경의 지방 소도시에서, 아버지 없이 할아버지와 함께 사는 집의 형태가 그러했다. 이들은 십삼 년여에 걸쳐 세 번 만나게 된다. 고등학교 시절에는 쇼코가 한국을 방문했고, 쇼코와의 편지 왕래가 끊긴 후인 대학 시절에는 소유가 쇼코의 집을 찾았다. 그리고 두 할아버지가 모두 세상을 떠나고 난 다음에는 쇼코가 다시 소유를 찾아 한국에 온다. 소유의 시선으로 보자면, 한국에 왔던 고등학생 쇼코는 부러움의 대상이었지만, 소식이 끊긴 후 어렵게 일본까지 찾아가서 보게 된 대학생 쇼코는 나약하고 병자 같은 모습이었다. 처음 만났을 때는 예의바르고 어른스럽다고 느꼈던 쇼코의 미소가, 육 년여의 시간이 흐르자 비겁하고 나약한 것으로 바뀌어 있다고 소유는 느꼈었다. 그 미소가 다시 자기 모습을 찾기까지 또다시 그만큼의 시간이 지나야 했다. 서른이 되어 다시 만난 소유와 쇼코는 이제 정신적으로 자립한 성인으로 서로를 느낀다. 그들은 모두 할아버지를 떠나보냈고 그래서 쇼코는 소유에게, "우린 이제 혼자네"(71쪽)라고 말한다.

이 표현이 지니고 있는 역설을, 양재훈 평론가는 소유의 마음속에서 이루어지는 쇼코에 대한 전이의 양상을 꼼꼼하게 적시한 후, "'이제 혼자'라는 쇼코의 말의 주어는 술어와 모순되는 '우리'였다"[2]라고 적절하게 지적해주었다. 역설적이지만 그런 역설을 각각의 방식으로 감당하는 것이 성숙한 유대의 모습일 것이다. 그런

2) 양재훈, 「그들은 다시 만나야 한다」, 『제5회 젊은작가상 수상작품집』, 317쪽.

수준에서라면 전이와 역-전이는 수시로 교차하는 것이라고 해야 할 것이다. 그것은 기댐과 기댐 받음이 수시로 교차하는 것, 즉 서로 기댐의 수준에서 마음의 흐름이 수시로 방향을 바꾸며 진동하는 모양새를 뜻한다. 둘 사이에 완벽한 일치란 존재할 수 없으니 정서의 낙차와 흐름은 불가피하다. 그러나 그 낙차란 언제든 역전될 수 있는 것이며, 또한 물매 자체가 크지 않아 그 마음의 흐름도 스스로가 통제할 수 있는 수준이 된다.

「쇼코의 미소」가 지니고 있는 중량감은 이렇듯 최소 세 겹으로 겹쳐진, 정서의 흐름이 만들어내는 드라마의 풍부함에 기인하는 것이라 할 수 있을 터인데, 그것은 이 소설을 포함하여 일곱 편의 작품으로 구성되어 있는 이 책 전체로 보더라도 마찬가지가 아닐까 싶다. 어떤 소설을 택하더라도 그 안에는 공감이 만들어내는 따뜻한 유대의 풍경들이 자리잡고 있다. 그러니 이런 사람들의 이야기를 쓴 작가의 시선이 세월호 사건으로까지 확장되는 것은 너무나 당연한 일이겠다. 「미카엘라」와 「비밀」의 경우가 그러하거니와, 여기에서도 눈에 뜨이는 것은 최은영 작가가 그 소재를 다루는 방식이다. 「미카엘라」의 예를 들어보자.

「미카엘라」는 한국을 찾은 교황의 미사에 참석하기 위해 서울에 올라온 한 중년 여성과 그 딸의 이야기이다. 서울에서 대학을 나와 직장생활을 하며 혼자 사는 딸이 있고, 모처럼 서울에 온 엄마가 있다. 무슨 일이 벌어질까.

엄마는 지방에서 미용실을 하며 가장 노릇을 해온 처지이고, 딸은 딸대로 혼자 힘으로 서울생활을 버텨내고 있는 당차고 똑똑한 여성이다. 아버지로 말하자면 일찍이 노동운동에 투신했다 몸과 마음을 다쳐 가장 노릇을 제대로 해내지 못한 처지였다. 직장생활 하느라 바쁜 딸에게 방해가 되고 싶지 않은 엄마와, 또 그런 엄마를 못마땅해하면서도 엄마의 전화를 기다리던 딸이 서로 연락이 되지 않는다. 딸은 엄마를 기다렸지만, 딸에게 부담을 주고 싶지 않았던 엄마는 결국 찜질방을 선택했고 그곳에서 팔십 노인 한 사람을 만나게 된다. 두 사람은 찜질방에서의 거친 잠자리와 이후의 아침 식사에서 서로를 챙겨 마음을 나누게 된다. 그러고 엄마는 노인을 따라가게 되는데, 그곳이 광화문의 세월호 시위 현장이었다. 찜질방에서 만난 노인의 손녀도 아니고, 그 노인의 친구의 손녀가 세월호 사건으로 세상을 떴다는 것이다. 그래서 노인의 친구는 넋이 나갔고, 노인은 그 넋이 나간 친구를 찾아 광화문으로 간다고 했다. 엄마는 또 그 노인을 따라 광화문으로 가는 것이다. 그리고 엄마를 기다리던 딸은 또 텔레비전에서 본 엄마의 흔적을 찾아 광화문으로 간다.

여기에서, 세월호 사건으로 죽은 소녀와 직장생활 하는 딸의 별칭이 모두 가톨릭식으로 미카엘라라는 것은 서사의 단순한 의장에 불과하다. 사랑과 그로 인한 상실의 아픔(그것이 실현된 것이건 잠재적인 것이건)이 전체를 감싸고 있으니, 나이든 사람이면 누구든 엄마이고 어린 사람이면 누구든 딸이다. 그리고 손녀이고 할머니이다. 그리고 그들은 서로의 흔적을 찾아, 그리고 공감의 흐름이 만들어내는 물길을 따라 모두 한곳에 모인다. 그것이 최은영식 마음의 풍경의 한 전형이라고 해도 좋겠다.

4

최은영의 세계가 지니고 있는 또하나의 측면은 거친 남자 어른들을 위한 자리가 존재하지 않는다는 점이다. 그런 사람들이 등장하지 않는 것은 아니지만 유대의 장소에 자리잡지는 못한다. 이런 점은 소설에 등장하는 인물들의 구성에서 어렵지 않게 찾아볼 수 있다. 「쇼코의 미소」에서 보자면, 홀로된 외조부와 엄마, 그리고 외손녀이자 딸인 여성으로 구성되는 아버지 없는 삼대 가족의 모습이 대표적이고, 앞에서 언급한 「미카엘라」와 그리고 「언니, 나의 작은, 순애 언니」의 경우에도 씩씩해야 할 남자는 감옥에 있거나 출옥 후에 제대로 된 남자 구실을 못하는 것으로 설정되어 있다.

이런 남자들 혹은 아버지의 자리를 대신하는 것이 「쇼코의 미소」에서 현저하게 드러나듯이 조손간의 정서적 유대감이다. 인물들이 수행하는 성 역할이라는 점에서가 아니라, 소설 속에서 차지하는 정서의 비중이라는 점에서 그러하다. 여기에서 조손간이란 「쇼코의 미소」의 경우에는 손녀와 할아버지이고, 「미카엘라」나 「비밀」의 경우는 손녀와 할머니인데, 손녀를 기준으로 보자면 할아버지와 할머니의 성별을 나누는 것은 별반 의미 없어 보인다. 「쇼코의 미소」의 외조부는 사실상 외조모에 해당한다. 외조부가 세상을 떠나기 전 세 식구가 한방에서 자면서 주인공의 외조부와 모친이 나누는 대화는 부녀라기보다는 모녀간의 대화라 해야 적당해 보인다. 물론 외조모의 자리에 외조부가 있다는 것이 서사적 미감으로 보자면 비틀린 매력 포인트라 할 터인데, 그런 차원에서가 아니라 인물들이 나누는 정서라는 점에서 보자면 여성적인 것이 놓여야 할 자리라는 것이다. 요컨대 이런 점을 감안한다면, 최은영의 세계에서 아버지의 자리를 대신하고 있는 것이 할머니라고 해도 좋을 것으로 보인다.

이 자리에서 이런 사실을 강조하는 까닭은, 성차를 지닌 정서가 최은영의 소설이 지니고 있는 매우 현저한 특성을 대변하고 있기 때문이다. 그것을 앞에서는 순하고 맑은 힘이라고 표현했거니와, 이 책 전체에서 가장 전형적인 모습으로 떠오르는 페르소나는, 조부모에게 사랑을 많이 받고 자라난 착한 여성의 형상이다. 그냥 착한 것이 아니라 고집스럽게 착한 사람, 억세고 강한 것을 견뎌내지 못한다는 점에서 통념적인 의미에서의 남성적인 것을 거부하고 반대로 여성적인 정서의 유대를 강하게 당겨 안는, 집요하고 독하게 착한 사람이다.

이 책에서 상대적으로 특이한 소설은 「한지와 영주」인데, 이 소설의 중심인물은 한국의 대학원생 여성 영주와 케냐의 수의사 남성 한지이다. 둘은 프랑스의 수도원에서 자원봉사자로 만나 석 달 동안을 함께 지냈다. 마음이 통하는 사이였고, 게다가 둘은 서로를 좋아했지만 맺어지지 못한 채 미워하는 사람처럼 헤어진다. 무슨 일이 있었는지는 서사의 표면에 드러나 있지 않으므로 알 수가 없다. 한국과 케냐 사이의 거리가 만들어낸 현실적인 문제 때문이었을 것이라 짐작만 할 수 있을 뿐이지만, 그럼에도 이 둘의 이야기를 규정하고 있는 가장 현저한 정서는, 한지가 지니고 있는 탁월한 공감 능력이고, 그것이 만들어내는 따뜻하고 온화한 분위기이다. 한지에 대해 자폐적이거나 사람을 깊게 사귀지 못한다는 등의 이야기가 있었지만 그것은 다른 사람들이 말하는 것일 뿐이다. 한지가 어떤 사람인지는 그 스스로가 영주에게 들려준 두 개의 이야기가 대표적으로 보여준다. 아픈 몸으로 태어나 평생 누워서 생활해야 하는 동생을 돌보는 이야기가 그 하나이고, 어미를 잃고 사람 손에서 자라났다 야생으로 돌아가는 코뿔소들과 나누었던 정서적 교감에 관한 이야기가 다른 하나이다. 이 이야기가 규정하는 한지가 지닌 정서의 성별은, 구태여 나누자면 남성이 아니라 여성에 속한다. 이런 점을 염두에 둔다면, 한지와 영주가 맺어지지 못한 것은 다른 현실적인 이유가 아니라 동성이기 때문이라 해야 하지 않을까 싶다. 이런 이야기는 물론 서사의 표면을 넘어서는 것이다.

이와는 반대로 정서의 성차가 매우 직접적으로 표현되고 있는 것이 「먼 곳에서 온 노래」의 경우이겠다. 이 단편은 국문과를 나와서 소설을 쓰는 여성 소은이, 이제는 죽은 대학 시절의 선배 미진을 그리워하는 이야기이다. 둘은 대학 시절 노래패 활동을 같이했던 사이로 삼 년 동안을 함께 살았다. 이 둘이 가까워지게 된 계기는 화자인 소은이 일학년 때 벌어진 사건 때문이었다. 사연은 이렇다. 02학번 소은이 새내기였을 때 동아리 홈커밍데이에, 사회에 진출한 80~90년대 학번의 선배들을 만나게 된다. 그 자리에서 선배들이 후배들을 질타하고 그 핵심에 새내기 소은이 있다. 기자가 된 95학번 여자 선배가 이렇게 말한다.

> "그러게 말이에요, 형. 우리 학교 여자애들 보셨어요? 계집애들처럼 몰려다니면서 선배보고 오빠라고 하질 않나. 우리 노래패도 단단하게 이끌어줄 남자애들이 안 들어와서 결국 이렇게 된 것 같아요. 나도 여자지만 여자애들, 뭉칠 줄도 모르고 도무지 조직이라는 걸 이해 못하잖아요." 그 말을 끝낸 기자 선배가 나를 쏘아봤다. "소은이라고 했나?" 내가 고개를 끄덕이자 그녀가 말을 이었다. "너도, 우리 후배라면 그런 여성적인 태도는 좀 버려야 할 것 같다? 말투도 그렇고 옷차림도 그렇고…… 나도 여자지만, 사회에 나와보면 참 융화가 안 되는 여자들이 많아. 툭하면 삐지고, 불평불만에. 남자들은 안 그러거든. 우리 대학 여자들이 좋다는 게 뭐야.

제3의 성이잖아. 여자지만 다른 여자들의 열등함은 지양해야지. 네 선배니까 말해주는 거지 누가 너한테 이런 말 해주겠니? 이렇게 말해주는 사람 없으면 사회 나가서 욕먹는다, 너."(220~221쪽)

이런 말을 하는 선배는 여성이지만, 이 여성이 대변하는 정서는 케냐의 청년 한지의 경우와는 반대로 남성의 것이다. 그러니까 코뿔소를 돌보는 한지가 청년-여성이라면 이 말을 하는 김연숙은 처녀-남성이다. 이런 식의 폭력에 대해 직접적 비난의 대상이 되었던 새내기 소은은 저항감을 느끼지 않을 수 없고, 소은의 그런 마음을 대변해주었던 사람이 그가 그리워하는 미진 선배이다. 미진 선배는 이 거칠기 짝이 없는 처녀-남성에게 이렇게 말한다.

"김연숙씨나 잘하세요. 여자인 게 그렇게 부끄럽고 괴로운 일이었어요? 여자들은 감정적이고, 분란 일으키고, 이기적이어서 조직 배반하기 쉽고, 여자의 적은 여자고. 그런 자기부정이 김연숙씨가 말하는 건강함이었습니까? 여자 후배들 앞에서 부끄러운 줄 아세요." 그렇게 말하는 선배의 목소리는 심하게 떨리고 있었다. 선배는 떨리는 손으로 가방을 들고 나갔다. 나도 부랴부랴 책가방을 메고 선배를 따랐다.(223쪽)

이렇게 밖으로 나간 미진 선배가 눈물을 흘리고 있음을 뒤따라

간 소은이 확인하게 된다. 미진 선배가 눈물을 흘리고 있는 것은 무엇 때문일까. 이것 역시 텍스트의 표면에는 나와 있지 않지만, 아마도 잠시 동안이나마 유체이탈을 하여 거칠고 탁한 몸속으로 빙의 여행을 했었기 때문이라고 해야 하지 않을까. 그 거칠고 탁한 기운을 이기지 못해서, 목소리가 떨리고 손이 떨리고 마침내는 눈물이 터져나왔던 것이라 해야 하지 않을까. 최소한 최은영이라는 작가가 만들어놓은 세계 속에서는 그렇다고 해야 하지 않을까.

5

최은영 작가가 만든 서사의 바탕에 놓여 있는 것은 우울증의 세계이다. 특히 젊은 여성들의 경우가 그러하다. 쇼코도 그렇고 소유도 그렇고, 미진도 소은도, 실연당하고 느닷없이 반년 넘게 이국에서 수도원 생활을 하는 스물일곱 살의 지질학과 대학원생 영주도 마찬가지이다. 정도의 차이는 조금씩 있을지라도 그들은 모두 우울증의 세계에서 살아가고, 더러는 「비밀」에서 기간제 교사를 하다가 숨진 지민처럼 절망적인 경우도 있다. 지금 우리 앞의 세계가 그러하니, 소설이라고 다를 이치가 없다.

그런데도 이 책의 원고를 한 호흡에 읽고 난 후 마음이 따뜻해지는 것을 느끼며 나는 좀 신기해했다. 절망도 우울도 사람의 삶인

한 불가피한 것임은 누구나 알고 있으므로 새삼 강조할 필요가 없다. 중요한 것은 그것을 아는 것이 아니라 마음으로 받아들이는 것이다. 최은영 작가가 만들어놓은 순하고 맑은 정감의 나라에서는 그것이 좀더 쉬웠던 것일까, 그래서 내 마음이 따뜻해졌던 것일까 싶기도 하다. 어쩌면 탁월한 공감력이 있어 날 선 마음들이 잘 감싸여졌기 때문일지도 모르겠다.

물론 현실을 사는 우리에게 좀더 중요한 것은 절망이나 우울의 불가피함을 받아들이는 것이 아니라 현실의 불행을 완화할 방법을 찾는 것이겠지만, 그것은 일단 나중으로 미뤄두어도 좋겠다. 이 책을 읽는 동안은. 우선 받아들이고, 「씬짜오, 씬짜오」에 나오는 베트남 호 아저씨처럼 순순하게 받아들이고, 다른 사람들의 아픔을 내 것으로 느끼는 사람들의 모습을 바라보면서 그들과 마음을 함께하는 정도로 일단은 족하지 않을까 싶다. 그 대상이 무엇이건 간에, 공감이야말로 모든 것의 출발점일 것이기 때문이다.

지적인 것이 아니라 정서적인 것을 통한 공감력이 포스트 계몽 시대에 유효한 새로운 계몽의 양식일 수 있으리라는 말은, 이 책을 다 읽은 독자들을 위한 사족으로 달아두고 글을 맺자.

작가의 말

서른 살 여름, 종로 반디앤루니스 한국소설 코너에 서 있던 내 모습을 기억한다. 나는 안 되는 걸까, 한참을 서서 움직이지 못하던 내 모습을. 글을 쓰고 책을 내는 삶은 멀리 있었고, 점점 더 멀어지는 중이었다. 이 년간 여러 공모전에 소설을 투고했지만 당선은커녕 심사평에서도 거론되지 못했다. 그해 봄 애써서 썼던 「쇼코의 미소」도 한 공모전 예심에서 미끄러졌다.

나는 여유가 있는 사람이 아니었다. 튼튼한 직장이 있는 것도 아니었고, 매달 갚아야 할 엄연한 빚이 있었으며 언제나 경제적으로 쫓기는 상황이었다. 그런 상황에서 어떤 가망도 없는 이 일을 계속하기는 어려워 보였다. 글을 써서 책을 내고 작가로 살아가고 싶었지만 포기할 시점이 왔다고 생각했다. 혼자 그런 생각을 하며 펑펑 울었던 적도 있다. 오래 사랑한 사람을 놓아주기로 결심한 사람처럼 울었다.

가끔 글쓰기에 해이해지고 게을러질 때면 그때 그렇게 울었던 나의 마음을 떠올려본다. 이생에서 진실로 하고 싶었던 일은 이것뿐이었다. 망상이고 환상일지도 모르지만 나는 글을 쓰는 사람으로 살고 싶었다.

등단 이후, 오래 짝사랑해온 사람과 연애하는 심정으로 글을 썼다. 한 문장, 한 단락, 한 작품을 완성할 때마다 그 자체로 행복할 수 있었다. 몇 시간이고 책상에 앉아 고작 몇 줄을 쓰는 그 지지부진한 시간이 나를 살아 있는 사람으로 살게 했다. 몰두해서 글을 쓸 때만 치유되는 부분이 있었다.

십대와 이십대의 나는 나에게 너무 모진 인간이었다. 내가 나라는 이유만으로 미워하고 부당하게 대했던 것에 대해 그때의 나에게 미안하다고 말하고 싶다. 그애에게 맛있는 음식도 해주고 어깨도 주물러주고 모든 것이 괜찮아지리라고 말해주고 싶다. 따뜻하고 밝은 곳에 데려가서 그애의 이야기를 들어주고 싶다. 그렇게 겁이 많은데도 용기를 내줘서, 여기까지 함께 와줘서 고맙다고 말하고 싶다.

얼마 전 은퇴하신 아빠께 드릴 선물이 이 책밖에 없는 것 같다. 이 책이 엄마에게도 기쁨이 되어 좋다. 고단한 하루하루를 보내는 동생에게도 인사를 전한다. 특이하고 예민한 애였던 나를 맡아 키우느라 고생하셨던 외할머니, 외할아버지께도 감사의 인사를 드리고 싶다. 나는 그분들께 평생을 써도 다 쓰지 못할 사랑을 받았다. 사랑하는 이모와 이모부께도 감사드린다. 나의 고양이 레오, 미오, 마리, 포터에게도 고마운 마음을 전한다.

마음으로 늘 곁에 있는 친구들에게도 고맙다고 말하고 싶다. 내가 가장 휘청거렸을 때 나를 잡아주고 지지해준 지혜 언니께 어떤 말로 감사를 표현해야 할지 모르겠다. 잊을 수 없을 소중한 글을 써주신 서영채 선생님, 모자란 신인 작가에게 따뜻한 눈빛을 보내주신 김연수 선생님, 그리고 문학동네 편집부에 감사드린다.

내게 기회를 주신 모든 분들, 아무것도 검증되지 않았고 확실하지 않은 작가에게 믿음을 주신 분들께 감사의 말을 전한다. 그 귀한 마음을 잊지 않고 오래도록 좋은 글을 쓰는 작가로 살아가고 싶다. 자기 자신이라는 이유만으로 멸시와 혐오의 대상이 되는 사람들 쪽에서 세상과 사람을 바라보는 작가가 되고 싶다. 그 길에서 나 또한 두려움 없이, 온전한 나 자신이 되었으면 좋겠다.

2016년 여름

최은영

| 수록 작품 발표 지면 |

쇼코의 미소 …… 작가세계, 2013 겨울

씬짜오, 씬짜오 …… 문장 웹진, 2016 5월

언니, 나의 작은, 순애 언니 …… 문학동네, 2014 가을

한지와 영주 …… 작가세계, 2014 여름

먼 곳에서 온 노래 …… 창비, 2015 가을

미카엘라 …… 실천문학, 2014 겨울

비밀 …… 문학들, 2015 겨울

문학동네 소설집
쇼코의 미소

특별판 초판 인쇄 2022년 6월 30일
특별판 초판 발행 2022년 7월 22일

지은이 최은영
책임편집 김내리 | 편집 정은진 이성근 황예인
디자인 최윤미 유현아
마케팅 정민호 이숙재 박치우 한민아 이민경 박지영 안남영 김수현 정경주
브랜딩 함유지 함근아 김희숙 박민재 박진희 정승민
제작 강신은 김동욱 임현식 | 제작처 한영문화사

펴낸곳 (주)문학동네 | 펴낸이 김소영
출판등록 1993년 10월 22일 제2003-000045호
주소 10881 경기도 파주시 회동길 210
전자우편 editor@munhak.com | 대표전화 031) 955-8888 | 팩스 031) 955-8855
문의전화 031) 955-3578(마케팅) 031) 955-8864(편집)
문학동네카페 http://cafe.naver.com/mhdn
인스타그램 @munhakdongne | 트위터 @munhakdongne
북클럽문학동네 http://bookclubmunhak.com

ISBN 978-89-546-9971-6 (04810)
978-89-546-9970-9 (세트)

www.munhak.com